大学者随笔书系 | DAXUEZHE SUIBI SHUXI

疑古玄同

钱玄同随笔

Qianxuantong Suibi
YIGU XUANTONG

北京大学出版社
PEKING UNIVERSITY PRESS

图书在版编目(CIP)数据

疑古玄同　钱玄同随笔/钱玄同著.—北京：北京大学出版社，2010.11
（大学者随笔书系）
ISBN 978-7-301-17858-4

Ⅰ.①疑…　Ⅱ.①钱…　Ⅲ.①随笔－作品集－中国－现代　Ⅳ.①I266.1

中国版本图书馆 CIP 数据核字(2010)第 192825 号

书　　　　名：	疑古玄同　钱玄同随笔
著作责任者：	钱玄同　著
策 划 组 稿：	王炜烨
责 任 编 辑：	王炜烨
标 准 书 号：	ISBN 978-7-301-17858-4/K·0712
出 版 发 行：	北京大学出版社
地　　　　址：	北京市海淀区成府路 205 号　100871
网　　　　址：	http://www.pup.cn　电子信箱：zpup@pup.pku.edu.cn
电　　　　话：	邮购部 62752015　发行部 62750672　编辑部 62750673
	出版部 62754962
印　 刷　 者：	北京大学印刷厂
经　 销　 者：	新华书店
	787 毫米×1092 毫米　16 开本　15.75 印张　199 千字
	2010 年 11 月第 1 版　2010 年 11 月第 1 次印刷
定　　　　价：	35.00 元

未经许可，不得以任何方式复制或抄袭本书之部分或全部内容。
版权所有，侵权必究
举报电话：(010)62752024　电子信箱：fd@pup.pku.edu.cn

大做之稿华不周学生所聘者无暇谋衣之事又至须进行至九月十号左右始妙此系远离中如有详正之事等也此致

刘君书月此询先生

钱玄同启

廿年八月廿九

钱玄同手迹

目 录

随感杂谈

003 李大钊《新的！旧的！》的附言
004 陈百年《恭贺新禧》的附志
006 什么话？
009 随感录
028 寸铁十二则
033 "出人意表之外"的事
036 "五四"与"游园"与"放假"
038 随感录五则
041 中山先生是"国民之敌"
044 我也来谈谈"博雅的手民"
047 《吴虞先生的来信》的"读后感"
051 答浘生君
053 零碎事情
054 恭贺爱新觉罗溥仪君迁升之喜并祝进步
058 告遗老
063 三十年来我对于满清的态度的变迁
074 予亦名"疑古"
076 写在半农给启明的信的后面
083 这三天所见
085 回语堂的信
095 关于反抗帝国主义

Contents

100　敬答穆木天先生
106　废话
　　　——废话的废话
111　反对章士钊的通信
112　赋得国庆
116　我"很赞成""甚至很爱"双十节这个名词
119　十一月五日是咱们第二个光荣的节日
122　赋得几分之几
126　在劲西先生的文章后面写几句不相干的话
129　废话
　　　——关于"三一八"
133　疑古玄同与刘半农抬杠
　　　——"两个宝贝"

学问内外

137　刊行《教育今语杂志》之缘起
141　共和纪年说
146　我对于耶教的意见
150　孔家店里的老伙计
153　《世界语名著选》序
158　不完全的"苏武古诗第三首"和"孔雀东南飞"
162　《胡适文存》究被禁止否？

163　青年与古书
167　介绍戴季陶先生的《孙中山先生著作及讲演记录要目》
169　我所希望于孔德学校者
176　《甲寅》与《水浒》
180　废话
　　　——原经
194　关于魏建功的《胡适之寿酒米粮库》
205　章太炎《清代学术之系统》演讲笔记的附记

悼念追忆

209　悼冯省三君
214　亡友单不庵
221　亡友刘半农先生
224　哀青年同志白涤洲先生
229　题先师章公遗像
231　刘半农先生挽辞
232　挽季刚
233　太炎先生挽联
234　我对于周豫才君之追忆与略评

随感杂谈

李大钊《新的！旧的！》的附言

守常先生要新青年创造新生活,这话固是绝对不错。但是我的意思,要打破矛盾生活,除了征服旧的,别无他法。那些残废颓败的老人,似乎不必请他们享受新文明的幸福,尝新生活的趣味;因为他们的心理,只知道牢守那笨拙迂腐的东西,见了迅速捷便的东西,便要"气得三尸神炸,七窍生烟","狗血喷头"的骂我们改了他的老样子。我们何苦把辛辛苦苦创造成功的幸福去请他们享受,还要看他们的脸,受他们的气呢?守常先生!你道我这话对不对!

玄同。

（选自 1918 年 5 月 15 日《新青年》第 4 卷第 5 号）

陈百年《恭贺新禧》的附志

百年要把1月1日的祝贺新年废止,改为十月十日祝贺中国国民做"人"的纪念;这个意思,玄同甚为赞成。原来三百六十五日算一年,每年有个第一日,这不过为人事计算的便利而设;这个年初一,实在没有可以纪念该配祝贺的理由。有人说:我们民国国民,应该和那些遗老遗少不同;现在是我们的民国八年一月一日,不是他们的夏正戊午年——或宣统十年——十一月三十日,我们遇到自己的正朔,应该特别喜欢,所以要祝贺。我以为这话似新实旧。要知道"改正朔"这件事,是那独夫民贼的野蛮礼制。民国改历,是因为阴历不便计算,不便应用,我们为改良起见,所以用世界公用的文明阳历。这阳历并非中华民国所专有,不过改历之初,止改月日,那年却用民国来纪,没有改从世界公历纪年。暂时用民国来纪年,原也没有什么妨碍,我们也大可承认;——阳历置闰之年,要用公历纪年来计算,所以公历的年月日是一贯的东西;民国将来如能改用公历纪年,那就更便利了。若从中华民国自身说,他是公历1911年10月10日产生的,那一日才是中华民国的真纪元。就中国而论,这日是国民做"人"的第一日;就世界而论,这日是人类全体中有四万万人脱离奴籍,独立做"人"的一个纪念日。这真是我们应该欢喜,应该祝贺的日子。

想到这里,联想及于《民国历书》上所谓"春节、夏节、秋节、冬节",这真是荒谬绝伦的规定。那春节就是阴历元旦,夏节是阴历端午,秋节是阴历中秋,再拉上一个和阴历全不相干的冬至,叫他冬节,——如此凑成四节,真可谓不伦不类。你想,民国既然改用阳历,则阴历当然是要消灭的;民间一时仍旧沿用,政府便该劝告他,阻止他的;现在反来推波助澜,把阴历的元旦、端午、中秋定为节日,那就是自己暗中取消阳历。这种心理,和袁世凯身为民国总统,要造反做皇帝,有什么两样?至于冬至,虽是天然的节气,却就是百年所说的,"这也不过是一种自然的现象,对于人生,毫无意义,有什么可贺的价值?"所以我说规定这四个节日是荒谬绝伦。若说一年之中要有几个规定的日子快乐快乐,则除十月十日外,最有价值的就是 1915 年 12 月 25 日,那日是中国国民第二次脱离奴籍,抬头做"人"的纪念,此外如 1912 年 1 月 1 日的共和政府成立,同年 2 月 12 日的皇位推翻,也是可以纪念的;就是 1917 年 7 月 20 日京津一带除下龙旗,再挂五色旗,也可以算做一种纪念。以上几种纪念日,虽然大小不同,总比拿阴历的元旦、端午、中秋,和自然现象的冬至来做节日,要有价值得多了。

但是退一步想:这阳历过年,挂挂国旗,写写贺年帖子,说说"恭喜恭喜",也可以使那一班现用阴历的国民知道民国改用公历已经实行;所以也不能算全无用处。但这种用处,是一时的。再过几年之后,国民渐知阳历比阴历要便利,改用阳历的人一天多似一天;那些遗老遗少渐渐死尽,不能复为祸祟,什么"夏正""夏历"的鬼话,没有人讲了;到那时候,这公历岁首的"恭贺新禧"的帖子,真正觉得没什一点意思了。

公历 1919 年 1 月 3 日,玄同附志

(选自 1919 年 1 月 15 日《新青年》第 6 卷第 1 号)

什 么 话?

一

陈衍著《古文讲义》,其绪言中有曰:"人之言曰,古文古文。……古人不尽胜今人,今人不尽不如古人,必托名于古,何为耶?《说文》古从十口,不待三十年为一世也。(按,'不待'二字颇费解。)古文古作圙,从天覆形。川,天垂象,日月星也。呈,古文厚,地也。莫古于天地,合以十口之义,则通天地人三才为儒也。"

林纾著《论文讲义》,其中有曰:"余尝笑前有震川似屈于王何而不为王何所屈。后有惜抱似屈于阳湖而亦不为阳湖所屈。似文字固有正宗,在近道,不在炫才。桐城在清之季年,不为人排,今乃欲以汉魏之赝体转欲排之,误矣。"按,"欲以……转欲……"在一句里如此做法,不知是"桐城义法"不是?

刘哲庐著《写信法》,其中有曰:"男子与友人之妻则可称曰某夫人,下款则自称曰侍生。盖因妇人谓夫曰生。侍生云者,言曾侍立其生之侧,藉资讲学。此为自谦之辞也。"

蒋箸超著《课余闲话》,其中有曰:"盖文辞者,所以传人之性情意气也。无迹象之可寻以行神为第一要诀。而行神之妙用,又全在虚字。……学者既无良导师亲其昕夕,(按,此句颇费解。)则唯于摹读中求之。譬如《论语》中,'夫子之求之也,其诸异乎人之求之与'二句,即有能解'其诸'为'大约','乎'字含'比'字意,而造句则为倒竖法者,然要其脱口成话则大难。其实读者于此,只须把'也'字一拖,读到'与'字,点几回首,而神情意义全在个中矣。"

李定夷著《小说学讲义》,其中有曰:"吾闻之,王者之迹熄而诗亡,诗亡然后《春秋》作。《春秋》一书,其旨隐,其词微,而大要则归于惩恶劝善。尼山殁而微言绝,《春秋》之旨,终不能暴白于天下,扶持绝续,厥唯小说。盖无论何种小说,必含有惩劝之意味,所谓言浅理精,体陋用大者,即以此也。夫如是,可确明小说之意义,实非詹詹之小言,而为炎炎之大言。腐儒何可轻视小说耶?"

(选自1919年1月15日《新青年》第6卷第1号)

二

叶德辉编《观古堂丛书目》,其自序曰:"……十七世祖和靖山长伯昂公以元故臣,明祖屡徵不起,子孙承其家声,不以入仕为荣。故终明之世,各房皆以科第显达,炫赫一时;独余茆园房世以耕读相安,丁男亦不繁衍。至国初(原文国字抬头),始有登仕板者。"原来此公家法,专以"入仕"异族之姓"为荣"者。所以此序末段有"辛亥鼎革避乱县南朱亭乡中"之语,又序末署"乙卯"之年,考乙卯为中华民国四年,其时此公尚称清初曰"国初",敬依程式,抬头书写,且称革命曰"乱"。但是何以民国三年在北京时致黎宋卿之信,"写副总统钧鉴"字样;又于民国四年之冬,在湖南做筹安会支部的部长呢?前者似与"乱"字有些冲突,后者似于家法有些欠合罢。

三

八年一月三十日的北京《新民报》载林纾的《送正志学校诸生毕业归里序》，通篇皆妙不可言。兹择其尤妙之语记出几句："古未有恃才艺足以治天下者。""然西人之高于般翟胡啻万数？至欲以巧捷杀人之器制御天下，而卒覆灭其身与国者，由其不德仁之云，而唯艺之尚也。""夫艺之精者，盖出一人之神智，以省天下之力作。""夫彼方用其神化之艺以求死，而吾又从而效其劣陋者，冀以自立。余不悲其愚，悲其舍生而图死也。""古所道者，必尽人之可循生道也。（此二句文理欠通，不知有误字否。）知其非是不生，则艺中有道；即务极其神化，而吾道亦匪所不在。"又此文末尾署曰："戊午年十二月二十三日，闽县林纾书于讲堂。"我看了"书于讲堂"四字，因想起有一天看见邮务局里有一封"无从投递"之信，信面写道："寄北京宣武门外八角琉璃井交家严大人手拆。"

（选自1919年2月15日《新青年》第6卷第2号）

随 感 录

近来看见《上海时报》上登有广告,说,有《灵学丛志》出版;此志为上海一个乩坛叫做什么"盛德坛"的机关报。其中所列的题目,都是些关于妖精魔鬼的东西。最别致的,有吴稚晖先生去问音韵之学,竟有陆德明、江永、李登三人降坛,大谈其音韵。我看了这广告,觉得实在奇怪得很,因此花了三角大洋,买他一本来看看,究竟是怎么一回怪事。

买了来,大略翻了一遍,真是光怪陆离,无奇不有。不料世界已至 20 世纪时代,中国号称共和者亦已七年,还居然出现此种怪事。唉!——现在姑且耐住火性,替他开一篇账再说。

(a)来的有颜回、曾参、董仲舒、杨雄、朱熹、陆九渊这些儒者;"生殖器崇拜"的混账道士(如什么"祖师"、"真人"、"仙翁"之类;周朝的列御寇、庄周、墨翟三位哲学家,也被他们逼了跟着葛洪、魏伯阳、孙思邈这些混账道士去研究"生殖器崇拜"之学),杀人放火的关羽、张飞、张巡、许远、岳飞、文天祥这些武将;佛教的菩萨;《封神传》一类书里的妖精畜牲(如什么马元帅、温元帅、王灵官、柳仙、龟帅、蛇帅之类)。

(b)上列的六种怪物(其中虽有几个正正经经的人,但是死了千百年,现在忽然出现,也只好称他为"怪物"),十之七八都会做诗,诗的格调意境,都是一样。——这真是仙人了!我们常人,不要说各人所做的诗不能相同,就是两个人同学杜甫或同学黄庭坚,也是各有各的面目。不料一做仙人,无论中国人,外国人,文人,武人,动物,植物……竟能做出"一套板"的诗来!

(c)颜回、孟轲、杨雄这些人,都会做齐梁以后的七言绝句。

(d)从颜回起,一切怪物的诗,百分之九十五都用清朝做"试帖诗"时所用的《诗韵合璧》的韵。

(e)其中言偃的诗,把十二侵的"深"、"音"二字和十一真的"新"字通押;董仲舒的诗,把八庚的"明"、"情"二字和十一真的"神"字通押。

(f)还有几个怪物做不出四句的,更四个四个的联句,联成一首七绝。

(g)这个乩坛是"孟圣"做"主坛","庄生"和"墨卿"做"代表"(这称呼和名目,照录原文。他们叫庄周做仙教——就是混账道士——的代表,墨翟做佛教、耶稣教的代表),说,因为孟轲会"息邪说",所以主坛者"其轲也欤","归孟圣矣乎"。(二句皆乩坛原文,在一篇文章里。)——我记得"孟圣"所"息"的"邪说"里面,有一部分似乎就是那位官拜"代表"的"墨卿"!

(h)关羽会写几个鸡脚爪样子的怪字。岳飞会写几个香炉样子的怪字。("灵学丛"三字都写成香炉样子;独有"志"字糟了,写不像香炉样子。)济颠和尚、秉钺仙吏、秉笔花月仙史、卫瓘四个怪物写的字,笔姿都是一样。还有一个什么长乐金仙画的济颠和尚的怪面孔。

(i)记载门中有曰:"周代诸圣贤书体,多以篆画写今楷,书写时有极艰滞者,且笔画次第,亦不与今人同:盖均是篆书之遗意也。唯孟圣则作大草,劲而雄肆,或者曾加功摹仿后代书体欤!列庄两贤,书法尤奇。"——我看了这段话,实在不好意思多开口,只得说道,"原来如是!"

(j) 有一个讲音韵的李登,会写西洋的字母和日本的假名。

账是开完了,就请大家看看罢!

陆、江、李三个怪物的《音韵》篇,我细细的拜读了一番,觉得如此讲音韵之学,真和那位王敬轩先生解"人"、"暑"二字的字形之学可称双绝。(王说见本卷三号。)

平上去入四声,是讲一个母音的长短;喉腭舌齿唇五音,是讲子音发音的所自;宫商角徵羽五音,是和那"凡工尺上一四合"一类的名称。齐梁以前,未立"平上去入"的标题,因为"宫、商、角、徵、羽"五字,却好是"平、平、入、上、去"(五音之"羽",当读去声)五声,所以李登、吕静都借此五字来标上平、下平、上、去、入。不料陆德明这个怪物竟说道:

> 四声之说,古来无之。……原天地之籁,本具自然。发于喉者谓之宫音,发于腭者谓之角音,发于舌者谓之徵音,发于齿者谓之商音,发于唇者谓之羽音。然古来传者各异其说,或不尽同。沈氏初创,当时天子尚疑之,不见信用,犹存古法。……

说四声以前标平仄的记号,竟异想天开,牵到喉腭舌齿唇上去了。你道这种音韵之学,奇也不奇?

其下又云:

> 司马九宫反纽,神琪三十六母,更属支离。幸陈第、顾炎武、戴震、段玉裁、朱骏声辈维持古韵,不致失坠。

这更是"七支八搭",胡说一阵子昏话。吴稚晖先生问的是"吕静《韵集》之'宫商角徵羽'如何分配",与三十六字母等有什么相干?更和明清以来的古音学家有什么相干?况且清朝的古音学家,有大发明的像江永、孔广森、王念孙诸人,都不叙入;忽然拉进一个碌碌因人的朱骏声,这也可笑得很。这种"缠夹二先生",真是"少有少见"。

江永的《音韵篇》,满纸胡言乱语,完全在那边说梦话。今录其尤妙之数说如下。略懂音韵之学的人看了,必为之皱眉摇头也。

> 东方多角音,西方多商音,南方多徵音,北方多羽音,中央兼备四音;而喉音则诸方各具,故音韵之学,当以喉音统其余诸声。
>
> 宫隆不过示明宫音之广声,居间则其狭声。宫居又宫中之宫,隆间则宫中之徵。
>
> 原音韵声三名,各有分则。宫韵中有宫音,宫音中复有宫声。
>
> 人籁成于音声,配合声韵,配合皆以变声叠韵,上翻下切,而成音节。
>
> 宫居二字,宫隆二字,实具反切之原,为一切声音之母。后世字母,不能出其范围。
>
> 欲知其详,《太平御览》、《永乐大典》、《苑台秘要》诸书可检阅之,必能得其底蕴。

记得十五年前,我遇见一位"孝廉公",他说,他乡试时,答过一个"勾股"题目;其实他于勾股之学从未研究,瞎七搭八,画了几个圆的、三角的图,填上些"甲乙丙丁"的字,又瞎做了几句说明的话,连他自己也看不懂。现在这位江慎修先生的音韵之学,若和那位先生的勾股之学相比,一个是十六两,一个便是一斤。

李登的音韵之学却更妙了,——记录者曰,"唐李登,治五方元音字母。"想来这是另外一个李登,不是那做《声类》的李登;因为做《声类》的李登,是曹魏时人也。——兹将其最妙之语录于下方:

> 人为万物之灵,……其心中所欲表宣其念虑之蕴蓄,……必有次第节奏以限制之,此之谓音韵;故言而有节,从口含一。

按,"音"字"从口含一";其上半之"辛"(隶省作"立"),不知是否衍文。

> 音之寄于人者,本二气之能;虽有出入,其状则理在一揆。(?)如喉音,在中原有四音,其诸异域有过者否。(?)

"二气之能",不知当作何解,可是那位朱老爹说的"鬼神者,二气之良能也"吗?"其理……""其诸……"二句,颇觉费解。

> 以五方元音论之,其最简者,莫如二十母;若稍通用,则五十音足矣,合乎大衍之数,真秘藏也;此之谓元音。若殊方之音或不尽同,有所损益,亦至微也;此之谓闰音,言其其在余而非正也。各处有各处之闰音,绝不相通;至元音,则亘古今,贯中外,自有天地人类以迄于兹无或少变;而有依时迁移,域地异陔,彼此不属,茫然不达者;此之谓变音。元音为声律之本,闰音为韵节之佐,变音为音异之源。故论乐必本性情,言礼当适起居,谈音必审闰变。

"元音"、"闰音"、"变音"之界说如此,可谓奇绝。不知道"五方"与"殊方"与"域地异陔"如何分别?"亘古今贯中外无或少变"之音,何以有"最简"及"稍通用"之别?且"稍通用"三字,又作何解?"二十"、"五十"与"损益"如何分别?"绝不相通"与"彼此不属茫然不达"如何分别?"故论乐……"三语,又是"缠夹二先生"的做文章法子。

> ……此何故欤?岂音韵果无定欤?随时随地,可以任意变易欤?夫然,则音韵可以不作。何苦穷研殚思?是岂知其道者哉?必不然矣。当必有所法式矣。

此段文调,唯有批他八个字道:"黄绢幼妇,外孙齑臼。"至其意义如何,小子不学,真"莫能仰测高深于万一"矣。

> 故宫转为徵,而舌头舌上,齿尖齿身,轻唇重唇,古今异声,古今混用,非有他异,简繁之殊。其诸不当转而转,不当通而通。准是以例,旋宫之义明矣。

"其诸……"二语,又颇费解。"旋宫之义",实在难"明"。

> 音有主音仆音。有母音父音。

请问"主音"与"母音"如何分别?"仆音"与"父音"如何分别?

> 唇音,滂,b(英、美、法、德皆同),八(日本)。

英美法德之"b",其音竟同于中国之"滂",日本之"八",不知是几时改良的?又"美文"不知是怎样的东西?——其后有注云,"美附于英"。

既曰"附",必与英文不同。

> 俟《丛编》第二册刊行后,当刻列一详表:以汉文三十六母、五十母、二十母、十二母、三六李母、陶母、谈文、华岩卅二母,及明清各家之简字、省笔字、一笔字、快字、官母、奇字,等等。各种有关韵学者,亦附其中。

他原来早已知道有人在那里刊行《灵学丛志》,真是仙人了。所叙各种什么"母",什么"字",我见闻浅陋,很多不知道的,只好照原书圈点。明朝的"简字",不知是什么样子?"官母""奇字",更不知是什么东西?

真倒楣!真晦气!我们的《新青年》杂志,并非 W. C. 的矮墙,供给人家贴"出卖伤风","天黄黄,地黄黄,我家有个夜啼郎……"这一类把戏的;然而今天竟不能不自贬身价,在这《随感录》中介绍这种怪物的著作。真倒楣!真晦气!

这扶乩的邪说,本期有陈百年先生的《辟"灵学"》一篇,据心理学的真理来驳斥,说:"假使果非有意作伪,在现今心理学视之,纯属扶者之变态心理现象。"陈先生之文,皆以科学的眼光,来评判这些荒诞不经的邪说;有脑筋的人看了,决不至再为什么"灵学"所惑。

唯吴稚晖先生,实为极端提倡科学,排斥邪说之人;这回因为被朋友所拉,动了一点好奇之心,遂致那个什么"盛德坛"上发现这三篇讲音韵的怪文章。在不知其中情形者,对于吴先生此番举动,约有两派议论:一派是头脑清楚的人,说:"怎么吴稚晖也信起扶乩来了!他从前做《新世纪》、《上下古今谈》的思想见识到那里去了呢?"一派是昏头昏脑的人,说:"你看!吴稚晖都相信扶乩了;可见鬼神之事,是的确有的,是应该相信的。"前一派的议论,不过损吴先生个人的价值。后一派的议论,为害于青年前途者甚大;本志以诱导青年为唯一之天职,不可不有所矫正。

矫正之法,陈先生做《辟"灵学"》,固是"正人心,息邪说"的正办;我以为仍以吴先生之言辟之,亦是一法,因为吴先生实在不信此事,即不为"息邪说"计,亦不可不替吴先生辨明。

《灵学丛志》中有吴先生给俞复的一封信,兹录其要语如下:

>……昨闻仲哥乃郎又以催眠哄动于甘肃路。鬼神之势大张,国家之运告终,其预兆乎! 弟甘心常随畜道以入轮回,不忍见科学不昌,使我家土壁虫张目。先生欲以挽世道人心,于鄙意所属适得其反。

这不是吴先生反对提倡"灵学"的铁证吗?

扶乩的要是有心作伪,则当科以"左道惑众"之罪,自不消说。如无心作伪,则为扶者之变态心理,决非那些怪物果真降坛:陈先生的论文里已经说得明明白白。若云不信鬼神之吴稚晖曾经亲睹此音韵三篇,故断言鬼神之当信;则吴先生已有上列之宣言;并且我还看见吴先生给蔡孑民先生的信,中有此音韵三篇陈义敷浅,仅可供场屋中对策之用,与音韵之学相去尚远之说。(此约举其意,非直录吴君原信之语。)如此,则欲以"不信鬼神之人且不得不信,可见圣贤仙佛之降坛必实有其事"之说为词者,其人非愚即诬。我可爱可敬有希望之青年! 千万不可随声附和,作此妄想!

呜呼! 汉晋以来之所谓道教,实演上古极野蛮时代"生殖器崇拜"之思想。二千年来民智日衰,道德日坏,虽由于民贼之利用儒学以愚民;而大多数之心理举不出道教之范围,实为一大原因。1900年,竟演出"拳匪"之惨剧。吾人方以为自经此创以后,国人当能生觉悟之心,道教毒焰,或可渐渐渐灭。岂知近年以来,此等"拳匪"余孽,竟公然于光天化日之下,大施其妖术:某也提倡"丹田",某也提倡"灵学"。照此做去,非再闹一次"拳匪"不止,非使中国国民沦于万劫不复的地位不止。

陈独秀先生说:"增进自然界之知识,为今日益世觉民之正轨;一切宗教,无裨治化,等诸偶像。"又说:"人类将来真实之信解行证,必以科学为正轨;一切宗教,皆在废弃之列。"这话说得最是。我们的意思,以为就是最高等最进化的宗教如佛教耶教,在这20世纪科学昌明的时代,也是不该迷信。何况那最野蛮的道教,实在是一种"生殖器崇拜"的邪教;既欲腼然自命为"人",决不该再信这种邪教。

青年啊! 如其你还想在20世纪做一个人,你还想中国在20世纪算一个国,你自己承认你有脑筋,你自己还想研究学问;那么,赶紧鼓起你的勇气,奋发你的毅力,剿灭这种最野蛮的邪教,和这班兴妖作怪胡说八道的妖魔!

(选自1918年5月15日《新青年》第四卷第五号)

  有人转述一位研究古学的某先生的话道:"外国的新学,是不用研究的;我们中国人,只要研究本国的古学便得了。近来的人都说,'中国政治不好,社会不好,眼见得国就要亡了,青年学子非研究新学,改革旧污,不足以救亡';这话是不对的。要知道就是中国给别国灭了,外国人来做中国的皇帝,我们本来不是中国的官吏,就称'外国大皇帝陛下',也没有什么不可以;但是到那时候,还该研究我们的古学,不可转旁的念头。"我听了这话,觉得太奇了;便再转述给一个朋友听听。那朋友说:"这又何足奇?你看满清入关的时候,一班读书人依旧高声朗诵他的《四书》、《五经》、八股、试帖。那班人的意见,大概以为国可亡,种可奴,这祖宗传下来的国粹是不可抛弃的。"现在这位某先生,也不过是"率由旧章",这又何足奇?我乃恍然大悟。——但是我要问问一班青年:你们对于某先生的话,究竟以为怎样呢?

  有一位留学西洋的某君对我说道:"中国人穿西装,长短、大小、式样、颜色,都是不对的;并且套数很少,甚至有一年三百六十五天,天天穿这一套的:这种寒酸乞相,竟是有失身份,叫西洋人看见,实在丢脸。"我便问他道:"西洋人的衣服,到底是怎样的讲究呢?"他道:"什么礼节,该穿什么衣服,是一点也不能错的;就是常服,也非做上十来套,常常更换不可;此外如旅行又有旅行的衣服,避暑又有避暑的衣服,这些衣服,是很讲究的,更是一点不能错的。"我又问他道:"西洋也有穷人吗?穷人的衣服也有十来套吗?也有旅行避暑的讲究衣服吗?"他道:"西洋穷人是很多。穷人的衣服,自然是不能很多,不能讲究的了;但是这种穷人,社会上很瞧他不起,当他下等人——工人——看待的。"我听完这话,便向某君身上一看,我暗想,这一定是上等人——绅士——的衣服了。某君到西洋留学了几年,居然学成了上等人——绅士——的气派,怪不得他常要拿手杖打人力车夫,听说一年之中要打断好几根手杖呢!车夫自然是下等人,这用手杖打下等人,想必也是上等人的职务;要是不打,大概也是"有失身份"罢!

　　两三个月以来,北京的戏剧忽然大流行昆曲;听说这位昆曲大家叫做韩世昌。自从他来了,于是有一班人都说,"好了,中国的戏剧进步了,文艺复兴的时期到了。"我说,这真是梦话。中国的旧戏,请问在文学上的价值,能值几个铜子?试拿文章来比戏:二簧西皮好比"八股",昆曲不过是《东莱博议》罢了,就是进一层说,也不过是"八家"罢了,也不过是《文选》罢了。八股固然该废;难道《东莱博议》、"八家"和《文选》便有代兴的资格吗?吾友某君常说道:"要中国有真戏,非把中国现在的戏馆全数封闭不可。"我说这话真是不错。——有人不懂,问我"这话怎讲?"我说,一点也不难懂。譬如要建设共和政府,自然该推翻君主政府;要建设平民的通俗文学,自然该推翻贵族的艰深文学。那么,如其要中国有真戏,这真戏自然是西洋派的戏,决不是那"脸谱"派的戏,要不把那扮不像人的人,说不像话的话全数扫除,尽情推翻,真戏怎样能推行呢? 如其因为"脸谱"派的戏,其名叫做"戏",西洋派的戏,其名也叫做"戏",所以讲求西洋派的戏的人,不可推翻"脸谱"派的戏。那我要请问:假如有人说:"君主政府叫做'政府',共和政府也叫做'政府',既然其名都叫'政府',则组织共和政府的人,便不该推翻君主政府。"这句话通不通?

(选自1918年7月15日《新青年》第5卷第1号)

既然叫做共和政体,既然叫做中华民国,那么有几句简单的话要奉告我国民。

民国的主体是国民,决不是官,决不是总统。总统是国民的公仆,不能叫做"元首"。

国民既是主体,则国民的利益,需要自己在社会上费了脑筋费了体力去换来。公仆固然不该殃民残民,却也不该仁民爱民。公仆就是有时僭妄起来,不自揣量,施其仁爱;但是做国民的决不该受他的仁爱。——什么叫做仁民爱民呢?像猫主人养了一只猫,天天买鱼腥给他吃:这就是仁民爱民的模型。

既在20世纪建立民国,便该把法国美国做榜样;一切"圣功王道","修、齐、治、平"的鬼话,断断用不着再说。

中华民国既然推翻了自五帝以迄满清四千年的帝制,便该把四千年的"国粹"也同时推翻;因为这都是与帝制有关系的东西。

民国人民,一律平等,彼此相待,止有博爱,断断没有什么"忠、孝、节、义"之可言。

中华民国成立之后,有一班"大清国"的"伯夷、叔齐"在中华民国的"首阳山"里做那"养不食周粟"——他们确已食了民国之粟,而又不能无"义不食粟"之美名,所以我替他照着旧文,写一个"周"字,可以含糊一点——的"遗老"。这原是列朝"鼎革"以后的"谱"上写明白的,当然应该如此,本不足怪。但是此外又有一班二三十岁的"遗少",大倡"保存国粹"之说。我且把他们保存国粹的成绩随便数他几件出来——

垂辫;缠脚;吸鸦片烟;叉麻雀,打扑克,磕头,打拱,请安;"夏历壬子年——戊午年";"上巳修禊";迎神,赛会;研究"灵学",研究"丹田";做骈文,"古文",江西派的诗;临什么"黄太史""陆殿撰"的"馆阁体"字;做"卿卿我我"派,或"某生者"派的小说;崇拜"隐寓褒贬"的"脸谱";想做什么"老谭""梅郎"的"话匣子";提倡男人纳妾,以符体制;提倡女人贞节,可以"猗欤盛矣"。

有人说,"朋友!你这话讲得有些不对。辫发,鸦片烟,扑克牌之类,难道是国粹吗?"我说,"你知其一,未知其二。你要知道,凡是'大清国宣统三年'以前支那社会上所有的东西,都是国粹。你如不信,可以去请教那班'遗老''遗少',看我这话对不对。"

国粹何以要保存呢?听说这是一国的根本命脉所在。"国于天地,必有与立"的,就是这国粹。要是没有了这国粹,便不像"大清国"的样子,"大清国"就不能保存了。

那么,我要请问先生们。先生们到今天还是如此保存国粹,想来在贵国"宣统三年"以前,先生们一定也是很保存国粹的了。但是中华民国七年二月十二日那一天,先生们为什么"独使至尊忧社稷",忍令贵国大皇帝做那"唐虞禅让"的"盛德大业",不应用这国粹来挽回贵国的"天命"呢?

适用于现在世界的一切科学、哲学、文学、政治、道德,都是西洋人发明的;我们该虚心去学他,才是正办。若说科学是墨老爹发明的;哲学是我国固有的,无待外求;我国的文学,既有《文选》又有"八家",为世界之冠;周公作《周礼》是极好的政治;中国道德,又是天下第一:那便是发昏做梦。请问如此好法,何以会有什么"甲午一败于东邻,庚子再创于八国"的把戏出现?何以还要讲什么"中学为体,西学为用"的说话?何以还要造船制械,用"以夷制夷"的办法?

有人说,阳历真是没有道理,什么连端午,中秋都没有了;除夕晚上月亮会圆的:这还成个什么样子?我要问他,有了端午、中秋,有什么用处?除夕晚上月亮圆了,有什么坏处?我的意思,以为端午、中秋,正该废除。若要吃箬壳包的糯米,玫瑰白糖馅儿的圆饼,什么时候都可以吃。现在特别定了这两个日子来吃这两样东西,白白的耗费了两天的光阴,已觉荒唐。何况端午还要挂什么没有做过人的鬼的鬼脸,叫做什么钟馗;中秋还要供什么"兔儿爷",磕上一阵子头。这简直是疯子胡闹,当然应该废除,当然应该禁止。

前几天,我到中央公园里,忽然看见一班人,在中间的拿了一把钢叉,装出种种怪相,前面有敲锣的人,四周有叫"好——好——"的人,把公共的路堵塞了;好容易等他过去。不料后面又有一班人,前面有敲鼓的人,四周也有叫"好——好——"的人;因为四周围住的人太多,我懒得挤进去"瞻仰"中间这位的"道范",因此不知道他是装怎样的怪相;这一班人把公共的路又堵塞了;好容易等他过去。我以为这个后面一定没有什么了;不料"柳暗花明又一村",后面又有更妙的怪相,有一位扮了女人,扭头摆腰,"轻移莲步",打起了老雄猫叫的腔调,装出种种"娉娉婷婷千娇百媚"的妙相,四周叫"好——好——"的人比前面更多,可是没有人替他敲着锣鼓。这三批人,不但行动极妙,并且还画着极妙的脸。我是学问浅陋,"莫能仰测高深于万一",想来这总是照着"脸谱"临摹的,和清道人临郑文公碑可以媲美。并且这种红的黑的颜色,长的短的胡子,大的小的脸盘,种种不同,其中必有绝大道理:一脸之红,荣于华衮,一鼻之白,严于斧钺;正人心,厚风俗,奖忠孝,诛乱贼:胥在于是。请问,我这话对不对?

(选自1918年9月15日《新青年》第5卷第3号)

近见上海《时报》上有一个广告,其标题为"通信教授典故";其下云"……搜罗群书,编辑讲义,用通信教授;每星期教授一百,则每月可得四百余;……每月只须纳讲义费大洋四角,预缴三月只收一元。……"有个朋友和我说:"这一来,又不知道有多少青年学生的求学钱要被他们盘去了。"我答道:"一个月破四角钱的财,其害还小。要是买了他这本书来,竟把这四百多个典故熟读牢记,装满了一脑子,以致已学的正当知识被典故驱出脑外,或脑中被典故盘踞满了,容不下正当知识;这才是受害无穷哩!"

我要敬告青年学生:诸君是20世纪的"人",不是古人的"话匣子"。我们所以要做文章,并不是因为古文不够,要替他添上几篇;是因为要把我们的意思写他出来。所以应该用我们自己的话,写成我们自己的文章;我们的话怎样说,我们的文章就该怎样做。有时读那古人的文章,不过是拿他来做个参考;决不是要句摹字拟,和古人这文做得一模一样的。至于古人文中所说当时的实事,和假设一事来表示一种意思者,在他的文章里,原是很自然的。我们引了来当典故用,不是肤泛不切,就是索然寡味,或者竟是"驴头不对马嘴",与事实全然不合。我们做文章,原是要表出我们的意思。现在用古人的事实来替代我们的意思:记忆事实,已经耗去许多光阴;引用时的斟酌,又要煞费苦心;辛辛苦苦做成了,和我们的意思竟不相合——或竟全然相反。请问,这光阴可不是白耗,苦心可不是白费,辛苦可不是白辛苦了吗?唉!少年光阴,最可宝贵,努力求正当知识,还恐怕来不及,乃竟如此浪费,其结果,不但不能得丝毫之益,反而受害——用典故做的文章,比不用典故的要不明白,所以说反而受害——我替诸君想想,实在有些不值得!

有人说:典故虽然不该用,但是成语和譬喻似乎可以沿用。我说:这也不能如此笼统说。有些成语和譬喻,如胡适之先生所举的"舍本逐末"、"无病呻吟"之类,原可以用得。但也不必限于"古已有之"的,就是现在口语里常用的,和今人新造的,都可自由引用;并且口语里常用的,比"古已有之"的更觉得亲切有味。所以"买椟还珠"、"守株待兔"之类如其可用,则"城头上出棺材"也可用,"凿孔栽须"——这是吴稚晖先生造出来的——也可用。至于与事实全然不合者,则决不该沿用。如头发已经剪短了,还说"束发受书";晚上点的是 lamp,还说"挑灯夜读";女人不缠脚了,还说"莲步跚跚";行鞠躬或点头的礼,还说"顿首"、"再拜";除下西洋式的帽子,还说"免冠";……诸如此类,你说用得对不对呢?大概亦不用我再说了。——更有在改阳历以后写"夏正",称现在的欧美诸国为"大秦"者,这是更没有道理了。照此例推,则吃煎炒蒸烩的菜,该说"茹毛饮血";穿绸缎呢布的衣,该说"衣其羽皮",住高楼大厅,该说"穴居野处";买地营葬死人,该说"委之于壑";制造轮船,该说"刳木为舟,剡木为楫"了。这"茹毛饮血……"确是成语;但是请问,文章可以这样做吗?如曰不能,且宜知"夏正"、"大秦"和"茹毛饮血……"正是一类的成语呀。照此看来,则成语有可用,有不可用,断断不可笼统说是"可以沿用"的。(譬喻也有可用与不可用两种。)

(选自 1919 年 1 月 15 日《新青年》第 6 卷第 1 号)

王闿运说,耶教的十字架,是墨家"钜子"的变相,钜子就是"矩子"。姑勿论矩的形状和十字架的形状是否一样,就算是一样,请问有什么凭据,知道从中国传出去的呢?就算查到了传出去的凭据,请问又有什么大道理在里头?近来中国人常说:"大同是孔夫子发明的;民权议院是孟夫子发明的;共和是二千七百六十年前周公和召公发明的;立宪是管仲发明的;阳历是沈括发明的;大礼帽和燕尾服又是孔夫子发明的。"(这是康有为说的。)此外如电报、飞行机之类,都是"古已有之"。这种瞎七搭八的附会不但可笑,并且无耻。请问:就算上列种种新道理、新事物的确是中国传到西洋去的。然而人家学了去,一天一天的改良进步,到了现在的样子,我们自己不但不会改良进步,连老样子都守不住,还有脸来讲这种话吗?这好比一家人家,祖上略有积蓄,子孙不善守成,被隔壁人家盘了去;隔壁人家善于经理,数十年之后,变成了大富翁,这家人家的子弟已经流为乞丐,隔壁人家看了不善,给他钱用,给他饭吃,他还要翘其大拇指以告人曰:"这隔壁人家的钱,是用了我们祖宗的本钱去孳生的;我们祖宗原是大富翁哩!"你们听了这话,可要不要骂他无耻?——何况隔壁人家的本钱是自己的,并不是盘了这位乞丐的祖宗的钱呢?

有一位中国派的医生说:"外国医生动辄讲微生虫。其实那里有什么微生虫呢?就算有微生虫也不要紧。这微生虫我们既看不见,想必比虾子鱼子还要小。我们天天吃虾子鱼子还吃不死,难道吃了比他小的什么微生虫倒会死吗?"我想这位医生的话讲得还不好。我代他再来说一句:"那么大的牛,吃了还不会死,难道这么小的微生虫吃了倒还死吗?"——闲话少讲。那位医生自己爱拿微生虫当虾子鱼子吃,我们原可不必去管他。独是中国这样的医生,恐怕着实不少。病人受了他的教训,去放量吃那些小的虾子鱼子,吃死的人大概也就不少。我想中国人给"青天老爷"和"丘八太爷"弄死了还不够,还有这班"功同良相"的"大夫"来帮忙,也未免太可怜了。但是"大夫"医死了人,人家不但死而无怨,还要敬送"仁心仁术","三折之良","卢扁再世"的招牌给他,也未免太奇怪了。

中国人自己说自己身体的构造,很有些特别:心在正中,一面一个肝,一面一个肺,这三样东西的位置,和香炉蜡台的摆法一样;这已经很奇怪了。此外还有什么"三焦",什么"丹田",什么"泥丸宫",什么"气"。身体里还有等于金、木、水、火、土的五样东西,连络得异常巧妙。所生的病,有什么"惊风",什么"伤寒",什么"春温"、"冬温",还有什么"痰裹火","火裹食"。这样的怪身体,这样的怪病,自然不能请讲生理学的医生来医了。

(选自1919年2月15日《新青年》第6卷第2号)

昨天在一本杂志上,看见某先生填的一首词,起头几句道:

　　故国颓阳,坏宫芳草,秋燕似客谁依?　　笳咽严城,漏停高阁,何年翠辇重归?

我是不研究旧文学的,这首词里有没有什么深远的意思,我却不管。不过照字面看来,这"故国颓阳,坏宫芳草"两句,有点像"遗老"的口吻,"何年翠辇重归"一句,似乎有希望"复辟"的意思。我和几个朋友谈起这话,他们都说我没有猜错。照这样看来,填这首词的人,大概总是"遗老"、"遗少"一流人物了。

可是这话说得很不对;因为我认得填这首词的某先生:某先生的确不是"遗老"、"遗少",并且还是同盟会里的老革命党。我还记得距今十一年前,这位某先生做过一篇文章,其中有几句道:

> 借使皇天右汉,俾其克绩旧服,斯为吾曹莫大之欣。

当初希望"绩旧服",现在又来希望"翠辇重归",无论如何说法,这前后的议论总该算是矛盾罢。

有人说:"大约这位某先生今昔的见解不同了。"我说:这话也不对。我知道这位某先生当初做革命党,的确是真心;但是现在也的确没有变节。不过他的眼界很高,对于一班创造民国的人,总不能满意,常常要讥刺他们。他自己对于"选学"工夫又用得很深;因此,对于我们这班主张国语文学的人,更是嫉之如仇;去年春天,我看他有几句文章道:

> 今世妄人,耻其不学。己既生而无目,遂乃憎人之明;己则陷于横涸,因复援人入水;谓文以不典为宗,词以通俗为贵;假于殊俗之论,以陵前古之师;无愧无惭,如羹如沸。此真庾子山所以为"驴鸣狗吠",颜介所以为"强事饰辞"者也。

但是这种嬉笑怒骂,都不过是名士应有的派头。他决非因为眷恋清廷,才来讥刺创造民国的人;他更非附和林纾、樊增祥这班"文理不通的大文豪",才来骂主张国语文学的人。我深晓得他近来的状况,我敢保他现在的确是民国的国民,决不是想做一"遗老",也决不是抱住"遗老"的腿想做"遗少"。

那么,何以这首词里有这样的口气呢?

这并不难懂。这个理由,简单几句话就说得明白的,就是:中国旧文学的格局和用字之类,据说都有一定的"谱"的。做某派的文章,做某体的文章,必须按"谱"填写,才能做得像。像了,就好了。要是不像,那就凭你文情深厚,用字的当,声调铿锵,还是不行,总以"旁门左道""野狐禅"论。——所谓像者,是像什么呢?原来是像这派文章的祖师。比如做骈文,一定要像《文选》;做桐城派的古文,一定要像唐宋八大家;学周秦诸子,一定要有几个不认得的字和佶屈聱牙很难读的句子。要是做桐城派古文的人用上几句《文选》的句调,或做骈文的人用上几句八家的句调,那就不像了;不像,就不对了。——这位某先生就是很守这戒律的。

他看见从前填词的人对于古迹,总有几句感慨怀旧的话;他这首词意的说明,是:"晚经玉蛛桥……因和梦窗'西湖先贤堂感旧'韵,以写伤今怀往之情",那当然要用"故国"……这些字样才能像啊!

有人说:"像虽像了,但是和他所抱的宗旨不是相反对吗?"我说:这是新文学和旧文学旨趣不同的缘故:新文学以真为要义,旧文学以像为要义。既然以像为要义,那便除了取消自己,求像古人,是没有别的办法了。比如现在有人要造钟鼎,自非照那真钟鼎上的古文"依样葫芦"不可。要是把现行的楷书行书草书刻上去,不是不像个钟鼎了吗?

1919年3月13日

(选自1919年3月15日《新青年》第6卷第3号)

寸铁十二则

一

有一个宜兴人,姓徐,他替胡适做了两句诗叫做"跑出西直门,跳上东洋车。"他自以为对于新体的诗模仿得很工。"西"字对"东"字,足见他曾经学过对对子,难得,难得。

二

有人说,白话诗真不成个东西。我说,这话很对很对。你看,近来竟有清国林孝廉的《白话新乐府》、《白话劝孝新道情》,《上海小时报》上"S"的白话诗,上海某报上周瘦鹃的白话诗,和宜兴徐某的白话诗。唉!白话诗还成个什么东西?

三

　　有人看见什么报上所登的，叫做什么思孟做的什么《息邪》，气得了不得，说："如此胡说八道，那还了得。我以为蔡、沈、陈、胡、钱、徐、刘诸君，应该起诉才是。"这话我不大赞成，我并非主张"绅士态度"。我以为蔡等诸君该做的事很多，要是耗去宝贵光阴，去和这班人争论，未免太可惜了。就是没有事做，也大可吃杯冰其林消消暑，睡它一觉养养神，不还较为值得吗？

四

　　中国杀人的人，最喜欢做《三字经》，最著名的有三句，叫做"莫须有"、"革命党"、"过激党"。

五

　　"遗老"们说："中国道德天下第一，道德之中，尤以'孝'字为最有价值。"昨天有人谈论，说："不知这'孝'字究竟值几个大？"我说："你到'小有天''醒春居''沁芳楼'去打听'杏酪'或'杏仁豆腐'的价值就知道。"（按，杏酪是《白话劝孝新乐府》的出典。）

六

叫做什么《息邪》的文章里,有几句话道:"厮养贱役,乐闻其说,莫不色喜。防御稍疏,乘间窃发,一旦介士受惑,太阿倒持,如火斯燎,杯水奚救。"奉告他道:"请放心,多打断几根'司的克'就不害事了。"

七

日本的无政府党人大杉荣君,打了政府方面的警察,政府仅罚了他日金五十圆。中国的爱国者潘蕴巢君,做了几篇主张爱国的文章,国家的审判厅竟判他坐一年监牢做一年苦工。又中国爱国的学生训斥投降卖国俱乐部的学生,竟被国家的检察厅提了去,受惨无人道的待遇。又中国的爱国者陈独秀君,因为散布爱国的传单,竟被国家的警察厅捉了去,关上两个月,不许人见面。

八

那些自命为"折衷派的文学家",一面在那里摇头晃脑,读所谓"骈文",读他的什么"古文",做几篇《题……太史……图序》,或《……三月三日……修禊序》,或《……公……行状》或《清故……总督……巡抚……公神道碑》;一面逢人便道,"文学是要革新的","我不反对白话文"。这种蝙蝠派的文人,我以为比清室举人林纾还要下作。

九

析产的时候,对于老子拍桌大骂,眼红筋粗,要比兄弟多拿几个钱,多占几所房子。"风流"的时候,叫铜匠配了钥匙,偷开老子的银箱,拿上成百成千的洋钱,去付嫖赀赌债。这都不算什么,只要老子一旦死了,把"罪孽深重,祸延显考","亲视含敛,遵制成服","抢地呼天,百身莫赎","苫块昏迷,语无伦次","不孝孤子,泣血稽颡"……几个字照例写了,高孝帽、哭丧棒之类照例戴了、拿了,那孝子的资格便具备了。哈哈!

十

我前几天看见一个警察提住一只狗,拿佩刀砍下一条狗腿。昨天又看见一个警察,拿住佩刀,向狗肚子里一刺,等他拔了出来一看,真应了旧小说里的两句话,叫做"白刀子进去,红刀子出来"。我看了,想起去年有一个朋友对我说:"听见一个人在那里大骂,说:'什么人道主义,也有人讲了,那还了得。'看来此公是讲兽道主义的了。"我以为这两位警察,正该讲讲兽道主义才是哩。

十一

有一个人说人家"读小学校的教科书",他自以为这是挖苦人到了尽头了。其实,中国人很该读读小学校的教科书,或者可以知道一点普通的知识,要是单会套两句"桓公五年左传"里"郑庄公"的话,是不够事的。

十二

伏先生：今天的《寸铁》栏中,先生对于我主张蔡先生等不值得同什么"思孟"去争论的意思,有些不以为然。我现在先要声明,我十四日那块"寸铁",并非对于先生八日那块"寸铁"而发的。因为那篇《息邪》发见以后,有个朋友主张,蔡先生应该起诉。我对于这个意见很不以为然,所以炼了十四日那块"寸铁",写给《国民公报》。现在先生所说的"他们感化力薄弱",并且要他们想法,"使思孟不再做思孟,并使世界上从此再没有思孟出现",这话我却极端赞成。我以为蔡先生等两年来所做的事业,都是想"使世界上从此再没有思孟出现",可是方法能否达到目的,我们却要帮他留意的。(感化力却还有不够的地方,要不然就不至于有七月十六日的"吃饭"了。滋味好的食品很多,何以单想吃什么"湖"的"鱼"呢。)至于思孟这个人,我虽不敢一口断定,说他一定不能救济,但是陷溺已深,恐怕感化甚难。我们局外人,除了口诛笔伐,有什么法子想呢。至于思孟所要"息"的诸"邪",我以为他们应该干"使世界上从此再没有思孟出现"的事业。对于思孟,只好用耶稣临钉死时的话道:"父阿,赦免他们,因为他们所做的事,他们不晓得。"(《路加福音》二十三章三十四节)就此完事了。我对于先生今天那块"寸铁"的意见是这样的。至于我反对起诉的话,是因为就是要起诉,也应该向"法庭"起诉的,若诉"思孟"于"思孟",那比伯夷老爹说的"以暴易暴",和孟二哥说的"以燕伐燕"还要无谓,所以我很反对,随便写了几句,和先生谈谈,先生以为怎样？

异白　8 月 15 日

(选自 1919 年 8 月《国民公报·寸铁》)

"出人意表之外"的事

今天我走过商务印书馆门口,看见玻璃窗里摆了一本杂志,叫做什么《小说世界》。我想:商务印书馆不是已经有了《小说月报》吗?为什么又要出这《小说世界》呢?莫非近来文艺界的创作和翻译陡然加增,一个《小说月报》容不下了吗?果然如此,倒真是好现象。转念一想:不对啊!即使文艺陡然加增,但《小说月报》大可照《东方杂志》的办法,一月出两册啊!哦!莫非《小说月报》已经改名为《文学杂志》(去年《小说月报》的阅者常常有要求它改名的提议,见它的通信栏中),故另出《小说世界》吗?再一想:更不对了!小说也是文学啊!难道《文学杂志》中专登诗与戏剧不成?这个闷葫芦,真是猜不着了。

于是只好拿起它来翻翻看再说。

哈哈!这一翻,竟发现了"出人意表之外"的事!原来这本什么《小说世界》,没有发刊辞,没有宣言,没有体例的说明,它的宗旨简直在不可知之列,这真是"以震其艰深"了。但这还不算奇怪。可怪的是撰译的人,竟有天笑(姓包)、涵秋(姓李,就是做"以震其艰深"这句妙文的人)、求幸福斋主(即何海鸣)、胡寄尘、槖呆、赵苕狂、林琴南(就是做"出人意表之外"这句妙文的人)等辈。此辈的大名,近来专门发现在《礼拜六》、《星期》、《红》、《笑》、《快活》等等杂志（？）上。此辈的宗旨（？）是很容易知道的，随便数说几条，如提倡与民国绝对不相容的三纲五伦，提倡嫖赌，提倡纳妾，提倡画"脸谱"的戏剧（？），提倡杀人不眨眼的什么大侠客，提倡女人缠脚，反对女人剪发，反对生育制限，反对自由恋爱，反对文学，自命为"国学家"而专做虚字欠通的文章（？）……一言以蔽之，"在时间的轨道上开倒车"而已。商务印书馆近数年来很能够出几部讲人话的书报；前年（1921）《小说月报》改组，好些人曾经大大的恭维过它，说，"到底还是它能做点像样的事业，别家书店谁能及它呢！"不料它是受不住恭维的：一个《小说月报》改得像样了，它就不舒服了，非另找此辈来办一个《小说世界》不可！呜呼！天下竟有不敢一心向善，非同时兼做一些恶事不可的人们！我们对于他们，除了怜悯以外，尚有何话可说！

但这事虽有些可怪，还不算"出人意表之外"；因为商人营业，其志本在牟利，有昏乱的看官们爱拿此辈的小说（？）来"逍遣"，则书店投其所好，出那样一个杂志（？），也不足责。

"出人意表之外"的是：沈雁冰和王统照两个名字也赫然写在里面！他们的名字不是常常发见于《小说月报》《文学旬刊》等等说人话的杂志上吗？难道竟和此辈携手了吗？我翻开《小说世界》一看，王统照的《夜谈》，是"十，十一，十六"做的；沈雁冰的《私奔》，是翻译的文章：似乎他们只是拿旧稿和译品去敷衍此辈，或者还说不到和此辈携手，也未可知。但是，我很希望沈王两君"爱惜羽毛"！我现在要把《新青年》五卷一号中唐俟君的一首诗念几句给两君听听：

　　…………
　　他们大花园里，有许多好花。
　　用尽小心机，得了一朵百合；
　　又白又光明，像才下的雪。
　　好生拿了回家，映着面庞，分外添出血色。
　　苍蝇绕花飞鸣，乱在一屋子里——

"偏爱这不干净花,是胡涂孩子!"

忙看百合花,却已有几点蝇屎!

....

我还要奉告商务印书馆:你们要牟利,我也不说你们不对;但你们何妨专请此辈办一个杂志(?),专给那些昏乱的看官们去"消遣"呢?照你们现在这种办法,你们自己大概以为这样的新旧合璧,是最巧妙不过的,一定可以两面讨好,这赚钱的事是拿稳的了。但我很替你们耽心:万一拖辫子、缠小脚(兼包形式上的和精神上的)的人们看了沈王诸人的文章,觉悟的青年男女们看了包李诸人的文章(?),都觉得碍眼,都将这《小说世界》往地上一丢,说:"这样不伦不类,非驴非马的东西,真是要不得!这回晦气了几毛钱,下次决不再上当了。"你们不是弄巧成拙了吗?(现在的青年男女们,精神上拖辫子和缠小脚的却也不少,我这样耽心,或者太傻了。但我总相信光明是不会全个儿被云雾障蔽的。)

《小说世界》中有一篇题目叫做"?"的,中间写了好些"他"、"她"、"它"、"牠"字和许多连不起来的字,题目之上注了"碞碞派小说"五个字,这在作者大概算是糟蹋 Dadaism 了。他自己说:"我如是也仿他们这个新派。做了一篇小说。"下面有几句括弧中的话:"恐怕是鬼画糊涂。小说两个字。给我这样一用。算是遭了大劫。恐怕要拿到太平洋好生洗刷一顿。才能清洁呢。哈哈。"(几句悉依原文。)这种态度,完全和那做《太阳晒屁股赋》的张丹斧一样,我们唯有说他"可怜!可怜!"而已。至于这几句话中的虚字眼儿尚欠妥适,实字眼儿也有费解的,这本是此辈的绝技,更不足怪了。

1923 年 1 月 5 日

(选自 1923 年 1 月 5 日《晨报副刊》)

"五四"与"游园"与"放假"

我想,大家看了这个题目就要联想到从前科举时代相传的"君夫人,阳货欲"和"则将搂之乎?曹交"这类"无情的截搭题",要说我故意写这离奇而且牵强的题目来朦人,和香烟的广告一般。

但我却不能负这责任。为什么呢?别忙!请先看下列的某某两个学校的信:

a"迳启者:五月四号(金曜日)公府开学界游园会,本校停课一日,并送游园证,请查收。此颂教绥。"

b"本月四日(星期五)上午八时起,总统府开游园会。本校学生须佩带徽章,结队,由职教员率领前往。是日本校停课一天。特此通告。"

这两封信,便是我这题目的根据。

放假这件事,本来没有什么大意义。但若因为纪念一件有价值的事而放假——10月10日的讨清廷纪念,1月1日的民国政府成立纪念,2月13日的清廷推翻纪念,12月25日的讨袁逆纪念,6月3日的讨张逆纪念等——这是有道理。此外如废历的元旦,端午,中秋,和国历的冬至,也要放假,已经很没有道理了,不过废历元旦虽然道理上极应该废止,但大多数的民国国民一时还不肯向上,一定要在那个时候做种种结束的事,则在最近的短时间内暂时屈就他们,或者也是不得已的办法。至于废历八月二十七日那天,要放了假,叫民国的活人去向那已经死了二千七百多年的孔二太爷去拜阴寿,这便是很荒谬的事了;北京大学和孔德学校从去年起,废止这放了假去拜阴寿的举动,这是极不错的。

5月4日是五四运动的纪念日。五四运动是近年来很有价值的一件事。要是学校为它而放假纪念,这便和"双十"等等纪念可以认为有同样的道理的。不料这个纪念没有放假,竟为了什么"游园"而放假一天!这却是"意表之外"的奇谈了!依此例推,则逛新世界、城南游艺园,也该放假了。真是奇谈!真是奇谈!

讲到那个"园",本是一个公共的地方,无论什么人,无论什么时候,都可以去"游"的。不料被那个什么"府"不顾公德的将它霸占了去!霸占了去倒也罢了,偏偏还要效法前代独夫民贼"子惠元元""与民同乐"的意思,说什么"开放",什么"游园"!哼!

他们说这样"驴头不对马嘴"的话,本是"意表之中"的事;但有些学校竟因此而放假,我总觉得在"意表之外"了。

我这篇"无情的截搭题"的文章,已经做了七百字光景,很合于考秀才的八股文的字数,本来可以算完了。但因 b 信中的话,又想起一本什么书中的一首诗来了,便将它写在下面,做个结束:

姑苏太守□□□(这三个字记不起了),排了道子看梅花。梅花忽地开言道:"小的梅花接老爷!"

1923年5月3日

(选自1923年5月7日《晨报副刊》)

随感录五则

不通的外行话

11月14日北京有几种新闻记载所谓"清室善后"的事件（文章彼此都是相同的），其中有这样一句话："散氏盘系清初阮文达公（元）所献，系上古三代时物。"

把阮元搬到"清初"去，已经够外行了。而"上古三代"四字，则不但外行，而且真是不通之至！什么叫做"上古三代"！？即使讲句外行话，说此中共有四个时期，那就要问，一个散氏盘怎么会跨四个时期？难道它也像"猪仔"那样会跨党吗？

有人说，此公大概把严可均的《全上古三代秦汉三国六朝文》的书名的第二至第五个字误解了。我说，这倒未必。知道世界上有一个姓严的编纂过这样一部书的人少得很ㄅㄚ。是故总而言之，外行而已矣，不查而已矣。

"清室溥仪"

此番黄郛等毅然决然地取消爱新觉罗溥仪的帝号，是极不错的。但所谓"国务院令"也者之中有"清室溥仪"的称谓,实在颇有语病。所谓取消清帝的称谓也者,乃是把"帝"和"清"同时取消也。总而言之,爱新觉罗溥仪其人乃是中华民国国民的一分子,他在五族之中属于满族,如是而已。他或者依满人的惯例,单称名曰"溥仪",可也;或者依汉人的惯例,连名带姓而称为"爱新觉罗溥仪",亦可也。无论如何,总不应再加上"清"字。夫有"帝"而后有"清";"帝"之不存,"清"将焉附?溥仪这家人家只应称为"爱新觉罗氏",与其他的满人之"瓜尔佳氏"、"钮祜禄氏"等等一样,与汉人之"张氏"、"李氏"等等一样,与回人之"哈氏"、"马氏"等等一样……如果爱新觉罗溥仪可以称"清室溥仪",其他的满人也可称"清室某某",汉人也可称"民室某某",回人也可称"阿室某某"……这行吗?!

"清君侧"

北京有一种日报,天天痛骂外国的"法治"而提倡三代的"德治"(!!!)。此番冯玉祥班师回京,捉了李彦青去;该报发行号外,竟称为"清君侧"哈哈!他们竟认曹锟为"君"! 妙×丫妙裹×丫!

夫主张"德治",乌可无"君"? 而事实上竟无"君"也(虽然尚有所谓"大清皇帝"也者在),则虽欲不权认总统为"君",其可得耶! 盖彼"曹大总统"(?)者,纵非该报所爱戴,然固自承为大总统者也。于戏! 旨深哉!

《尚书》和《易经》为祟

日前我跟着一班人进神武门看贴封条,一路走去,但见东一个什么门,西一个什么殿,又是许多什么宫,还有好些什么匾额对联之类。这上面的名目和字句,十之九出于《尚书》和《易经》(《尚书》尤多)。一部文理不通的断烂朝报,一部妖气满纸的龟版神数,居然大显其灵,帮助了二千多年的独夫民贼,给他们大搭其臭架子;居然压服了二千多年的忠臣贱儒,叫他们扁扁服服地恪守其奴才之本分!於戏!非具有"特别国情",乌克臻此!

"持中"的真相之说明

有些人们说,欧洲人"向前",印度人"向后",都不如中国人"持中"的好。我因此想起某书上记着一副挖苦叶名琛的对联:

不战,不和,不守;
不死,不降,不走。

我觉得这大概可以作为"持中"的真相之说明了。

(选自 1923 年 11 月 24 日《语丝》第 2 期)

中山先生是"国民之敌"

我也和林玉堂先生一样,以为"近日论孙中山,哀孙中山,悼孙中山的文章也尽够多了,我又何必来照例做无谓的文章以扰读者?"(林文见《猛进》第5期)但我一向总觉得孙先生是"国民之敌";这个意思,我现在却要说它一说。

孙先生以国民之导师自任,大家也都公认他是国民之导师。我不但认孙先生是国民之导师,我并且希望国民奉孙先生为导师。但从事实上观察,截到现在为止,孙先生确乎还是"国民之敌"。

"国民之敌",是ㄧㄅㄣ本戏剧名著的名目。戏里的主人翁ㄊㄅㄚㄙㄙㄊㄛㄎㄇㄢ医生发现了本地浴场的水里有传染病菌,想要去改良它。不料浴场董事会和一班股东们因为改造浴场要耗损资本,所以拼死反对去ㄙㄊㄛㄎㄇㄢ,地方上又都是些没有眼睛,只会盲从附和的人,于是ㄍㄨㄞㄧㄍㄠㄕㄨㄟ竟被市民大会宣告为"国民之敌"(以上抄自潘介泉先生的《易卜生传》)。

孙先生就是这样的一个"国民之敌"。

国民要大清皇帝或真命天子坐在金銮殿上;孙先生偏要排满,而且还要废除皇帝。国民要爬在青天大老爷的公案下面,褪下裤子,等着打屁股;孙先生偏要叫人民去管理政事。国民以富人享福而穷人受罪为天经地义,孙先生偏要来主张平均地权,节制资本。国民安于晴天踏香炉,雨天踹酱缸,刮风时闻"七香散",粪便四溅,泔水激扬这种"精神文明";孙先生偏要来鼓吹物质文明。国民最爱吐痰,放屁,留长指甲,不洗牙齿;孙先生偏要劝大家把修身的工夫做得有条有理(《民族主义》第六讲,第一三〇至一三三页)。国民甘心做驮"不识不知,顺帝之则"和"民可使由之,不可使知之"这两块大石碑的赑屃;孙先生偏要叫他们"知"(《孙文学说》一书,几乎全部都述此义)。国民愿意苟安旦夕,喜欢维持现状;孙先生偏要提倡奋斗,主张革命。其他国民要如彼,孙先生偏要如此,说起来真是更仆难终,ㄍㄨㄞˇㄧㄠˋㄕㄨㄟˋ一句话,国民要静坐或倒退,而孙先生要抖擞精神地跑,而且要向着寥廓无尽的前途不息地跑。

孙先生这种精神,真是我们这疲癃老朽的民族起死回生的唯一圣药;他具有这种圣药,他当然是一位良医。可是有祖传痼疾的国民们,是以做"膏肓间二竖子之伥"为天职的,见了良医,便咬牙切齿,不与共戴天;他活着,他们咒他死——咒他不得好死;他死了,他们于是乎大乐——但因必要,故又在笑眼中挤眼泪。

有人说我这话过火吗?我绝对不承认。我只承认我的文笔太笨拙,不会描写他们这种鬼心思百分之一二而已。谓予不信,请闭目一想:不是孙先生发表远大的建国方略,他们便说是"大炮"吗?不是孙先生实行救国救民的事业,他们便说是"捣乱"吗?只此两个名词,便如见其肺肝了。人焉廋哉!人焉廋哉!

这不是孙先生是"国民之敌"的铁证吗?

老实人于是驳我道:这是过去的事。近数月来,颂扬孙先生者日见其多,可见国民渐渐明白了。我们应该"与其洁也,不保其往也"才是。

我乃哈哈大笑道:您别傻ㄉㄚ!您看十三年前称孙先生为"孙汶"的,十年前散布《孙文小史》的,六七年前称他为"民贼孙文"的,半年前还是称他为"孙大炮"的,"近数月来",都亲亲热热地叫起"中山先生"来了,甚而至于叫起"元勋""伟人"这一类的字样来了!最奇妙者,竟有一位姓

"清"名"室"的人,居然也送花圈到社稷坛去,居然对于十三年前他想拿来处以极刑的"孙汶"称起"孙中山先生"来!(岂独令人"肌肤起栗",简直要"毛骨悚然"!)这是什么缘故?老实说吧,全是为了"段执政"近来和孙先生有了往还哪(虽然……)。要是……,他们马上就……。谓予不信,请到昆骞国王那儿去查民国元年孙先生来京时和二年二次革命失败后的流水账簿。

我写到这里,没有勇气再想下去了,且引一段话来结束此文:

孙文来了,怎么好!听说这回是段执政约他来的,他许不至于捣乱吧!

这话是去年年底孙先生扶病到京之日,我在一个饭馆子里吃饭,一位伙计低声向我说的。

1925 年 4 月 5 日

(声明)文中所说的国民,是指国民全体中的最大部分而言,并非指国民全体。如有人自己觉得不像此文中所说的国民那样,则我所说的就不是足下,请足下不必脸红。为免除"超老实人"误解计,特此郑重声明。

(选自 1924 年 4 月 23 日《语丝》第 22 期)

我也来谈谈"博雅的手民"

今天看了MN君《博雅的手民》一篇杂感,不禁联想起三个"博雅的手民"来。

(一)适之去年在东大演讲"书院制史略",其中有这样一句话:"黄以周先生做南菁书院山长的时候,常常拿'实事求是,莫作调人'八个字告诫学生。"不知那位笔记先生怎样记下,以致某报(好像是《时事新报》,但是记忆不真了)的手民竟把"黄以周"改作"黄梨洲",而《东方杂志》第二十一卷第三号第一四五页选录此文,亦竟随之而变矣!(《东方》"梨"作"黎",此不知沿某报之旧乎,抑经《东方》之"重译"而复变乎!是殆不可知矣。)夫黄梨洲与黄以周,同为"吾乡"之经学理学名儒,且以文字而论,"以、梨(或黎)"叠韵,"周、洲"同音,宜若可以相通也。然之二子者,一在明清之际,一在清末,认作一人,似有未安。虽然,手民也,而能知有黄梨洲(或黎洲),吾于是推知彼必尝略窥《明夷待访录》及《明儒学案》之一斑矣。可不谓之博雅也欤哉!於戏!盛矣!

有人说:"若适之当日说了'黄元同先生',当不致有此误。"是亦不然。"吴又陵"既可变为"严又陵",则"黄元同"何不可变为"钱玄同"乎?前年,"宣统九年"的"特简法部尚书"劳乃宣大人薨,其家属寄讣文给我,因为我的贱名上一字犯了他们的"圣祖仁皇帝庙讳上一字易天〇而地黄"(引号中十六个字,录自《字学举隅》)那个"〇"字,于是封面上贴的蓝签上面的红签上竟写作"钱元同先生"!若使"博雅的手民"见之,当可合区区与黄元同而一之矣!

(二)适之从美国回来不久,做了一篇《归国杂感》,登入《新青年》第四卷第一号。其中提及俄国的 Andreyev,群益书社的"不博雅的手民"误将 v 字排作 u。后来《神州日报》转载此文,凡原文中直写西洋字的,都用汉字译出,而这位俄国文学家竟译作"安得来洋"!是殆亦"博雅的手民"所为也。夫手民而能知 yen 音之当译为"洋",苟非博雅,乌克臻此!

(三)十八年前,有日本留学生某某二君办了一种杂志,名叫《教育》。其第一号中有一语云,"虽如汗牛之充栋"。过了几天,《民报》第十号中,章太炎师对于此语下了下列的批评:

> 贵报《新教育学冠言》有一语云,"虽如汗牛之充栋",思之累日不解。"汗牛充栋",语出唐人文中,非难得之秘书。其意谓积书既多,藏之则充塞栋梁,载之则牛马流汗。语本平列,而作此句,恐有杜温夫"助词不中律令"之诮。望速改正。

后来《教育》的记者答复太炎先生,大意说,"这是手民排错的。我们的杂志中还有引孟子的话,也脱了一个字,你为什么不举发?难道你以为我们只读过《四书》,没有读过唐文吗?你竟这样看不起我们吗?"到了《教育》第二号出版,便附了一张"第一号勘误表",把"虽如汗牛之充栋",改正为"虽亦汗牛而充栋了"!

这一个僻典,我们在"群言堂"("群"居终日,"言"不及义)中是常常要用它的。近来《晨报副刊》中所载淦女士的文章偶然用了这个僻典(三月十五日),以致惹起塞先艾君的诘问(三月二十日)。浩然君又因东大的国学家顾实的文中有"注者充栋"一语,又提及这个僻典,他说,"'若汗牛之充栋'这句话,或者可以不像'出人意表之外'一样,再烦钱玄同先生详细的说明了罢"(四月四日)。但我既在中央公园中说明了"出人意表之外"那个僻典，则现在也不妨趁这谈"博雅的手民"的机会来说明这个僻典的来历；浩然君当亦不以为非也。

据我看来，排"虽如汗牛之充栋"的那个手民，虽然似乎未曾读过唐文，有些欠"博雅"。但这句话的确很有趣味，如浩然君所说的："流着汗的牛，堆积起来，堆积起来，一直叠到碰着屋栋"；"流汗的牛堆积得满屋，或者可以叫人错看这是牛肉庄的栈房。"所以该手民能排此语，也未尝不可对付着权称为"博雅的手民"。至于后来排勘误表的那个手民，则不但配不上称博雅，简直非打手心不可！

话本可以说完了，但因上文提及顾实的"注者充栋"一语，忍不住还要赘上几句。这"注者充栋"一语，决非"博雅的手民"所能撰出，一定是博雅之至的国学大家顾实的大手笔。所以我曾对我的朋友杨遇夫先生说："你若到东大去，你可要小心些！谨防顾老先生把你堆到屋栋上去！虽然那边的屋梁上早已有河上公到马其昶许多人在那儿给你'陪堆'（这个新名词，是援'陪绑'之例而造的），可是我总觉得替你难受哇！"（因为遇夫曾著有《老子古义》一书故也。）

哈哈！"群言堂"要关门了，再会吧！

1924 年 4 月 23 日

（选自 1924 年 4 月 27 日《晨报副刊》）

《吴虞先生的来信》的"读后感"

我写这篇杂感,想不出题目来,所以便用了"读后感"这个时髦——或者已经过时了——的名称。

这篇杂感,本可以不做,因为《吴虞先生的来信》本不是给我的。他这封信虽然好像是对于我那篇《孔家店里的老伙计》的答辩,但他并未曾把我的话驳倒一句,所以我本不必再来讲话。但是《吴虞先生的来信》的话太妙了,我读了之后,实在手痒难熬,忍不住要来写一篇杂感。

原信云:"顷阅贵报副刊杂感栏大著一篇。"按:吴先生的信是写给"晨报记者先生"的。我是一个投稿的人,那篇杂感是我做的。吴先生因为它登在《晨报副刊》上就认为"晨报记者先生"的"大著",这未免是"张冠李戴"了。听说吴先生在北大讲授诸子之文,我要忠告吴先生,你讲书的时候,可要注意些。假如你讲《庄子·齐物论》中南郭子綦的"大块噫气,其名为风"二语,你若因为它在《庄子》书中,便说这是庄周的话,那就错了呵!

原信云:"浅陋昏乱,我原不必辞;不过蔡子民、陈独秀、胡适之、吴稚晖他们称许我皆谬矣。"按:蔡、陈、胡、吴诸君固然是新思想的先觉,但他们也未必全无"谬"论。吴先生的议论是"浅陋昏乱",还是值得"称许",应该看它的自身而定;它固然不因 XY 不"称许"它而羞辱,却也未必因蔡、陈、胡、吴诸君"称许"它而加荣啊!

我说冒牌的孔家店里的货物有"古文、骈文、八股、试帖、扶乩、求仙、狎优、狎娼",这不过是随便举例罢了;所以"娼"字下尚有不尽号之"……",又说"三天三夜也数说不尽",这本是包括二千年来的"读书人"(无论自命为儒者或自命为非儒者)的思想而言。我并没有说这许多昏乱思想皆备于吴先生一人之身,这是从文理上可以看得明白的。所以吴先生既"不知古文","骈文实无所知","八股试帖全无所知","扶乩求仙生平不解",则尽可不必一一辩解。(信中"不敢冒认为古文"一语,文义未安,疑有脱误。)

我们现在对于《国语》、《汉书·艺文志》、《陶弘景传》(原信"弘"作"宏";吴先生不是遗老,似不必避前清的"庙讳")这些书,只有两种处置法:一是送给思想清楚的人们做"中国昏乱思想史"的史料;一是照吴稚晖先生的办法,把它们扔到毛厕里去。除此以外,一无用处。至于严又陵,他虽然偶尔说过几句较为清楚的话,但他的昏乱话很多。即如"医国之道极于养生"这一句,便昏乱得很。研究政治是一件事,研究医学又是一件事,讲求卫生又是一件事;把它们连串起来,做成这样八个字的文章,便好像这是"三位一体"了,这真是昏乱之尤的思想,昏乱之尤的文章!原信云"此乃为文,非同学说,有所主张信仰"。哈哈!原来"为文"与"主张信仰"是不相干的。然则"打孔家店"的人"为文"时尽可赞扬孔丘,主张文学革命的人"为文"时尽可表彰古文,反对多妻制的人"为文"时尽可为妾媵制张目,信仰"科学的人生观"的人"为文"时尽可替"玄学鬼"辩护了。反过来说:洪宪皇帝"为文"时尽可反对帝制,唐焕章"为文"时尽可痛辟去年中秋以后天地要混沌之说了。——有人说:"你真傻了!'为文'与'主张信仰'不符,正是孔家店里的伙计们的态度啊。"我说:对啊对啊!我不再说下去了。(原信中"以医道活人之术救治人"一语,我实在看不懂。)

原来"人不聊生,朝不保夕"的时候,那些"年七十"与"年六十余"的

"诸老先生于忧患之中"可以狎优而"藉资排遣"的。大概狎了优,"人"就"聊生"了;狎了优,"朝"就可"保夕"了!哈哈!奇乎不奇!这且不论。我要问,优伶也是"不聊生"的"人"?他"于忧患之中"若要想"排遣",可以用什么来"藉资"?——啊!我又错了!拿优伶和"年七十"与"年六十余"的"诸老先生"相比,本是孔家店中的人所不许的啊!信中还有一句妙不可言的妙语:"岂尚有肉欲之可言哉!"原来对于优伶,只要没有"肉欲之可言",便无论说什么臭肉麻的话,都是可以的。此殆所谓"心理上之赏爱,非生理上之要求"乎!哈哈!

原信云:"吴吾之诗,自有吴吾负责,不必牵扯吴虞。犹之西滢之文,自有西滢负责,不必牵扯陈源也。"妙啊!妙啊!我再给吴先生加几个例吧:饮冰之文,自有饮冰负责,不必牵扯梁启超也;子民之文,自有子民负责,不必牵扯蔡元培也;精术之文,自有精术负责,不必牵扯汪兆铭也;稚晖之文,自有稚晖负责,不必牵扯吴敬恒也;……又云:"若定指吴吾即吴虞,我也不推辞。"敬闻命矣!

原信云:"我非讲理学的,素无两庑肉之望",这的确是孔家店里老伙计的口吻。孔家店里的伙计本有两种:一种是不玩相公,不逛窑子的(或者暗中玩玩逛逛也未可知);他们非不爱玩,非不爱逛,以"有两庑肉之望"也。一种是相公也爱玩,窑子也爱逛,以"无两庑肉之望"也。故苟"无两庑肉之望"者,尽可作"绮艳之词",尽可"寻芳",尽可"买美人怜"。至于"芳"是什么东西,"美人"是什么东西,那些人和自己是否同是人类,是否同有人权:这些问题,本非孔家店里的伙计的脑子所有的。

原书云:"中国人诗词戏曲,痰迷者,真汗牛之充栋。足下能一一举正之乎?"按,这些"汗牛之充栋"的"中国人诗词戏曲",我们本不屑去"举正"它;最干脆的办法,唯有照吴稚晖先生的话,把它尽数扔在毛厕里。至于这句话中"足下"二字,不知是指谁。若是指我,则我并非"晨报记者先生";若指"晨报记者先生",则那篇杂感并非他们做的。吴先生:你又闹错了!原信又举及梁□□、蔡松坡、陈独秀、黄季刚之"遗韵"("遗韵"二字用于活人,似乎欠妥),不知何意。(梁□□究是何人?何以四人之中唯此公应该避讳?)难道吴先生因为他们有"遗韵",所以自己也不妨有"遗韵"吗?又此节之末有"不必曰各行其是,各行其非可耳"一语,真使我"思之累日不解"。看官们!你们有懂的这句话怎样解法的吗?

我原文中"自己做儿子的时候……"数语,本未曾指明这是吴先生的行为。吴先生既未曾"想"打老子,又没有儿子,又未曾阴护礼教,那就与我所说的无关了。至于我所说的那一种人,实在是有的。他们从前因为自己受父母的管束,便气得不得了,痛骂礼教之害人。现在他们看了自己生的儿女(我那文中所谓儿子,本是兼包男女而言;不过这种讲法,又必非孔家店里的伙计所许可耳)不受管束,便觉得这都是中了外国的新学说的毒,同时又觉得"中国自有特别国情",如汉宣帝所云:"汉家自有制度",这些"国情"与"制度",实非保存不可;但自己仍不得不藉口破坏礼教以便私图,这便叫做"阴护礼教"。

周作人、马叙伦诸先生的思想清楚不清楚是一件事,吴虞先生写信给"晨报记者先生"又是一件事。这两件事真是"风马牛不相及"的啊!

(选自1924年5月6日《晨报副刊》)

答浭生君

因为"在现在,'尊王室''平天下'……等等的话头自然不适于用",所以"以现在的眼光斥从先的著作为毫不足取",是应该的,毫不"太过"。

因为"此一时,彼一时",所以"四千年来的文化,给我们的",的的确确"仅是告诉我们,他自身是碎纸"。

"从新估价","自然"是"应当"的,"未常(?)不可练(?)出金子来",却未可随便愚断。

旁的话,没有闲工夫奉答了。

附:浅陋的话

今天又打开四月份的副刊,将以前拜读过的《孔家店里的老伙计》重读一遍。

我们虽然自信不是怎样思想荒谬的人(已经请医生检查过,的确没有"痰迷心窍"),然而妙文当前,总不觉自惭浅陋。

固然,我决不是为昏乱如吴吾的辩护,更不敢拜到孔家店里去学徒,作些《赠娇寓》之类的诗,只是对于 XY 君的科学的科学思想有所疑问罢了。

说吴学究是"痰迷心窍"则可(这自然也不免称为浅陋),若因之便气愤填胸地骂孔老夫子的思想是"中国昏乱思想的大本营,它若不被打倒则中国人的思想永无清明之一日",也未免失之过火。

在现在,"尊王室""平天下"……等等的话头,自然不适于用,然而此一时,彼一时,以现在的眼光斥从先的著作为毫不足取,未免太过,四千年来的文化,给我们的仅是告诉我们,他自身是碎纸吗?自然应当从新估价,沙内未常不可练出金子来。总之,现在奉四千年前的旧话,作不传之秘的,自是呆鸟,而迷信"全盘受西方化"的也未必是聪明人。

孔家店本是由"吾家博士"看《水浒》高兴时,擅替二先生开的,XY先生便以为着重点,论得"成篇累牍",以思想比货物,似乎不怎样恰当。

这篇文章,自然是妙文,然而思想方面同"胡适论"式的文章,八两半斤,都是"千该打,万该打的东西"。

浭　生

(选自1924年5月20日《晨报副刊》)

零碎事情

"《天风堂集》与《一目斋文钞》忽于昌英之㚇之日被丩卜虫了!"这句话是我从一个朋友给另一个朋友的信中偷看来的,话虽然简单,却包含了四个谜语。《每周评论》及《努力》上有一位作者别署"天风",又有一位作者别署"双眼",这两部书大概是他们作的罢。"丩卜虫"也许是"禁止",我从这两部书的性质上推去大概是不错的。但什么是"昌英之㚇之日"呢?我连忙查《康熙字典》看㚇是个什么字。啊,有了!《字典》"㚇"字条下明明注着:【集韵】诸容切,音钟,夫之兄也。中国似有一位昌英女士,其夫曰端六先生,端六之兄不是端五吗?如果我这个谜没有猜错,那么,谜底必为《胡适文存》与《独秀文存》忽于端午日被禁止了。但我还没有听见此项消息。可恨我这句话是偷看来的,不然我可以向那位收信的或发信的朋友问了问,如果他们还在北京。

(选自 1924 年 6 月 7 日《晨报副刊》)

恭贺爱新觉罗溥仪君迁升之喜并祝进步

人,总应该堂堂地做一个人,保持他的人格,享有他的人权,这才是幸福。一个人要是沦为强盗、瘪三、青皮、痞棍、土豪、地主、王爷、皇帝等等,他们的生活方面虽大有贫富苦乐的不同,但其丧却人的地位则完全一致,我认为这都是些不幸的人们。这些人们因为自己不幸而丧却人的地位,于是便不能完全享有人权,于是常常要做出许多没有人格的事来,于是好好地人们便要遭他的损害,于是他便被好好地人们所敌视了。

张三要损害李四,李四敌视张三,向他决斗,这是极正当的防术,丝毫无可非议,所以一切革命反抗(不幸的人们称为"犯上作乱")的行动,都是绝对不错的。但是再进一步想,敌人原来也是朋友ㄨㄚ!只因他一念之差以至做了不够人格的事,别人固然遭了他的损害,他自己也是很不幸兀ㄚ!

奋斗的时候,固然应该毁灭他的武器;但武器毁灭以后,还应该救济他:恢复他固有的人格和人权。据说一千九百多年前以前,有一个木厂子里的少掌柜的,叫人们要爱敌人,他的理由怎样,且不去管它,我用断章取义的办法,很赞同这句话;但我以为在敌人有武器的时候是不应该爱他的,到了敌人的①武器毁灭以后便应该爱他,爱他的第一步便是恢复他固有的人格和人权。

北京城里有一位十九岁的青年,他姓爱新觉罗,名溥仪,这人便是上列各种丧却人的地位的不幸人之一。原来他的祖宗在三百年以前不幸沦入帝籍,做了皇帝,不克厕于编户齐民之列。他家父传子,子传孙,传了好几代,经了三百多年,干了许多对不住人的事体。到了十三年前,有些明白的人们起来向他家奋斗,居然把他家的武器毁灭了。但是还给这位青年留下那个极不名誉的名目叫做什么"皇帝"的,而且还任他住在一个不是住家的房子里,还任一班不要脸的东西常常弯了腿装矮子去引他笑,低下脑袋瓜儿扮成叩头虫的模样去逗他玩,以至于把这位年龄已经到了应该在初级中学毕业的时候的青年,弄到他终日如醉如痴,成了一个傻哥儿;他在七年前还被那班不要脸的东西簇拥到外面来胡闹了一回,险些又要恢复那毁灭了的旧武器,再来做对不住人的事体。他弄到这样的地步,真是他的大不幸。你想,咱们可以自由住居,自由行动,为什么他不可以,咱们家的子弟可以入学校,得到相当的知识和技能,为什么他不可以?咱们可以得到选举和被选举的资格,为什么他不可以?在北京说北京,咱们的原籍无论是否北京,只要在北京住居几年以上,便可以得到北京市民的参政权,他家自从1644年到北京以来,到现在整整地二百八十年了,为什么他还得不到北京市民的参政权?他这样的不幸,不消说得,便是"皇帝"这名目害了他。"皇帝"这名目之不名誉,固与"青皮、瘪三"等等相同;而他的称号,"皇帝"之上还有"大清宣统"四字,这又好比青皮瘪三有那些"四眼狗、独眼龙、烂脚阿二、缺嘴老四"等等绰号一般。青皮瘪三改邪归正之后,总得好好地取一个平常人的名字;若仍旧称为"四眼狗"等等,怎能怪人家厌恶他,歧视他?(况且保存这等绰号,实在也真有些危险,因为他可以藉此再做青皮瘪三。)由是可知十三年以前毁灭他的武器而留下"皇帝"这个名目给他,真是不彻底的办法,不但他有时要藉此胡闹,弄得咱们受累,并且使他因此而不克恢复他固有的人格和人权。咱们也实在对不住他。

这几年来,我常常对人家说,我很希望这位十九岁的青年肯力图向

上,不甘永沦帝籍,自动的废除帝号,刻这样一个名片:

（前　　　面）

```
爱新觉罗溥仪

                            京兆
```

（后　　　面）

```
Mr. P. Y. Aishingiolo

                            Peking
```

以表示超出帝籍,上厕于民国国民之列。但我这希望终于希望而已。

现在爱新觉罗溥仪君自己虽然还未觉悟,未能自动的超拔自己,而有冯玉祥君、黄郛君、鹿钟麟君、张璧君等居然依了李石曾先生等明白人的建议,于1924年11月5日派了人去劝告爱新觉罗溥仪君:"大清宣统帝从即日起,永远废除皇帝尊号,与中华民国国民在法律上享有同等之权利";"清室应按照原'优待条件'第三条,即日移出宫禁,以后得自由选择住居。"爱新觉罗溥仪君一一照办,立刻搬出那"不是住家的房子",而回到他的本生的老太爷的府上去了。

好了好了! 爱新觉罗溥仪君从此超出帝籍,恢复他固有的人格和人权了!"爱新觉罗溥仪君! 我很诚恳的向您道喜:恭喜恭喜! 恭喜您超升啦!"

我对于爱新觉罗溥仪君还要说几句祝望的话:"您虽然是一位十九岁的青年,可是您以前处在一个很不幸的环境里,成日价和那班不要脸的假矮子假叩头虫鬼混,读那些于您不但无用而且有害的书如《尚书》之类,您的知识和技能大概要比一般的中学生差些吧。这不必讳言,也无须追悔。'往者不可谏,来者犹可追。'我听人说,您在那不幸的环境里,居然爱看《新青年》、《晨报副镌》、康白情的《草儿》和俞平伯的《冬夜》之类,我觉得您还是一位有希望的青年。我祝望您:从今以后,可以好好地补习些初中程度的科学常识,选读几部白话文学的作品;过了一两年之后,大可去考高级中学或大学预科;将来更可上外国去留学,把您自己造就成一个知识丰富学问深造的人,您的幸福可就不可限量啦。您的先德玄烨先生在二百年以前的皇帝队里,总算是留心学问的人了,但是就现代的平民看来,他的学问也不过尔耳;您如今已经超升为现代的平民了,您肯用功上进,将来必定'跨灶',这是无疑的。还有一层,听说您已经结婚了,而且因为您以前在那不幸的环境里,听说您已经有了姨太太了。咱们姑且'成事不说',您既已结婚,便应该了解两性的关系,我现在要介绍两部好书给您:一部是ㄎㄚㄆㄣㄊㄜ的《爱的成年》,一部是ㄙㄊㄜㄆㄊㄜ的《结婚的爱》。至于《二十四史》里的《皇后传外戚传》之类,于您不但毫无用处,而且还大有害处,我劝您别去看它才好!"

1924 年 11 月 6 日

(选自 1924 年 11 月 17 日《语丝》第 1 期)

告 遗 老

遗老们！我替你们想，你们可走的路计有四条：

（一）大彻大悟，知道自己应该堂堂地做一个"人"，而做皇帝的"奴才"是很不够人格的；知道应该服务于社会，彼此互助，效忠于一家一姓是很丢脸的；于是幡然改变，不再长垂豚尾，不再向所谓什么皇帝也者屈膝叩头，趁此未死之残年，勉力为民国服务，以图晚盖；并且劝你们那个所谓什么皇帝也者也敝屣帝号，高升为一品大百姓。这是最合理的一条路，因为这条确是向前跑的路。可是这条路虽最合理，我并不奉劝也不希望你们走。一层是你们总不肯走的，劝也是白劝，希望也是白希望。还有一层是即使你们竟违心而走此路，但你们的道德实在太卑污了，你们的脑筋实在太污腐了。"民国肇建，十有三载，变乱相仍，靡有宁日"（这是阔人们的通电起首照例有的句子）的缘故，就是因为服务诸公之道德卑污与脑筋朽腐，他们并非真正的革命党，他们与你们本是"一丘之貉"。他们满坑满谷，已经很够讨厌的了，我实在不希望你们再去加入，弄得将来更难肃清。

（二）简直明目张胆地做复辟的运动。你们既不承认民国，当然非回复清朝不可；既反对共和，当然非有皇帝不可。既要清朝和皇帝,那就应该明目张胆地运动你们的"上头"(这是半个月以前某遗老在清室善后委员会中对于溥仪的称呼)再坐龙廷,像民国六年七月一日张勋、康有为那样做法,这是"开倒车"的行径,当然是极不合理的;但就你们论你们,这也还不失为一条可走的路。可是这一条路,我知道你们也是不肯走的,因为走这条路,又危险,又吃力。走不通时总不免危险(虽然有东交民巷等处可躲);即幸而走通,吃力却是意中事。我不敢谬奖你们,照你们平日的道德看来,似乎有些经不起危险,耐不起吃力的,所以我不相信你们肯走这条路。还有就我一方面而论,我的确也不愿意你们走这条路;因为我是民国的国民,我自然希望民国国体巩固,不希望有人来捣乱,再闹复辟的把戏。所以这一条路我也不奉劝你们走。

(三)既要做满清的忠臣,则当贵"上头""逊国"以后,便应该殉难,以全臣节;否则也应当拖辫入山,采食薇蕨(其实就是这样,也还是践民国之土,食民国之毛),做一个草间偷活的孤臣。这也不失为一条你们可走的路。但我也不奉劝你们走。我不相信你们能够有谢枋得、文天祥、王夫之、李颙等人那样坚劲的节操。况且劝人寻死,实在有背于人道主义。民国的国民是应该重人道的,所以我决不来劝你们寻死。

(四)什么正经事也不做,只是捧捧戏子,逛逛窑子,上上馆子,做做诗钟,打打灯谜,如此昏天黑地以终余年。这一条路你们大概都愿意走,我也希望你们走。因为照你们平日的道德看来,走这一条路真是恰配恰配;而这样的行径,或者于民国还没有什么大妨害。(其实也是有妨害的,因为可以由此而产生许多道德卑污的"遗少"。不过少年人而愿以你们为模范,步趋唯谨,愿做"遗少",则其人实是自甘沦弃,亦不足惜耳。)

除这四条以外,别无你们可走之路。但你们却常常要走另外两条路。那两条都是损人不利己的路(上述第二条路也是损人的,但又是利己的;我对于你们,不敢用道德的话来苛求,所以对于于你们有利的,我还说是可走的一条路):

(甲)并不做复辟的运动,而却要保住贵"上头"的帝号,向民国的行政官摇辫乞怜,说什么"上头"赞成天下为公之共和政体喽;什么"上头"

绝无复辟之心喽；什么前次复辟乃出于张、康之胁迫，绝非"上头"所愿喽。你们这样的行动和言论真是荒谬得很！既说不复辟，为什么还要保住贵"上头"的帝号！？既不肯抛弃帝号，为什么不做复辟的运动！？贵"上头"既不想复辟，且赞成共和，为什么还要窃帝号以自娱！？你们要知道！保住帝号，便应该复辟；赞成共和，便应该废除帝号。空空地保住帝号，实际上还是共和政体，在你们并无丝毫利益；明明是共和民国，竟有人公然自称皇帝，在我们实在是非常地受累，非常地丢脸。所以说这是损人不利己的。

（乙）复辟不复辟，民国不民国，不大提起，或者竟绝口不谈，而常常要大发其臭肉麻之牢骚曰"世风日下，人心不古"，甚而至于还要拿了三纲五伦忠孝节义之说来束缚压迫我民国的国民。这种"像杀有％丫事"的自命为"道德的保镖者"的神气，真要令人三日作恶，真要令人气破肚皮。什么三纲五伦忠孝节义，都是二千年以前宗法社会之旧道德，与民国国体绝对抵触，万万没有提倡它的理由。即就公等自身而论，公等立身行己，果与此等灰堆中之旧道德的教条符合否耶！？请公等于夜气未尽梏亡之时仔细想想！即使公等是能实践此等旧道德者，但因此而遂欲以旧道德绳民国的国民，则真是荒谬绝伦！我明明白白地告诉你们：在共和国体之下而说什么"君为臣纲"，什么"君臣之伦"，什么"忠君"的话，的的确确是鼓吹造反！至于父子夫妇等等，仅仅是名称的不同，而人权则彼此完全一样，在共和国体之下而说什么"父为子纲"，什么"夫者妻之天"的话，也是等于造反！你们用专制时代的旧道德来束缚压迫共和时代的国民，你们未见得因此而得到什么好处，而我民国被你们这一大捣乱，岂独国体动摇，简直成了"率兽食人，人将相食"的世界。直是受累无穷。所以说这又是损人不利己的。

你们走这样损人不利己的路，我们被损的人们理应向你们严重抗议，积极反对。

遗老们！共和的意义，平等的真理，你们的脑子中向无此物，现在也没法把它装进去，只好不谈了。我现在且向你们谈谈历史。什么《御批通鉴辑览》和《东华录》等书，你们大概总是敬谨诵读过的。我要请你们回过脸去看看你们的"本朝列祖列宗"的"武功文治"：福临和玄烨对于明安宗（由崧）、绍宗（聿键）、昭宗（由榔）是怎样处置的!？奕䜣和载淳对于太平天国又是怎样处置的!？"扬州十日，嘉定三屠"是怎样的景象?！剃发令下之后，是否有许多人连脑袋也被剃去?！（那时束发的汉族遗民能够像你们现在这样很安逸地长垂豚尾十三年吗!）玄烨、胤禛、弘历时代所谓文字狱，所谓销毁禁书，是怎么一回事?！（那时著书的人能够像你们现在这样很自由地写"夏历"壬子年至甲子年或竟写宣统四年至十六年吗?！）再回过头来看：民国元年二月我民国劝贵"上头"溥仪退位时是怎样待他的?！六年七月溥仪复行窃位后我民国是怎样待他的！今回十三年十一月我民国劝溥仪废帝号出宫禁时又是怎样待他的！我民国以宽大为怀，不念旧恶，将努尔哈赤以来三百余年残杀汉人之滔天罪恶一笔勾销，不效法夏启（你们所称为三代圣王的），"予则孥戮汝"的行为，不主张孔丘作《春秋》所赞美的齐襄公复九世之仇的办法，仅仅取消溥仪的政权和帝号，既没有丝毫难为他，也不曾"夷其社稷，迁其宗庙"，且还送钱给他用。民国对于满清，岂但是"仁至义尽"，简直是"以德报怨"。"以德报怨"，本嫌过当，但既已做了，也就算了。不意施者如此其厚，而受者方面竟还要口出怨言。风闻自溥仪废号出宫以后，你们向外国人，向民国的临时执政者捏造无根之谣言，什么溥仪的生命有危险喽；什么故宫的古物难保存喽。胡言乱语，层出不穷。我老实对你们说吧：你们看得溥仪如此其值钱，以为有人要谋害他；在我们看来，溥仪不过一个不到二十岁的大孩子，只因他以前太胡闹了，所以此番禁止他胡闹，把他送回家去，使他以后可以好好地读书求学罢了。他是什么大人物！也值得被人谋害！笑话笑话！至于故宫的古物，这是民国国家公有的东西，民国自有相当的机关来保管它，整理它，研究它。你们不是民国的国民，敝国古物的保存，无须你们"越俎代谋"！讲到遗失的话，倒是的确有的，不过这是民国十三年十一月五日溥仪出宫以前的事，我们现在为厚道起见，打算不追究了。（五日以后，听说溥仪的铺盖运出神武门时经军警检查,发现《快雪时晴帖》一本,委员会也不过将它扣留,暂时保存在钱柜之中而已,不复穷加追究,以顾全贵"上头"的体面。)

遗老们！中国历史上亡国之君,从桀到洪秀全,他们是怎样下场的？外国由帝国改民国,如法之路易十六,俄之尼古拉斯二世,他们又是怎样下场的？溥仪这样舒舒服服地升为一品大百姓,你们还不满意。难道一定要让他再造反一次,再窃位一次,弄到大家对他切齿痛恨,给他一个不幸的下场,你们才满意吗?！这是你们竭忠事上的嘉谋嘉猷吗?！

1924年12月2日

(选自1924年12月8日《语丝》第4期)

三十年来我对于满清的态度的变迁

1924年11月6日晨8时半,我看当天的《晨报》,知道爱新觉罗溥仪已于上一天废除伪号,搬出伪宫,我顿然把二十年来仇视满清的心思完全打消,提起笔来,就做了一篇《恭贺爱新觉罗溥仪君迁升之喜并祝进步》,送给《语丝》第一号。接着又写这篇《三十年来我对于满清的态度的变迁》。写了几张,忽想,这不过是我个人对于某一事件的态度,不值得"灾梨祸枣",便搁笔不写了。近日我偶向伏园和开明谈及,他们俩都怂恿我做成发表;开明并且说,"我们对于满清的态度的变迁,很有与你相像之点,所以这种变迁,未必单是你一个人如此,把它发表,倒是很有意思的。"我给他们这么一说,不免又把兴致鼓动起来,因将此文续完,送给《语丝》第八号。

我平日看报,碰到"昨日""前晚"这些字样,常要生气,因为不知道究竟是哪一天;所以自己写东西,末尾总记上年月日(自然也有时忘记写的)。现在这篇文章,末尾虽然有年月日,但为醒目起见,先在这儿说明几句:所谓"三十年来"便是1895年至1924年;我的年龄是九岁至三十八岁。

谨遵"博士写驴券"的"义法",在正文以前加了这许多废话(或云,当作费话),现在剪断废话,请驴子登场。

一

我在十岁左右(1896年),就知道写满清皇帝的名字应该改变原字的字形,什么"玄"字要缺末点,"宁"字要借用"甯","颙"字要割去"页"字的两只脚,"琰"字要改第二个"火"字作"又",这些鬼玩意儿是记得很熟的。还有那什么"国朝""昭代""睿裁""圣断""芝殿""瑶阶"等等瘟臭字样,某也单抬,某也双抬,某也三抬这些屁款式,我那时虽还没有资格做有这些字样的文章(?),但确认为这是我们"读圣贤书"的"士人"应该知道的,所以也很留意。我还记得十二岁那年(1898年),在教师的书桌上看见一部日本人做的书(好像是《万国史记》),有"清世祖福临"、"清高宗弘历"这些字样,又不抬头写,那时看了,真觉得难过。(今年夏天,北大研究所国学门为了某事件发表一篇宣言,中间有两三处提及溥仪的名字,某遗老看见了,写信给研究所质问,其势汹汹,大有开国际谈判之象,信中有"指斥皇上御名,至再至三"等语。我那时难过的状况,正与今年这位某公相像。)

二

我十六岁那年(1902年),梁任公先生的《新民丛报》出版。这年的《新民丛报》,不仅提倡民权政治,鼓吹思想革新,而且隐隐含有排满之意。前此谭复生先生的《仁学》也在那时印出,它的下卷昌言排满,其言曰:"……有茹痛数百年不敢言不敢纪者,不愈益悲乎!《明季稗史》中之《扬州十日记》、《嘉定屠城纪略》,不过略举一二事。当时既纵焚掠之军,又严剃发之令,所至屠杀掳掠,莫不如是;即彼准部,方数千里,一大种族也,遂无复乾隆以前之旧籍,其残暴为何如矣!亦有号为'令主'者焉,及观《南巡录》所载,淫掳无赖,与隋炀、明武不少异,不徒'鸟兽行'者之显著《大义觉迷录》也。台湾者东海之孤岛,于中原非有害也,郑氏据之,亦足存前明之空号,乃无故贪其土地,据为己有。据为己有,犹之可也;乃既竭其二百余年之民力,一旦苟以自救,则举而赠之于人。其视华人之身家,曾弄具之不若!噫!以若所为,台湾固无伤耳。尚有十八省之华人宛转于刀砧之下,瑟缩于贩卖之手,方命之曰'此食毛践土之分然也'。夫果谁食谁之毛,谁践谁之土!久假不归,乌知非有?人纵不言,己宁不愧于心乎?!吾愿华人勿复梦梦,谬引以为同类也!"我那时看了这类的议论,很是生气,曾经撕毁过一本《仁学》。

同时在《新民丛报》的广告中知道它的前身是《清议报》,设法买到几本残缺的《清议报全编》。得读任公先生在戊戌己亥时(1898—1899)倡"保皇论"的文章,于是大悦。至今还记得《爱国论》中有这样一段:"怪哉我皇上也!……有君如此,其国之休欤,其民之福欤!——而乃房州黔黯,吊形影于瀛台;髀肉蹉跎,寄牧刍于笼鸽。田横安在,海外庶识尊亲;翟义不生,天下宁无男子!……"那时我看了这种文章,真要五体投地,时时要将它高声朗诵的。

三

十七岁(1903年)的夏天(废历五月下旬),上海"《苏报》案"发生,清廷做了原告,向上海租界中"帝国主义者"的会审公堂控诉中国的革命党,于是章(太炎)、邹(慰丹)被逮,蔡(子民)、吴(稚晖)出亡。我在故乡湖州(今吴兴县),那地方离上海很近,坐轮船要不了一日一夜,可是上海的新书报极不容易输入(并非官厅禁止,那时内地的官厅还未曾懂得禁止新书报;实在是因为老百姓不要看它),我们看得到的报纸只有《申报》

和《新闻报》，它俩对于章、邹、蔡、吴诸先生的主张革命，都持极端反对的态度，并且它俩记载"《苏报》案"，非常地漏略模糊，看了得不到一些真相。我当时那种"尊崇本朝"的心理，仍与前此相同，未有丝毫改变，所以极不以章、邹、蔡、吴的主张为然。当时我有一位朋友，他是赞同"排满论"的；有一次他写信给我，有"满廷""彼族"等等字样，我很觉得碍眼，复信中有几句话，大意是这样："本朝虽以异族入主中夏，然已为二百余年之共主。吾侪食毛践土，具有天良，胡可倡此等叛逆之论！况今上圣明，肆口诋諆，抑岂臣子所忍出！"

有一天，我写一篇书目，其中有一部书（总是《御批通鉴辑览》之类），照屁款式是应该三抬的，因将其他各书均低三格写，以显此书之为三抬。

那时我的尊清思想，实在是因为对于载湉个人有特别之好感。而对于那拉氏，则已经不承认伊是皇太后，而且以为伊是该杀的，伊正是汉之吕后，唐之武后一流人物。盖我彼时之思想，完全受"保皇论"之支配也。

四

这年冬天某晚，我认识一位朋友方青箱先生，他送我两部书，一部是章太炎先生的《驳康有为论革命书》，一部是邹慰丹先生的《革命军》，都是徐敬吾先生（绰号野鸡大王）翻印的，用有光纸石印。字迹很小，白洋纸的封面，封面上印着红色的书名。

一寸见方的三个红字——"革命军"触我眼帘，我顿然起了一种不能言喻的异感，急急忙忙地辞别了青箱，拿了它们赶回我住的一间小楼上，夂乙地一声把楼门开了，剔亮了菜油灯的灯草，和衣倒在床上，先将《革命军》翻读，看它的序中将"同胞"二字照屁款式中之"皇上"二字例抬头写它，末行是"皇汉民族亡国后之二百六十年革命军中马前卒邹容记"，本文第二行写"国制蜀人邹容泣述"（这"制"字与穿孝的人的名片上的小

"制"字同义,"国制"是说"汉族的国亡了,现在给它穿孝"),种种特别的款式和字句,以及文中许多刺激的论调和名词,看了之后,很使我受了一番大刺激,前此的尊清见解,竟为之根本动摇了。

再看太炎先生的《驳康有为论革命书》,看到"堂子妖神,非郊丘之教;辫发璎珞。非弁冕之服;清书国语,非斯邈之文"数语,忽然觉得:对ㄧㄚ!这些野蛮的典礼、衣冠、文字,我们实在应该反抗兀ㄚ!再看下去,看到"向之崇拜《公羊》,诵法《繁露》,以为一字一句皆神圣不可侵犯者,今则并其所谓'复九世之仇'而亦议之"数语,更大大地佩服起来。因为我从十三四岁起,就很相信《春秋公羊传》;公羊对于齐襄公灭纪,褒他能复九世之仇,这个意思,那时我是极以为不错的。那么,满清灭明,以汉族为奴隶,我们汉族正应该复九世之仇ㄨㄚ!(说句弄巧的呆话,从福临到载湉,刚刚恰好是九世!)复仇既然应该,则革命正是天经地义了。读完太炎先生此书,才恍然大悟二百余年以来满廷之宰割汉人,无所不用其极。什么"圣祖仁皇帝、高宗纯皇帝之深仁厚泽",原来是"玄烨、弘历数次南巡,强勒报效,数若恒沙"!什么"今上圣明",原来是"载湉小丑未辨菽麦"!满洲政府如此可恶,真叫我气破肚,章邹的主张,实在是"有理ㄧㄚ有理"!一定非革命不可!

自此又陆续看了些《浙江潮》、《江苏》、《汉声》、《书学》、《黄帝魂》、《警世钟》、《訄书》、《攘书》之类,认定满洲政府是我们唯一的仇敌,排满是我们唯一的天职。

次年(1904年)废历四月二十五日下午四时,我叫了一个"剃发匠"来,又把我那小楼的门夂ㄛ地一声关了,勒令他将我的辫子剪去,以表示"义不帝清"之至意。那年我十八岁。

当时我和几个朋友办一种《湖州白话报》,封面上决不肯写"光绪三十年",只写"甲辰年";当时这种应用"《春秋》笔法"的心理,正和二十年后现在的遗老们不肯写"民国十三年"而写"甲子年"一样。其实写干支还不能满足,很想写"黄帝纪元四千六百零二年",这也与遗老们很想写"宣统十六年"一样的心理;只因这样一写,一定会被官厅干涉,禁止发行,所以只好退一步而写干支。

五

从1903年《革命军》出版到1911年革命军起义,这八年半之中,关于排满革命的书报计有三派:(甲)章太炎先生的《訄书》(后改名《检论》),刘申叔先生的《攘书》,陈佩忍先生的《清秘史》,陶焕卿先生的《中国民族发达史》(这部书名大概有误,我手边久无此书,现在连书名也记不真切了;焕卿先生印此书时,不用真姓名,但署曰会稽先生),和郑秋枚、黄晦闻、刘申叔、陈佩忍诸先生主撰的《国粹学报》等等。这些书报,大致是1903年至1906年的出版物。它们的内容,可以用两句话来赅括:"提倡保存国粹以发扬种性;鼓吹攘斥满洲以光复旧物。"因为偏重在"光复"而不甚注意于"革新",所以颇有复古的倾向。(1903年以前关于排满革命的书报都应归入此派。)(乙)汪精卫、胡汉民、朱执信、宋渔父诸先生主撰的《民报》等等。《民报》是同盟会(国民党的前身)的机关报,孙中山先生的《三民主义》、《五权宪法》,最初即在此报发表。可是此报对于"三民主义",唯"民族""民权"两主义有所发挥,而关于"民生"主义之议论则绝少(我手边久无此报,记忆亦不甚真切了)。后来由章太炎、陶焕卿两先生编辑,更偏重于"民族"主义了。不过革命以前发挥民权共和之议论者,总应首推此报。此报出版于1905年。(与此报同时有陈陶怡先生主撰的《复报》,则当归入甲派。)(丙)吴稚晖、李石曾、褚民谊诸先生主撰的《新世纪》等等。《新世纪》是中国最早宣传"ㄋㄢㄚㄧㄙㄇ"的杂志,而排满的色彩也非常地强烈。《新世纪》中关于排满的文章,以稚晖先生所作为最多。稚晖先生一开口,一提笔,无不"语妙天下"。他对于满廷,常要用猥亵字样去丑诋它。有些人是不满意他这种文章的,他们以为这样太不庄重了,太失绅士的态度了。这种批评未必是适当的。当时的满廷是站在绝对尊严的地位的,忽然有人对它加以秽亵字样,至少也足以撕下它的尊严的面具。我那时对于《新世纪》的其他主张,反对的很多;但稚晖先生用秽亵字样丑诋满廷,却增加了我对于满廷轻蔑鄙夷之心不少。丙派和甲派的主张,在排满问题上毫无不同;唯有绝对相反之一点,甲派怀旧之念甚重,主张保存国粹,宣扬国光,丙派则对于旧的一切绝对排斥,主张将欧化"全盘承受"。太炎先生可作甲派的代表,稚晖先生可作丙派的代表。《新世纪》出版于1907年。

我当时是倾向于甲派的。1906年秋天,我到日本去留学,其时太炎先生初出上海的西牢,到东京为《民报》主笔,我便到牛迁区新小川町二丁目八番地民报社去谒他。我那时对于太炎先生是极端地崇拜的,觉得他真是我们的模范,他的议论真是天经地义,真以他的主张为"绝对之是而不容他人之匡正"。但太炎先生对于国故,实在是想利用它来发扬种性以光复旧物,并非以为它的本身都是好的,都可以使它复活的。而我则不然,老实说罢,我那时的思想,比太炎先生还要顽固得多了。我以为保存国粹的目的,不但要光复旧物;光复之功告成以后,当将满清的政制仪文一一推翻而复于古。不仅复于明,且将复于汉唐;不仅复于汉唐,且将复于三代。总而言之,一切文物制度,凡非汉族的都是要不得的,凡是汉族的都是好的,非与政权同时恢复不可;而同是汉族的之中,则愈古愈好。——说到这里,却有应该声明的话,我那时复古的思想虽极炽烈,但有一样"古"却是主张绝对排斥的,便是"皇帝"。所以我那时对于一切"欧化"都持"诎诎然拒之"的态度;唯于共和政体却认为天经地义,光复后必须采用它。

因为我那时志切光复,故于1907年入同盟会(但革命以后我却没有入国民党)。

那时日本称中国为"清国",留学生们写信回国,信封上总写"清国某处"。我是决不肯写"清国"的,非写"支那"不可。有人告我:日本人称清国,比称支那为尊重。我说:我宁可用他们认为轻蔑的"支那"二字;因为我的的确确是支那国人,的的确确不是清国人。

我在日本时做过一件可笑的事。1908年的冬天,载湉和那拉氏相继死了。过了几天,驻日本的"清国公使"胡维德发表举哀,我住的那个旅馆主人忽然给我们吃素。我诘问他,他竟用吊唁的口气侮辱我,大意说:"因为贵国皇帝崩御了,今天是贵国人民不幸的日子,所以……"我哪里受的住这样的侮辱,不等他说完,即将素菜碗往屋外摔去。碗固摔破,而屋内的"ㄊㄚㄊㄚㄇㄧ"上也弄得油汤淋漓!我的日本话是头等蹩脚的,对于旅馆主人的侮辱,只好向他瞪眼以出气而已。过眼之后,赶紧穿了"ㄍㄝㄉㄚ"出门,想往"支那料理店"去吃一顿肥鱼大肉,不料这些支那昏百姓也与清国公使和日本旅馆主人一样的见解,竟"休业一日以志哀"!我只好买了一罐"豚肉之琉球煮"和一罐牛肉回来,将这冷猪肉冷牛肉和已经冷了的饭胡乱吃了这样一顿"三冷席"。回来的时候,在路上遇见一个左臂缠白布(此人的缠白布,等于现在缠黑纱)的留学生,连声骂他"ㄅㄚㄍㄚ"不置。

从1903年冬到1911年。这八年挂零之中,我仇视满廷之心日盛一日(那时不仅对于满廷,实在是对于满族全体)。因仇视满廷,便想到历史上异族入寇的事;对于这些异族,也和满廷为同样之仇视。那时做了一本《纪年检查表》,于宋亡以后,徐寿辉起兵以前,均写"宋亡后几年",而附注曰"伪元某某酋僭称某某几年";于明亡以后,洪秀全起兵以前,均写"明亡后几年",而附注曰"伪清某某酋僭称某某几年";于洪秀全亡以后,民国成立以前,均写"太平天国亡后几年",附注同上。我这种书法的主张,出于郑思肖的《心史》,亡友陶焕卿先生深以为然。今日覆视,颇自笑其过于迂谬。以其可以表示当年排满之心理,故及之。

六

1911年10月10日,武昌革命军起。1912年1月1日,中华民国政府成立于南京,临时大总统孙中山先生就职。我那时在故乡吴兴的浙江第三中学校做教员,天天希望义师北伐,直捣燕京,剿灭满廷,以复二百六十八年以来攘窃我政权残杀我汉人之大仇。而事实上却是由袁世凯耍了一套王莽到赵匡胤耍厌了的老把戏,请溥仪退位。溥仪退位,总是事实,所以当时大家都不再作进一步之解决。我对于满清的怨恨虽然消灭了些,不过优待条件我是很反对的。请问,干什么要优待他?若说,他自己觉悟犯了滔天大罪,因此退位,其情可嘉,所以应该优待。那么又要问,他可是自己觉悟不该做皇帝吗?要是对的,咱们干么还要把皇帝这个名儿送给他呢?再问,他可是自己觉悟不该搜刮钱财吗?要是对的,咱们干么还要一年送他四百万块钱?他有罪而自知有罪,咱们虽然可以因其知罪而恕其既往,加恩赦免;但对于大罪人而赦免他,不追究他既往之罪,这已是至高极厚之恩了,还要赏赐东西给他,这成什么办法!对于大罪之人而加赏,则对于大功之人一定要加罚了。赏罚倒置,无论专制之世,共和之世,乃至大同之世,恐怕总说不过去罢。若说他自己并不知道不该做皇帝,不该搜刮钱财,他实在还要保持皇帝的名儿,还要看相咱们的钱财,故遂如其意而与之。这真是"什么话"!!!了。照此办法,则强盗要抢钱,土匪要绑票,一定非送钱送"票"给他不可!噫!天下有这种道理吗!——我这个见解,从1912年2月12日溥仪退位之日起,直到现在,并未变动。

上面说过,我从前是主张光复以后应该复古的,所以我在1912年12月中,参考《礼记》、《书仪》、《家礼》,及黄宗羲、任大椿、宋绵初、张惠言、黄以周诸家关于考证"深衣"之说,做了一部书叫做《深衣冠服说》。我自己照所说的做了一身。1912年3月,我到浙江教育司中当了一名小小的科员,曾经戴上"玄冠",穿上"深衣",系(音ㄐㄧ)上"大带",上办公所去,赢得大家笑一场,朋友们从此传为话柄!所以1917年才认得的朋友"狄莫"先生也曾经在《晨报副镌》上宣布过我的这件故事。

七

这几年来,我常常对朋友们说:1912年2月12日以前的满族全体都是我的仇敌。从这一天以后,我认满人都是朋友了,但溥仪(他的"底下人"和"三小子"即所谓"遗老"也者都包括在内)仍是我的仇敌,因为他还要保持伪号,使用伪元,发布伪论(大家都认1917年张勋、康有为拥溥仪复辟,为溥仪在民国时代犯了叛逆之罪,这固然对的;但溥仪之叛迹,宁独复辟一事?其保伪号,用伪元,发伪论,何一非叛逆?我以为这事那事,厥罪维均,故不特提复辟一事);所以我仇视他的祖宗之心始终消除不尽,我从1903年冬天至今,这廿一年中,对于努尔哈赤到溥仪,绝不愿称他们为清什么祖,什么宗,什么帝,也绝不愿用福临以来二百六十八年中他们的纪年。民国以前,称他们总是"虏酋"、"建夷"、"伪清";民国以来则称为"亡清"。我是主张用公历纪年的,但遇到涉及他们的地方,总爱写民国几年和民国纪元前几年。——这种咬文嚼字的行为,不必等别人来骂我,我可以自己先骂自己道:"这完全是《春秋》和《纲目》那种书法褒贬的传统的腐旧思想,真是无谓之至!"但我自己虽明知无谓,而对于亡清,宿恨未消,实不能不用此等无谓的书法以泄忿。这个谬见,至今犹然。

但我又常对朋友们说:我虽认"溥仪"为仇敌,可是我丝毫不想难为他,只希望他废除伪号,搬出伪宫,侪于民国国民之列,我便宿恨全消,认他为朋友;我并且承认他到了适合的年龄,一样有被选为中华民国大总统的资格。今年十一月五日,我的希望居然达到了(虽然优待条件并未完全取消),所以我高高兴兴地做了那篇《恭贺爱新觉罗溥仪君迁升之喜并祝进步》。彼时我的确完全解除武装,认他为朋友。我方且以为从今以后,我们对于爱新觉罗氏窃位二百六十八年的事实,应与刘渊、石勒、拓跋珪、李存勖、石敬瑭、阿骨打、忽必烈等人的窃位同等看待,还他历史上的地位,不必再存仇视之心了。

岂知近一月以来,溥仪既白昼见鬼,躲到日本公使馆去。而某某两国的无聊人,死不要脸长垂豚尾的遗老,以及想偷伪宫古物的流氓,他们"三位一体",捏造谣言,阴谋捣乱:一面"以己之心度人之心",用"盗憎主人""贼捉捕快"的手段,诬蔑国民军和清室善后委员会偷东西;一面唆使溥仪不许他高升为平民,非保持伪帝的丑态不可;一面包围段祺瑞,叫他恢复已废之优待条件。我于是把对于亡清的武装已经解除了的,现在又重新要披挂起来了,看他们那样勾结外人来捣鬼,说不定仇恨之心比以前还加增些;这是事实使我如此,我虽欲不如此,亦不可能。

　　这篇文章写到这里,可以完了。现在再加一句话:假如今后"三位一体"的捣鬼完全消灭,溥仪完全做了民国国民,我一定再解除武装;如其不然,我当然仍旧认他们为仇敌,而且仇恨之心比从前还要加增!

1924年12月30日

（选自1925年1月5日《语丝》第8期）

予亦名"疑古"

伏园吾兄足下：

顷见一报，其每页之大小当《京报副刊》每页四分之一，报名《笑里刀》。其第一期之"专著"栏中有《淮南鸿烈集解胡序考》一文，作者署名"疑古"。此报此文，均与弟无涉；但弟亦名"疑古"，故有不能不言者。

足下昔编《晨报副刊》时，弟所投稿有署名曰"疑古"者，此足下所知也。开明兄之《自己的园地》（页十五）中有所谓"我的朋友疑古君"者，亦指弟而言。友人中知弟有"疑古"一名者甚夥。今《笑里刀》中忽有署名"疑古"之文，在不知者或将疑为弟作；弟若为免除误会计，似宜不复用此名。但弟酷爱此名，今后尚将大用特用，有时或写其同音字作"夷罟"，或写注音字母作"丨ㄍㄨ"，或暂用wade式之中国罗马字拼作yiku。总之弟决不废弃此名也。所幸登拙文之报，除《语丝》外，唯有《京报副刊》、《现代评论》及《猛进》数种，决不至登入《笑里刀》，此则凡识我者皆能知之，故弟可无虑也。（我但见国中老年、中年、少年欲食我者甚众，我为被迫害者，敢向人笑乎？至于笑里之刀，更不知当藏何处矣。）

该"疑古"之文中有云："他传留下来的《胡适文存》和《尝试

集》,也大都是用白话做的。独有刘文典的那部《淮南鸿烈集》解前面有一篇胡适的序,偏偏(手民注意!不可误排为'偏偏',下同)是文言做的。"弟今此函,亦"偏偏是文言做的";弟虽无"文存"与"集",但"用白话做的"之文章,亦不过"大都"而已,故"偏偏是文言做的"之此函,亦不过许多不在"大都"之中之一篇而已。况作文用白话或文言,作者本有绝对之自由,他人决无干涉之权力。去年上海某报谓鲁迅兄不当用文言文撰《中国小说史略》,于是迅兄将本拟用白话文撰作之"跋",即改撰甚古雅之文言,且改称"后记",又不施标点符号,此实对于此辈最严正之态度。吾侪固不可畏老年、中年而不敢作白话文,亦岂可畏少年而不敢作文言文乎?

书此,敬问起居,不备。

钱玄同白

1925年3月11日入定

(选自1925年3月13日《京报副刊》)

写在半农给启明的信的后面

我看了1925年1月28日半农给启明的信,非常地愉快;原来半农还是五年前顽皮忿懒的半农,并没有"望之俨然"的可怕样子。这话怎讲呢?请半农别见气!近年来我对于半农常要起不敬之念,疑心他有了某种态度,这便是当年吴稚晖老先生讥诮现在所谓"章法长"也者的一句话:"ㄓㄆㄊㄌㄇㄈ的臭架子"。因为我有时看见半农给别位朋友的信,观其言辞之庄重,想见气度之安详,于是我便起不敬之念了。今乃知我之不敬全属谬误,此其所以"非常地愉快"也。但我对于老友竟起了这样谬误的不敬之念,殊属不合;用特"不打自招"以志吾过。

半农信中的话,我有要附议的,有要答辩的,有要抗议的,有要璧谢的,现在把它们写在下方:

半农和启明都"觉悟只有自己可靠"。我虽无似,却也有这种觉悟;我说的自己,便是指各人独有的"我自己"而言,不是指中国人共有的"我们中国"。中国国民内固然太多外国人,却也太多中国人。ㄏㄚㄇ当然不应该笑纳,而金腿云腿也同样地不应该哂收(至于区别又主义和丫主义下的火腿之孰苦孰甜而定领受与否,这更是卑劣猥贱之至的行为了)。半农说:"无论是中国人英国人俄国人,他若踢我一脚,我便还他一口。"这话真干脆极了;我赶紧霍地一声站起来,把两个手都举得高高地道:"本席附议!"

至于"打破大同的迷信",我也可以相对的赞成。我相信大同的世界将来必有实现之一日;现在自然还只在文人和学者的著作中。既然目下还未能实现,则暂时不去迷信它,自无不可。但我却要提出一个修正案:"同时还应该打破国家的迷信"。年来国内最时髦的议论有三种。一是成日价嚷着"赶走直脚鬼!"者。他们很赞美拳匪;他们说,中国的财匮、匪多、兵横,都是"直脚鬼"闹出来的。二是大喊"爱国"者。他们的议论,我见的很少;偶然想到的,是说,蔡元培提倡美育教育,应该弹劾,因为艺术是没有国界的,所以提倡艺术即是不爱国,况且美育是"古已有之"的,便是礼乐,蔡氏"数典忘祖",可见不爱国,故应受弹劾(这不是原文,我檃括其意如此)。三是所谓"国民文学"的主张者。他们"要夸我们民族历史的浩浩荡荡,澎澎鼓动,放浪汪洋","要歌颂盘古、轩辕、项羽、仲尼",说《关雎》是乐而不淫呀!但他们尽在淫中贪恋","不要管他们的时代思潮……我们作顽固的人罢!"并且还要"复活精美的古文古话"。这三派的一切主张,虽然并不相同,有时或且相反,但痛恨"洋方子"之心是一致的;他们对于"国故"(最广义的),有的要复活它,有的要保持它,至少也不咒诅它,不排斥它:在这一点上的一致,真好像"老子一无化三清"!二十年前的老新党盲目赞美德国和日本那种血腥气的爱国主义,不自知其丑的"保存国粹""宣扬国光"主义,现在复活了!站在青年导师地位者倡之,于是一群青年学子和之。盖这些青年学子的血管中本潜藏着他们祖传的老病的种子,他们放学回家,还"闻诗闻礼"(我竭诚希望他们府上的"君子"要"远其子"些才好,我实在不忍见"其子"之被"庭训"宰割屠杀,净尽无遗),这已经够受的了。现在他们又饱聆这些爱国的明训,于是奇谈更日见其多。我偶然看到有些专载浅薄无聊的文章的报纸(如上海《时事新报》中之《青光》和《上海》,又北京《晨报》中之《北京》之类),什么称"ㄇㄧㄥㄓㄢ"而不称"先生",写公历(他们称为西历)而不写民国纪年,穿公装(他们称为洋装或西装)而不穿袍子马褂……都要挨青年们的申斥。所以鲁迅说了青年"要少——一或者竟不——看中国书,多看外国书"的话,便几乎——实在已经——蒙了"卖国贼"之名,有一位青年质问他,"想做点……事吗?"(原文如此);而研究教育的报纸上,竟有中等学校的外国文一科应减少时间或改为随意科等等的荒谬主张发现了!据实说来,现在的古怪思想,比二十年前的老新党还要古怪些。那时无论青年的指导者或青年,都还知道自惭形秽,应该"去其旧染之汗而自新",就是那主张保存国粹者,也还没有因为吃了外国人的亏而赞美拳匪的。ㄍㄨㄟㄉㄧㄜㄠㄕㄨㄟ一句话:那时的人都还知道"国必自伐而后人伐之"。而现在则…………

我的谬见:对于帝国主义的压迫是绝对应该抗拒的,但同时更绝对应该"要针砭民族(咱们的)卑怯的瘫痪,要消除民族淫猥的淋毒,要切开民族昏聩的痈疽,要阉割民族自大的风狂"!(这是启明的话。)亡清末年,鼓吹排满的两派报纸:一派是痛骂满清政府而讴歌汉族文化(如《民报》,《国粹学报》);一派是痛骂满清政府而同时并排斥汉族文化(如《新世纪》)。现在抗拒帝国主义,与十几年前排满有些相类;这时候对于"国故"(最广义的),我主张取后一派的态度。

我也很爱国,但我所爱的中国,恐怕也和大同世界一样,实际上尚未有此物,这便是"欧化的中国"这句话。(老实人若要误解,尽管请误解,我可不高兴负解释的责任。)至于有些人要"歌诵"要"夸"的那个中国,我不但不爱它,老实说,我对于它极想做一个"卖国贼"。卖给谁呢?卖给遗老(广义的)。他们爱磕头,请安,打拱,除眼镜,拖辫子,裹小脚,拜祖宗,拜菩萨,拜孔丘,拜关羽,求仙,学佛,静坐,扶乩,做古文,用"夏历"(手民注意!这里不可排"歷"字!),说"中国道德为世界之冠",说"科学足以杀人"……爽性划出一块龌龊土来,好像"皇宫"那样,请他们攒聚到那边咬干屎橛去;腾出这边来,用"外国药水"消了毒,由头脑清晰的人来根本改造,另建"欧化的中国",岂不干脆!讲到救国,我极愿意——也只愿意——"救救孩子",救救那"没有吃过人的孩子"而已,其他则不敢闻命。

我最佩服 ㄧㄅㄙㄣ 和 ㄚㄦㄘㄧㄅㄚㄕㄝㄈ 的各一段话：

ㄧㄅㄙㄣ 对他的朋友说："我所最期望于你的是一种真实纯粹的为我主义。要使你有时觉得天下只有关于我的事最要紧，其余的都算不得什么。……你要想有益于社会，最好的法子莫如把你自己这块材料铸造成器。……有的时候我真觉得全世界都像海上撞沉了船，最要紧的还是救出自己。"

ㄚㄦㄘㄧㄅㄚㄕㄝㄈ 借着ㄕㄝㄈㄧㄦㄧㄛㄈ的嘴说："为什么，我应该爱你们人类呢？因为他们猪一般地互相吞噬，或者因为他们有这样不幸、怯弱、昏迷，自己千千万万地听人赶到桌子底下去，给那凶残的棍徒们来嚼吃他们的肉吗？我不愿意爱他们，我憎恶他们，他们压制我一生之久，凡是我所爱，凡是我所信的，都夺了我的去了……我报仇……你都明白了罢！……"

野马越跑越远了。这个问题，暂且搁起。

关于批评溥大少爷出习艺所的事件，半农说我们逃不出"狗抓地毯"的定律。这话我却不服。这位青皮阿二是因为关在特别习艺所中，才做拆梢，偷窃，抢劫，奸淫的事业的；那么，他出来了，我们焉得不额手称庆呢？政治舞台上演那走马灯式的把戏，什么大清早张三打坏了李四喽，晌午（音ㄕㄤㄏㄛ）时候李四打坏了张三喽，到了晚上张三又打坏了李四喽；什么王五与赵六拼命，忽然他们俩儿又勾住肩膀去喝白干（音ㄅㄞㄍㄢ）喽，白干还没有喝完，又各在那儿盘辫子撸袖子喽。诸如此类的把戏，卖了气力去批评它的很多：甲曰，张三是而李四非；乙曰，王五曲而赵六直。这种批评，自然也不可少；可是我们（至少我个人）实在不感什么兴趣，真懒得去卖力气。我要学适之的口吻曰："不值得一评。"我有一个牢不可破的成见："狗嘴里总生不出象牙来的。"张三李四王五赵六之所以是狗牙者，以其生在狗嘴里也。若厌恶狗牙而喜欢象牙，只有一个办法：各人自己努力去变象。所以能够引起我们注意的事，便是偶然（不过偶然而已）看见像象的狗和常常（真是常常）看见发疯的狗。前者感觉到刹那间的愉快，后者感觉到有打死它之必要。仪哥儿的取消伪号和赶出伪宫,总算是一件可以愉快的事,所以我那时不免掉了一下子笔头;夫岂"狗抓地毯"之老脾气发作也欤哉!

我的答辩完了。可是我还要跟半农开一次玩笑,我要回敬半农一箭,以表示报复之至意。我说:"半农兀丫!您怎么为丫!'怎么曹三爷曹总统'——他妈的——捧着他脑袋儿走'——这跟您有什么相干,要您卖为ㄛ力气做那首《拟'拟曲'》ㄛㄢ!这也许有点儿'狗抓地毯'的味儿吧"——盖闻有我的老同学鲁迅其人者曾经说过:"报仇雪恨,《春秋》之义也。"夫鲁迅者,亦半农之"畏友"也。

半农关于已故"清室举人"林蠡叟(为什么这里要这样称呼他呢?因为该举人请荆生来打金心异那篇文章登在《蠡叟丛谈》中,本金心异恐怕别人不知道这个典故,所以这样称呼他)的话,我却要提出抗议了。本来启明那篇《林琴南与罗振玉》(见第三期),我也有些不同意。我的意见,今之所谓"遗老",不问其曾"少仕伪朝"与否,一律都是"亡国贱俘,至微至陋"的东西。他们要想比德于顾亭林、黄梨洲诸人,呸!这真叫做发昏做梦!顾、黄诸人是拒洋鬼子之强奸而给自家人守节,所以有价值。今之"遗老",则因为自家人赶走了洋鬼子,恢复了故业,而帮同了洋鬼子来反对自家人;其人格之卑猥无耻,正与张弘范、吴三桂一样。讲到思想呢,他们既要做遗老,根本思想本已荒谬绝伦了;就"卫"一下子"道",到也算不了什么。不过孔孟程朱之"道"都是要"尊中国而攘夷狄"的,他们却来"尊夷狄而攘中国",恐怕孔孟程朱"在天之灵",不见得乐意他们来"卫道"吧。至于说他们之中,有人在学问上是有成绩的,这是事实,当然不能抹杀,也不应该抹杀;不过这和做遗老全不相干。可是说到这个问题上来,不独林纾有介绍外国文学之功,即罗振玉与王国维之整理甲骨古字,康有为之辨伪疑古,劳乃宣之提倡拼音新字,朱祖谋之传刻唐宋金元词……在学术界都有相当贡献。

据我看来,凡遗老都是恶性的。罗振玉说,"盗起湖北";林纾说,"禽兽真自由,要这伦常何用!"见《蠡叟丛谈》中之《妖梦》;这两句同样"都是最卑劣的话"。我对于启明有些不同意,就在这扬林抑罗之一点。

半农说:"……后悔当初之过于唐突前辈。我们做后辈的被前辈教训两声,原是不足为奇,无论他教训得对不对。"这话我不仅不同意,竟要反对了。反对之点有二。

(一)何以要认林纾为前辈?若说年纪大些的人叫做前辈,那么,年纪大的人多得很哪,都应该称为前辈吗?不过这一点可以不去论它。因为我不愿认林纾为前辈,而半农或因喜欢外国文学的缘故,对于这译了许多外国小说的林纾(虽然他是不认得ABCD而译书的),从这一点上愿意称他为前辈,亦未可知。要是这样,自然也很有理由,所以我可以不去论它。

(二)何以后辈不可唐突前辈,而前辈可以教训后辈?无缘无故唐突人家,这是无论对于什么人都不可以的,岂独前辈?但前辈若先以唐突加于后辈,则后辈以唐突回敬前辈,恰是极正当之对待。我以为前辈的话说得合理,自然应该听从他;要是不合理,便应该纠正他,反对他;他如果有荒谬无理的态度,一样应该斥责他,教训他,讥讽他,嘲笑他,乃至于痛骂他;决不可因他是前辈而对他退让。前辈后辈,同样是人,本无尊卑贵贱之分。何物前辈,胆敢不管对不对而教训后辈,这还了得!实在说来,前辈(尤其是中国现在的前辈)应该多听些后辈的教训才是。因为论到知识,后辈总比前辈进化些;大概前辈的话总是错的多。1919年林纾发表的文章,其唐突我辈可谓至矣。我记得那时和他略开玩笑的只有一个和我辈关系较浅的程演生。我辈当时大家都持"作揖主义"的态度,半农亦其一也。有谁"过于唐突"他呢?至于他那种议论,若说唐突我辈,倒还罢了;若说教训我辈,哼!他也配!

半农兀丫!我希望您别长前辈的志气,灭自己的威风才好ㄨㄚ。

临了,我要璧还"激昂慷慨"四个字的考语。我看了这个考语,实在惭惶无地。鄙人向不激昂慷慨,今日尤不激昂慷慨;非不愿也,是不能也。五年前的玄同,已经够颓废了;半农!"与子别后,益复无聊",这五年之中,一星半点儿的成绩也没有,不说别的,单说职务上应该编的一部《声韵学讲义》,从1920年某月某日晚上咱们俩在西河沿中西旅馆门口握别以来,至于今,将及五足年了,还没有编出一个字来。观此一端,就可推知近年来的玄同是怎样的颓废,怎样的无聊了。所以"玄同"和"激昂慷慨"的距离,真不止十万八千里。至于在颓废无聊之时,忽然瞪眼跳脚拍桌子者,无他,只是"张脉偾兴"罢了,哪里配得上说"激昂慷慨"呢?

1925 年 3 月 17 日

这三天所见

天天所见都很多,则这三天所见当然也很多;可是我现在想写的,一天只有一件,共计三件,而且是大家认为"小之又小","不成问题"的三件。

我决不承认唯有什么"胡憨之争",什么"金佛郎案",什么"善后会议",什么"沈阳献寿",什么"段执政将祭孙中山时,把脚洗大了,穿不进皮鞋,只好派龚总长恭代行礼",这些所谓什么"国家大事"也者才值得记载或评论,而平常人一言一动一颦一笑便不值得记载或评议;我决不相信唯有军阀、官僚、政客才该骂,而一般民众便该原谅,甚而至于还该恭维。我讲下列的三件事,其有记载之价值决不亚于"段执政洗大了脚"等等。

(一)前天下午,有一位朋友的儿子与一位女士结婚。当婚书盖印时,新娘将印交傧相某女士代盖。某女士年纪甚轻,于是有几位贺客大声嚷道:"哈哈!她代盖印,是学习做新娘!"

(二)昨天晚上,女师大演《酒后》。演到荫棠躺在他的妻的怀里,于是鼓掌之声大作。(剧场中的掌声,十之一是无聊的表现,十之九是这种卑劣龌龊的心理的表现。)

(三)今天晚上,女师大演《娜拉》。未演之前,有一个人说:

"这本戏的情节实在没有意思。什么一个男的生病,他的老婆向人借钱喽,又是什么什么喽;真没有意思!且看她们的做工怎样吧。"

记载完了,不必评论吧。有脑筋的人看了无须我来赘加废话。没有脑筋的人看了,有评论他也看不懂;即使他看懂了,又有何益!

1925年3月24日

(选自1925年3月28日《京报副刊》第102号)

回语堂的信

语堂先生：

您说中国人是根本败类的民族，有根本改造之必要，真是一针见血之论；我的朋友中，以前只有吴稚晖，鲁迅，陈独秀三位先生讲过这样的话。这三位先生的著作言论中，充满了这个意思，所以常被"十足之中国人"所不高兴。我觉得三十年前"中学为体，西学为用"这个老主意，现在并没有什么改变，不过将"用"的材料加多一些而已。他们以为"用"虽可以加多，而"体"则断不容动摇，试略言之。中国人不懂科学，不会制枪炮，不会造洋房，不会修马路，他们是可以承认的；他们说，这些都是"形而下之器"而非"形而上之道"，不及人家，不算ㄏㄌㄔㄣ，好在我们的精神文明是冠绝全球的。说中国的政治法律不及西洋，他们也可以承认的；他们说，政法是末，道德是本，政法穷败，不算丢脸，好在我们的道德是天下第一的。所以李鸿章、张之洞等人要造枪炮，要造军舰，稍微明白的人也认为当务之急；康有为、梁启超等人要开议院，要改官制，稍微明白的人还来附和响应。到了陈独秀、胡适等人要戳穿"冠绝全球的精神文明"的丑相，要撕破"天下第一的道德"的鬼脸，明明白白地提倡新文化，新道德，则除了极少数的几个人外，无论顽固党与维新党，亡清遗奴与西洋博士,老头子与小孩子,都群起而攻之,誓不与之共戴天了。这是什么缘故?就因为动摇了他们的"体"丫。

八九年来,我最佩服吴、鲁、陈三位先生的话,现在您也走到这条路上来了,我更高兴得了不得。我要把我心中的话信笔写出,想到哪里,便写到哪里,乱七八糟,毫无条理;反正我是不会做文章的,写得没有条理,乃是当然之结果。

从前提倡革命的人们(孙中山、吴稚晖数先生除外),其目的仅在救亡。救亡固然是极应该的,但革命的目的决不在此。以此为革命的目的,实在是根本大错误。若因救亡而革命,则转亡为存以后便可以不革命吗?假使中国现在国势还是很强,武力足以御外,便可以不革命吗?假使中国国势虽弱,武力虽不足以御外,而别国也与我们同样的不济,或他们没有侵略我们的野心,我们便可以不革命吗?我以为现在的中国,无论国强国弱,国危国安,国存国亡,革命总是不可以已。吾人一息尚存,革命之志总不容少懈。何以故?以中国人为根本败类的民族,有根本改造之必要故。至于一时的国势危殆,算不得什么大不了的事,以此为革命的目的,真所谓目光如豆,宁有是处!

革命这个名词,"十足之中国人"——无论智愚贤不肖——都恶之如蛇蝎,畏之如虎狼。据我看来,真是寻常而又寻常,当然而又当然的一件事,用不着这样瞎起恐慌。革命本是"夫妇之愚可以与知"的,但是竟弄到"圣人亦有所不知",岂非大奇!人们吃饭,本为养生,但若吃得太多,或吃了不消化的东西,或吃了不卫生的东西,或因别种缘故,以致胃肠中作起怪来,那便须吃萆麻油、补丸、泻盐、硫苦这一类药品,使它泻泄,这就是革命。这种革命都是"夫妇之愚可以与知"的。推而至于一个民族的生活样法,彼此或是明约,或是默契,定了许多条目,如所谓道德、彝伦、礼乐、刑政等等。拿来共同遵守,过了些时候,因为生活的改善和知识的进步,觉得这些条目有毛病了,不适用了,或更有独夫民贼和桀黠之徒把持它,利用它,来欺侮大众,那便须用嘴、笔、枪、炮,把那些坑人的条目撕破、践踏、摧烧,这也是革命。这种革命就不免弄到"圣人亦有所不知"了。中国近年来的革命实行家,唯孙中山先生深知此义。他自己的思想,是时时进步的。他的著作言论我所见过的,为(1)1894年给李鸿章的信,(2)1906年12月2日在东京《民报》纪元节庆祝大会中的演说(见《民报》第十期),(3)1918年出版的《孙文学说》,(4)1924年出版的《三民主义的演讲录》。从这些文章里,很可考见孙先生在这三十年之中思想时时进步,因为他自己的思想时时进步,所以他能够以革命为终身的事业。这样以革命为终身的事业的人,不是"十足之中国人"——无论智愚贤不肖——所能了解的,所以他们都认孙先生为敌人,所以他们都痛恨革命,害怕革命,所以中国近年来虽有革命之名而丝毫没有收到革命之效,所以根本败类的民族依旧是根本败类。

讲到现在的中国人,工艺与政法固然很坏,固然应该革命,而道德与思想则更糟糕到了极点,尤其非革命不可。不说别的,单看近年来"十足之中国人"的反革命的论调,便可窥见其糟糕之一斑,随手举几条为例:

甲曰:你们说外国文明吗?外国也有臭虫,也有娼妓,也有流氓,也有盗贼……

乙曰:你们说科学好吗?科学足以杀人——你看,外国人现在也明白了,他们知道东方文明的好处了。他们的物质文明破产了,他们要来研究我们的精神文明了。

丙曰:你相信西医吗?孙中山的肝癌,西医终于医不好;而胡适之的肾脏炎却是中医医好的。你还说西医好吗?

丁曰:你说外国男女平等吗?中国人才是能尊敬女子的人格呢。你看,中国人结婚,新郎须到坤宅去亲迎新妇,这是多么平等啊!恐怕外国女人听见了,还恨不得来做中国人,受男子这样的尊敬呢。

戊曰:《原富》有什么希奇!大学第十章《生财有大道》一节早已谈过经济学了。什么民治主义,什么共产主义,什么无政府主义,这又算得什么!不是《礼记·礼运篇》"大道之行也"一节早已把"大同学说"发挥尽致了吗?

己曰:洋鬼子文明,我偏野蛮!洋鬼子要卫生,要清洁,我偏要随地吐痰,自由放屁!中国人生成就是这么脏的!

庚曰:你们太新了。就是外国人也还没有做到这样,不要说中国人了。(这条一时想不出例来,但我的确听见有人讲过这样的话。)

看这几类人的话,把"不肯向上,不肯服善,不自知其丑,妄自尊大,以丑自豪"种种糟糕的道德与思想都表现出来了。

这种种糟糕的道德与思想,可用一言以蔽之曰,"不拿人当人"。他们不拿别人当人,也不拿自己当人。先生所反对的"中庸、乐天知命、让、悲观、怕洋习气、不谈政治"这一类都是不拿自己当人的。说到中国人的"中庸",我以为鲁迅先生的话最痛切了:"遇见强者,不敢反抗,便以'中庸'这些话来粉饰,聊以自慰,所以中国人倘有权力,看见别人奈何他不得,或者有'多数'作他护符的时候,多是凶残横恣,宛然一个暴君,做事并不中庸;待到满口'中庸'时,乃是势力已失,早非'中庸'不可的时候了。一到全败,则又有'命运'来做话柄,纵为奴隶,也处之泰然,但又无往而不合于圣道。"(《猛进》第五期)中国人对于外国人,那种"不拿人当人"的古怪心思表现得最为深刻。自己兵力强的时候,称外国人曰"夷狄、逆、寇"还要把人家的种名国名加上"犬"旁(客气一点则加"口"旁)。如果把外国人打败了,处置俘虏,那是什么惨无人道的待遇都会想出来施行的。可是自己打了败仗,那便马上会把"夷狄、逆、寇"改为"爷爷、爹爹、叔叔"的。到了外国人长驱直入,做了中国的皇帝,则又立刻就会"天朝、圣上"叫的应天响的;一旦这位外国"圣上"和他开起玩笑来,把他绑到菜市口去"伏诛",他还要向阙谢恩,而后引颈就戮,据说这叫做"雷霆雨露,莫非天恩",又叫做"臣罪当诛,天王圣明"。——这一个怪现象,大概可以做为我们这个根本败类的民族种种糟糕的道德与思想的代表了。

回到本题来说,根本败类当然非根本改革不可。所谓根本改革者,鄙意只有一条路可通,便是先生所谓"唯有爽爽快快讲欧化之一法而已"。我坚决地相信所谓欧化,便是全世界之现代文化,非欧人所私有,不过欧人闻道较早,比我们先走了几步。我们倘不甘"自外生成"唯有拼命去追赶这位大哥,务期在短时间之内赶上;到赶上了,然后和他并辔前驱,笑语徐行,才是正办。万万不可三心两意,左顾右盼,以致误了前程,后悔无及。至于所谓"复兴古人之精神",我也持反对的态度;先生所说两个反对的理由,我都完全同意。我以为若一定要找中国人做模范,与其找孔丘、墨翟等人,不如找孙文、吴敬恒、胡适、蔡元培等人。

现在另说几句闲话,有一点我与先生所见微有不同。我不以"唐宋不如两汉,两汉不如周末"之说为然。大家对于宋明很讨厌者,因为那个时代出了几位理学先生而已。我则以为对于一个时代的文化,要就全体观察,不能专看几位"正统派学者"而下断语。依我的研究,中国的历史的确也是进化的,汉唐实胜于晚周,宋明实胜于汉唐。自然,从董道士罢黜百家独崇儒术以后,二千年中,思想被压,不易发展。但聪明的人们仍能在脚镣手铐之中拼命挣扎,留下许多活动的成绩。艺术家不待言。学者之中,如王充、刘知几、王安石、郑樵、朱熹、陈亮、黄宗义、颜元、戴震、章学诚、崔述这些人的思想,比孔丘、孟轲要精密得多(记得从前章太炎师谈过,荀况之学过于孔丘,这话也很对)。拿《孟子》和《孟子字义疏证》比较,觉得孟轲还够不上懂得戴震的话。——这里所说,乃是估这班陈死人在历史上的价值,与现在无关。若说现在,则又进化了,吴敬恒比颜元好,胡适比戴震好,梁启超比章学诚好,顾颉刚比崔述好。

咱们俩过屠门而大嚼,开口"欧化的中国人",闭口"三中七洋的中国人",这种理想要它实现,谈何容易?也只好套先生《谈理想教育》文中之笔调曰:"然实现与不实现都不相干,我们在此奄奄待毙的中国人中所能求的慰安是一种画饼充饥望梅止渴之办法而已。"(不过这句话与先生所主张"不悲观"之说似有抵触,一笑!)

先生借半农之语以评三种周刊,甚妙。唯先生也将"激昂慷慨"这块璧送来,我还只好"奉赵"。我哪里配得上这四个字呢?

日前晤徐旭生先生,他说他也讨厌英国的ㄓㄣㄊㄉㄇㄣ,但却喜欢法国的ㄖㄤㄉㄈㄛ。ㄓㄣㄊㄉㄇㄣ与ㄖㄤㄉㄈㄛ之不同,我不知道。但我却很以吴稚晖、鲁迅两先生之言为然。吴先生口口声声自承为流氓;鲁先生在《猛进》第五期中主张摇身一变,化为泼皮,相骂相打。这流氓与泼皮，我"虽不能至，然心向往之"。

初提笔时，想说的话觉得很多，但一面写，一面忘记，写到现在，已经头胀眼花了，隐隐听到远处"鸡既鸣矣"，实在有睡觉之必要，只好不再写下去了；那有余不尽的废话，留待改天兴致好时再继续笔谈吧。

复颂"十"安，并候"洋"祺，不备。

附：林语堂的信

玄同先生：

我刚刚读过你的《写在半农给启明的信的后面》一篇大著，使素非"激昂慷慨"的我也要跟人家"瞪眼跳脚拍桌子"，忍不住也来插说几句，也借此可以聊补我对于《语丝》逃懒足足两个整月之过。若弟也者，诚可谓之"Sleeping partner"也（此语未知如何译法，姑从直译先生的土计，译作"睡觉的伙计"）。近来睡觉觉得已够，作文之心复起，适来了先生潇洒幽默之大文，再好的题目没有了。

未入正题，先说一句闲话：半农的信里头有一句恭维先生的话而为先生所璧还者（我是先读先生之"璧还"然后读半农之原璧）。半农想念启明之温文尔雅，先生之激昂慷慨，尹默之大棉鞋与厚眼镜……此考语甚好，先生何必反对？但是我觉得这正合拿来评近出之三种周刊：温文尔雅，《语丝》也（此似乎近于自夸，姑置之）；激昂慷慨，《猛进》也；穿大棉鞋与带厚眼镜者，《现代评论》也（《现代评论》的朋友们不必固谦，因为穿大棉鞋与带厚眼镜者学者之象征也；以《现代评论》与《语丝》比，当然是个学者无疑，且不失其"ㄓㄣㄊㄆㄇㄣ"身份者也）。固然，激昂慷慨不必限于《猛进》，温文尔雅不必限于《语丝》。此亦犹厚眼镜（学者之象征）不必为尹默所独有而可于玄同身上求之耳。

有此还得插说一句，我虽未见半农之面，却胆敢拉半农名字。所以然者，一来为半农是先生的旧友，二来依先生言，半农并无ㄓㄣㄊㄆㄇㄣ之架子，凡无ㄓㄣㄊㄆㄇㄣ架子者，皆吾友也。弟意大学教授中应有这种的人格，不应尽是胡须这么长，冠冕堂皇可派赴赛会者。因为世界上的ㄓㄣㄊㄌㄇㄣ与ㄐㄙㄣㄕ本来这样多,若并大学里头而充满他们,我们的鼻孔将向那儿喘气呢?

闲话少说,言归正传。先生的"欧化的中国"论及"各人自己努力去变象"的话,说的痛快淋漓,用不着弟来赞一词。此乃弟近日主张,且视为唯一的救国办法,明白浅显,光明正大,童稚可晓,绝不容疑惑者也。故不妨借题发挥来多说几句。弟近有"孙中山非中国人"之论,其见地主张,完全与先生所持一致。弟本来以为民国有一个伟人,近日细想,此一伟人乃三分中国人,七分洋鬼子,"此乃痛心话,若有人以为兜玩笑的话,也只好由他去罢",然则欲再造将来的伟人,亦唯在再造七成或十成的洋鬼子而已,此理之最明者也。半农先生在巴黎想起青云阁琉璃厂来,因而有"中国国民内太多外国人"的谬论(只可当他为谬论),谓"在国外鬼混了五年,所得到的也只是这一句话"。此乃半农在外留学五年所致。若是仅留学一年半载,或回国天天看国内日报张三打李四,王五请赵六喝白干的新闻,只会感觉到国内外国人太少,不会有外国人太多之叹。即以弟个人而言,今日之主张,亦系回国后天天看日报之结果,此弟一年来思想之变迁也。

今日谈国事所最令人作呕者,即无人肯承认今日中国人是根本败类的民族,无人肯承认吾民族精神有根本改造之必要。他们仿佛以为硬着头皮,闭着眼睛,搬运点马克思主义,或德谟克拉西,或某某代议制,便可以救国;而不知今日之病在人非在主义,在民族非在机关。夫"民为邦本,本固邦宁",然则邦不宁,非其根本腐败之铁证何?近日孙先生之死,虽有了不少的名士照例来奉扬,助祭,做挽联,提倡什么主义什么党纲,察其语调,一若甚舒服自在者然。而真实为国悲感者绝少,一若高调一唱,将来中国定然有望。唯其不肯承认今日中国人是根本败类,奴气十足,故尚喜欢唱高调,尚相信高调之效力(废督裁兵咯,国民会议咯,护宪咯,拒贿咯……等等花样甚多),故此高调终是高调而不能成为事实。唯其不肯承认今日中国人是根本败类,故尚有败类的高调盈盈吾耳(如先生所举"赶走直脚鬼","爱国"及"国民文学"三种及什么"国故"、"国粹"、"复辟"都是一类的东西),故尚没人敢毅然赞成一个欧化的中国及欧化的中国人,尚没人觉得欧化中国人之可贵。此中国人为败类一条不承认,则精神复兴无从说起。

欧化中国人之可贵,是至显而易见的事实,现在不妨再说几句。孙中山之非中国人,已于《猛进》(第五期)说过了,然则再造将来的伟人也唯在再造七成或十成的洋鬼子,是不待辩而可明了。现且姑置勿论,而论段祺瑞与吴稚晖。段祺瑞者,十足之中国人也;吴稚晖者,九成半欧化之中国人也。观此次孙中山出殡事,可知也。段先生不想祭孙中山,便罢;想祭孙中山,则非排出其执政之架子不可,卫队等等不必说,大礼服不穿上似有失执政之尊严,且因穿大礼服而毅然洗足,因洗足而皮鞋穿不上,因皮鞋穿不上而恼起来,索性不去祭,祭也是段祺瑞,不祭也是段祺瑞……好了,派个代表致祭,此非一副活现十足之中国人的写照而何?吴稚晖呢,却是钻在人群中,抱着一大捆白话的挽诗,逢人便送,非九成半欧化之中国人,曷克臻此?不必说十足之中国人段祺瑞办不到,即使欧化一二成之熊希龄、黄郛,亦未必有此气象也。我们因此,暗中得一个印象,即国内外国人太少,及欧化中国人之不可多得也。

诚然今日最重要的工作在于:"针砭民族卑怯的瘫痪,消除民族淫猥的淋毒,切开民族昏聩的痈疽,阉割民族自大的风狂。"(启明的话)然弟意既要针砭,消除,切开,阉割,何不爽爽快快行对症之针砭术,给以治根之消除剂,施以一刀两断猛痛之切开,治以永除后患剧烈的阉割。今日中国政象之混乱,全在我老大帝国国民癖气太重所致,若惰性,若奴气,若敷衍,若安命,若中庸,若识时务,若无理想,若无热狂,皆是老大帝国国民癖气,而弟之所以谓今日中国人为败类也。欲一拔此颓丧不振之气,欲对此下一对症之针砭,则弟以为唯有爽爽快快讲欧化之一法而已。固然以精神复兴解做"复兴古人之精神",亦是一法。然弟有两个反对理由。第一,此种扭扭捏捏三心两意的办法,终觉得必无成效。且若我们愿意退让以求博一般社会之欢心,则退让将无已时,而中国之病本非退让所能根治也。治此中庸之病,唯有用不中庸之方法而后可耳。第二,

"古人之精神"，未知为何物，在弟尚是茫茫渺渺，到底有无复兴之价值，尚在不可知之数。就使有之，也极难捉摸，不如讲西欧精神之明白易见也。或者唐宋中国人不如两汉中国人，两汉中国人不如周末中国人也不一定，如是则古人之精神或有可复者，故周末尚可出一个孟轲讲"善养吾浩然之气"，及墨翟之讲兼爱，此乃其时精神未死之证。即如孔子，也非十分呆板无聊，观其替当时青年选必读诗三百篇，《陈风》《郑风》选得最多，便可为证。（说到这个，恐话太长，姑置之。唯我觉得孔子乃一活泼泼的人，由活泼泼的人变为考古家，由考古家变为圣人，都是汉朝经师之过。今日吾辈之职务，乃还孔子之真面目，让孔子做人而已。使孔子重生于今日，当由大理院起诉，叫毛、郑赔偿名誉之损失。如《论语》所谓"席不正不坐"这话，到底是谁说的，我们只好姑妄言之姑妄听之而已，个人以为孔子未尝呆板乖僻至此。否则孔子当门人前席不正不坐而已，如此则孔子所行直与冯玉祥在客前不吃燕窝鱼翅同等，唯弟决不相信孔子如此也。这是闲话，表过不提。）总而言之，就使古人有比较奋勇活泼之气，然既一厄于儒墨之争，再厄于汉时十四博士之经学，三厄于宋明人之理学（《大学》、《中庸》是宋人始列入四书是中国人之成败类自宋朝始），古人之精神已无一复存，此种之精神复兴恐怕不大容易讲吧，除非有一位费希特来重新替我们讲给我们听古人是如何精神法子。弟史识浅陋，未知吾兄有以教我乎？

野马跑得太远了，赶快收束吧。总而言之，我近来每觉得精神复兴之必要，因为无论国事或教育，所感觉进步最大的魔障，乃吾人一种颓丧之习气：在此颓丧习气之空气内，一切改良都可扮出一些笑剧来。三十年前中国人始承认有科学输入之必要，二十年前始承认政治政体有欧风之必要，十年前始承认文学思想有欧化之必要。精神之欧化，乃最难办到的一步，且必为"爱国"者所诋诬反对：然非此一步办到，昏聩卑怯之民族仍是昏聩、卑怯之民族而已。弟尝思精神复兴条件适足以针砭吾民族昏聩，卑怯，颓丧，傲惰之痼疾者六，书于下方以待参考，不复多赘（这也可识不识时务之我的一点鄙见，一笑）：

1. 非中庸（即反对"永不生气"也）。

2. 非乐天知命（即反对"让你吃主义"也，他咬我一口，我必还敬他一口）。

3. 不让主义（此与上实同。中国人毛病在于什么都让，只要不让，只要能够觉得忍不了，禁不住，不必讨论方法而方法自来。法兰西之革命未尝有何方法，直感觉忍不住，各人拿刀棍锄耙冲打而去而已，未尝屯兵秣马以为之也）。

4. 不悲观。

5. 不怕洋习气。求仙，学佛，静坐，扶乩，拜菩萨，拜孔丘之国粹当然非吾所应有，然磕头，打千，除眼镜，送讣闻，亦当在摒弃之列。最好还是大家穿孙中山式之洋服。

6. 必谈政治。所谓政治者，非王五赵六忽而喝白干忽而揪辫子之政治，乃真正政治也。新月社的同人发起此社时有一条规则，谓在社里什么都可来（剃头，洗浴，喝啤酒），只不许打牌与谈政治，此亦一怪现象也。

玄同先生！因为你的一篇大文，使我诌了一大堆的砖瓦，未知有当否，然这回我对于《语丝》的义务可尽了。顺颂"欧"安，并问"化"祺，不宣。

（选自1925年4月20日《语丝》第23期）

关于反抗帝国主义

"反抗帝国主义"这一句话,空嚷了几年,这回"五卅惨剧"发生,反抗帝国主义的实行期便从此开始了,罢课,罢工,罢市,对外人抗议,对民众演讲,主张与英日断绝经济关系,建议派兵保护上海租界上的市民……这自然都是当务之急。讲到帝国主义者历来对于咱们的侵略行为,和咱们现在对付这回事件的种种办法,近日报章杂志上论述甚多,我大致看过一些,都觉得很好;我并没有什么特见可以发表,所以不来赘说。

现在要说的,乃是忽然记起以前见过的两句口号,叫做"内除国贼,外抗强权",从这口号里引出的一点意见。(这两句口号出在哪里,这八个字有无错误,都记不真切了,反正这没有什么关系。)

帝国主义者对于咱们施行政治的和经济的侵略,真可谓无所不用其极了。(关于这一点,可看孙中山先生的《民族主义》第二讲,他叙述此事,最为简单明了。)咱们被人家侵略,绝对的不应该投降,绝对的应该反抗。这是天经地义,不容丝毫疑惑的。这回的事,起初是青岛的日本纱厂惨杀中国工人,后来是上海的英捕房惨杀中国学生及其他,所以现在就事论事,大家都专心一意的反抗日英两国,专心一意的反抗他们这回杀人的事件。将来反抗的结果究竟怎样,现在谁也不能知道。但即使"如天之福",现在学生联合会等等所提议的种种条件竟办到了,难道反抗帝国主义这件事就算做完了吗？不然！不然！绝对不然！不但不能算做完,简直还没有动手ㄋㄝ！帝国主义者,岂仅英日？侵略的行为,岂仅这回杀几十几百个人？政治的经济的层层压迫,若没有亿兆分的努力反抗,而妄想轻轻松松的解除,天下没有这样便宜的事！所以我认为反抗帝国主义,简直是咱们中国人今后毕生的工作。

这回的事件将来结束以后,凡有脑筋的人们都应该努力去干一件工作。这工作便是"唤醒国人"。这被唤醒者应该是国人全体,并非限于一般所谓民众。唤醒者自己亦当在被唤醒者之列：一则凡述说真理,针砭旧锢,本非专为谴责他人,责人以善,其实也是忏悔自己,改善自己；二则天下本无万能的人,A事甲为唤醒者而乙为被唤醒者,B事则又乙为唤醒者而甲为被唤醒者,所以是互相唤醒,无论何人,决不应自居为全智全能全善全圣之上帝,而超然于一切人们之外。因为被唤醒者是国人全体,所以"高调"实有"唱"它之必要,而低调也得要唱它一下子——举个例说,ㄐㄙㄣㄅ和ㄊㄛㄎㄙㄊㄛ诸人的学说应该介绍,而放脚和剪辫的话也得要说。

"人必自侮然后人侮之,家必自毁而后人毁之,国必自伐而后人伐之。"孟老爹这三句话,真是颠扑不破的至理名言。帝国主义者侵略咱们,咱们固然应该反抗他们,但断不可一味的愤恨他们来侵略,应该自己反省一下子："为什么他们不侵略别国而来侵略咱们ㄋㄝ？为什么咱们以先称为'洋鬼子'的,一旦他们兵临城下,咱们竟会那样不生心肝,不要脸皮,乖乖的高呼'洋大人'（那时便要敬避讳碍字样而改写为'洋□子'了）,双膝跪倒,摇辫乞怜ㄋㄝ？"呜呼！"为是者,有本有源"ㄌㄚ！咱们要知道！咱们以先本是"做奴才"ㄌㄚ！咱们的不肖祖先编纂许多《婢仆须知》,使"家弦户诵"者二千余年于兹矣（再以前"书缺有间",不能确知,但决不会反比后来高明,这是可以武断的）。这种奴才教育浃髓沦肌,自然异族侵入,甘为洋奴西蒽而不敢辞——实在是义不容辞。是个国民,才有处理政治之天职,奴才配有吗?是个国民,才有抵御外侮之义务,奴才配有吗?二千余年以来之中国人,既束身于《婢仆须知》之中,则受帝国主义的侵略,固其所也。古之帝国主义者五胡、沙陀、契丹、女真、蒙古、满洲诸族"提兵入关,定鼎中原",该奴才们既已高呼"圣天子"矣,则今之帝国主义者条顿、拉丁、盎格鲁撒克逊、斯拉夫、大和诸族施行政治的和经济的侵略,该奴才们高呼"洋大人"正是当然了。

《婢仆须知》之教育交了二千余年的好运,到了20世纪开始,忽有孙中山其人者不肯"安分",实行"犯上作乱",立志放奴,创为"三民主义",有志竟成,居然满清给他推倒,民国给他组成;极少数之被他唤醒者于是对于今之帝国主义者也起了反抗之志,这自然是可喜之事,但这不过极少数而已。大多数之国人沦于奴籍者有年于兹,实在不容易振拔,所以他们表面上虽然也算是中华民国的国民,骨子里还是满清帝国的遗奴(他们之中有反对满清者,则是汉唐宋明的遗奴)。因为奴才本没有处理政治之天职和抵御外侮之义务,所以他们不管这些事,所以像这回的惨剧发生,极少数人嚷得力竭声嘶,而他们不是置若罔闻便是莫名其妙。这固然令人气破肚,但实在也不能怪他们,他们原是读《婢仆须知》出身的丫。

但是他们如此糊涂,可真是一件大不了的事,因为长此不变,不但他们将永沦奴籍,万劫不复,即此极少数人亦终必陪着他们去送死!所以唤醒国人,实为今后有脑筋的人唯一的工作——救命的工作。

怎样去唤醒国人?自然其道多端;上文说过,高调低调都得要唱。但无论唱高调低调,基本观念只有一个,便是"将《婢仆须知》撕破,践踏,焚毁"——这是我所谓"内除国贼"。

编"内除国贼"这句口号的人所谓"国贼",当是指军阀政蠹而言。军阀政蠹自然是国贼,但我觉得不值得特别去提他们,因为他们非由天降,非由地出,固来自田间也,军阀政蠹一旦倒了运,与普通国人固无以异;普通国人一旦走了运,还不是十足道地的军阀政蠹吗?那么,不唤醒国人,不改良国人,而徒沾沾焉唯军阀政蠹之是詈,真舍本逐末之论也!而况军阀也常要滑稽的骂军阀,政蠹也常要滑稽的骂政蠹。他们自暴其丑给我们听,我们只消点头微笑道,"乙!原来如此!"就尽够了。

凡与中华民国国体政体和一切组织抵触的,都是"国贼",都应该"除"它,而且"除恶务尽"!试举数例:什么纲常名教乂丫,什么忠孝节义丨丫,什么文圣武圣兀丫,什么礼教德治丫,什么文以载道乂丫,什么元首小民彐丫,什么安分守己丨丫,什么乐天知命兀丫,什么不问政治丫,什么"天下有道,则庶人不议"丨丫,什么"民可使由之,不可使知之"丫,什么"各人自扫门前雪,莫管他家瓦上霜"兀丫,什么"济人利物非我是,自有周公孔圣人"彐丫……种种屁话,都刻在《婢仆须知菁华录》上,有一于此,国即不国!这些国贼,本应该在民国纪元前一年1911年10月10日那天宣告死刑,本应该在民国元年(1912年1月1日)那天执行枪决。何以故?因为它们都是专制帝国的保镖者,而绝对与共和民国相抵触故,只因当时任它们逍遥法外,以致十四年来所谓中华民国也者,仅有一张空招牌,实际上是挂羊头而卖狗肉,大多数的国人都是死守帝国遗奴的本分,不能超升为民国的国民;够得上算民国国民的,只有那极少数的几个觉醒者。单靠他们来保国,单靠他来反抗帝国主义,绝对是不够的。所以今后唯一的救亡之道,觉醒者唯一的工作,便是唤醒国人。唤醒的教育,消极方面是"除国贼",积极方便是请德先生(Democracy)、赛先生(Science)、穆姑娘(Moral)来给咱们建国。大多数的国人受过这个教育,奴性逐渐消灭,人性逐渐发展,久而久之,人人都能明了自己有处理政治之天职和抵御外侮之义务,则国才有保得住的希望,帝国主义才有反抗得成功的希望。

保国是保住与咱们生活有关的中华民国,绝对不是什么"保存国粹"。那些什么"国粹",便是上文所谓"国贼",不但不应该"保"它,而且还应该"除"它。反抗帝国主义是反抗侵略咱们的强权,绝对不是"排外"。向咱们施行帝国主义的外国的文化,都比咱们高得多多,咱们不但不应该"排"它,而且有赶紧将它"全盘承受"之必要,因为这是现代的世界文化,咱们中华民国也应该受这文化的支配。所以我以为"外抗强权"

应该只抗"强权"。

总而言之：

咱们应该爱中华民国，而过去的"鸟国粹"应该连根拔除，所以周公、孔子以及一切圣帝明王之道在所必摈。

咱们应该反抗英国（举以为例）的帝国主义，或至与他绝交，宣战，而现代的世界文化应该全盘承受，所以ㄅㄟㄎㄣ、ㄖㄧㄨㄊㄣ、ㄨㄛㄊ、ㄇㄧㄌ、ㄉㄚㄨㄧㄣ、ㄙㄆㄣㄙㄜ、ㄏㄜㄔㄙㄌㄧ、ㄦㄜㄙㄌ的学说在所必用。

可是大多数的国人的见解，与这所说的正相反背。他们对于中华民国，感情非常淡薄，甚至还厌恶他，仇视他；而对于有害于咱们的"鸟国粹"，反拥护之唯恐或失。他们对于帝国主义者的侵略，能够忍受，甚至还信用他，仰赖他，而对于有益于咱们的现代的文化，反排斥之不遗余力。这种颠倒是非的现象，便是亡国灭种的根苗！

我现在再说几句话来结束此文。

不爱中华民国，国必亡！甘愿托庇于"洋大人"之胯下，国必亡！守住已死的"鸟国粹"，国必亡！拒绝现代的文化，国必亡！要不亡国，除非由有脑筋的人们尽力去做"唤醒国人"的工作，使国人把这种亡国的心理反过来。

1925 年 6 月 8 日

（选自 1925 年 6 月 15 日《语丝》第 31 期）

敬答穆木天先生

穆先生的信虽然是写给启明的,但全信的话都是为我而发,所以这篇的题目叫做《敬答穆木天先生》。

穆先生信中对于我用了不少的俏皮字眼和语句,乃至以我的名字为戏,这些我都不介意,而且觉得有趣。唯有一处我不能不提出抗议,因为这太叫我难受了,便是"堂堂的钱玄同先生——中国的学术界的泰斗钱玄同先生"这个称号。鲁迅说得好:"……如果开首称我为什么'学者''文学家'的,则下面一定是谩骂。我总明白这等称号,乃是他们所公设的巧计,是精神的枷锁,故意将你定为'与众不同',又藉此来束缚你的言动……"(《猛进》第五期通信)"堂堂的"的丑相何等肉麻!"泰斗"究竟一个铜子儿可以买几斤!玄同虽不学,尚不愿以此自污!

闲话表过,且谈正文。

我敬告穆先生,我是否是日本所谓ㄇㄚㄓㄧㄇㄝ一流的人,我自己不知道,可是穆先生给郑伯奇先生那封诗体的信(3月6日《京报副刊》),我的的确确是"完全未看懂",我的"真好眼力"是这样,我也没法。——但我也还不甘心安于"真好眼力",我今天把《京报副刊》上所载穆先生的信检出来,再逐字逐句地细读一过,还是"完全未看懂",大概我实在是"一辈子不能懂讽刺一流的东西"了。

不但此也,穆先生今回给启明的信,我尤其看它不懂。穆先生给郑先生的信中有"我们要歌颂盘古的开天,轩辕的治世,乌江夜里的项羽,努力实现的仲尼"等语,又引孔老二"关雎乐而不淫"这句话,我认为这是凤举所说的"凡是我的或我们的都是好的"的意思,固然是"完全未看懂",但我自己觉得这还不失为"望文生训"。至于今回的信中,说了许多"国民文学"。"国民的",而又力言与"爱国论者"不同,也不是要"复活国故",我不知道这"国民的"既非历史上的故物,到底是什么东西?若说把现代世界文化(即所谓欧化)普及到中国来,换言之,便是中国亦沐浴于世界文化之中,亦即梁漱溟先生所谓"全盘承受欧化",这是我所极端主张的,但这决不能说是"国民的",因为既非咱们所固有,亦非咱们所独有。我看穆先生的语气,他所谓"国民的",决非指此而言,可以不论。据我的猜想,穆先生大概与郭沫若先生的见解相像。郭先生最爱把自己的理想装在古人的尸体上,如女娲、伯夷、叔齐、孔老二、聂政、王昭君、卓文君、王实甫、王阳明这些人的尸体,都是被他利用过的。这个方法,"古已有之",即所谓"托古改制"是也。用此法来做诗歌、小说、戏曲,则可;因为这不过是借用几个古人名字,等于杜撰孙行者、林黛玉、杜少卿、多九公这些假名字,这不过是借用几件古事,等于完全虚构事实(我的偏见,则以为杜撰名字与虚构事实,比借古人古事更好)。若竟认为实事,以为这几个古人的确如此高明,再把它放大,普及,说凡古人都是如此高明,便认为咱们有如此的好祖宗,真是荣耀得很,为子孙者理合歌咏先德,发挥光大,这便不然了;因为这种"民族魂"是几个文学家关了房门,用幻想造出来的,并非"我们民族历史"真是这样,真有这回事。所以假使我猜得不错,穆先生确是"要歌颂"这样的"国民的",我实期期以为不可。——但穆先生的话,我往往是"完全未看懂",上边所说,不过是瞎猜而已。

盘古和轩辕下面的各两个字,项羽和仲尼上面的各四个字,倒未曾"没有看见"。不过我虽看见这十二字,我并不觉得有了它们便可以抬高那四个人的声价;我尤其不觉得这四个人有了这种高的声价,便能毗封到中国民族的全体。我是一个死心眼儿的人,我只会说呆话:盘古和轩辕这两个人,根本上就不能信他们为有,故"开天"与"治世"只是胡说。项羽和仲尼,固有其人。但"乌江夜渡"何以值得称赞,我也不能了解(即使确是值得称赞,这不过是他一个人的好精神ㄋㄚ,也不能毗封给中国民族全体ㄧㄚ)。至于"努力实现"四个字,我实不懂,即使"望文生训"似乎也装不到孔老二的身上,我知道他自己说过,"学也,禄在其中矣。"

以上固然是呆话,但若以"发掘我们民族的真髓"为职志,似乎总应该考察咱民族的真相,未可错认一己的理想为民族的真髓而一味去歌颂它吧!

穆先生说:"爱国论者,国故论者,复古论者,尤其把'国民的'方面忘去了。"我与这班什么"论者"立于根本反对的地位(虽然穆先生说"到与爱国论者不谋而同"),没有替他们辩护的义务。不过我总觉得他们并没有忘记"国民的",他们对于中国民族一切朽腐的文化,残酷的道德,污秽的生活,谬误的学术,都有相当的赞美。他们最不愿意中国人"舍己从人"。他们常说,甲点是中国的比外国的好,乙点是外国的比中国的坏,丙点是外国的也没得比中国的好……

那个"夸"字倒不是我"创造"的,是郑伯奇先生创造的,就在郑先生复穆先生信中"具体点说"的第三层:"我们要追怀古代的光荣。我们要夸我们民族历史的真实呀!……如黄河岸上的无限的沉沙。"所以穆先生应该向郑先生说"多谢!多谢!"才对。(我那篇文章里所谓"国民文学的主张者",本兼指穆郑两先生而言,引郑先生的,除"夸"字外,尚有"复活精美的古文古语"一语。)

我平常有一个偏见:我以为甲国历史上有绝大意义的事实,并非乙丙丁……诸国也必须有的。现在看到凤举信中"国民文学这个话就今在别国的文学史上有人讲过,就今没有一切的语病,我也觉得后来有人爱讲时可以讲讲,现在的我们还谈不到"这几句话,又把我这偏见引起来了。我以为别国纵使曾经积极地提倡过国民文学,咱们并不因此而亦须提倡，或者咱们竟是不应该提倡它也说不定。——因此，又想起一件事来了。西洋史上有リネサンス（Renaissance）一件大事，近来的中国人觉得咱们中国也非得要这么一套不可。我的偏见，却认为咱们完全没有这个必要，而且咱们不应该再要这一套；咱们应该将过去的本国旧文化"连根拔去"，将现代的世界新文化"全盘承受"，才是正办。穆先生说我"像是什么都不要了"，这确是我的真意。我坚决地相信社会是进化的，人们是应该循进化之轨道而前进的，应该努力前进，决不反顾，才对。所以我认为过去的各国文化，不问其为中国的，欧洲的，印度的，日本的，总而言之，统而言之，都应该弃之若弃敝屣。我对于它们，只有充分厌恶之心，绝无丝毫留恋之想。

我写《敬答穆木天先生》写到这里，却要自相矛盾了，我忍不住要对穆先生暂时不敬一下子了。穆先生忽然说出这样几句话来："我们不知道钱先生为什么还研究中国的学术呢？中国的文字，中国的言语，连中国的国民都不想要了。不知道钱先生还要什么？"这几句话，真是出我"意表之外"！我真不懂，穆先生何以忽然说出这样几句糊涂话来！难道研究中国的学术，是等于崇拜中国的学术吗？难道不要国民文学，是等于不要国民吗？真是奇谈！我老实告诉穆先生吧：我是一个中年的学究，快到"四十见恶"之年了。在十年以前，我确是崇拜中国的学术的。但"中国的学术"这个名词太广泛了，其中包含许许多多相反的分子，我们当崇拜它时，便在它中间分出"正"与"伪"，"雅"与"俗"来，只捧住那自己认为"正"或"雅"的"拳拳服膺"，那认为"伪"或"俗"的便一脚踢开。拿文学做个例，我那时只要《文选》、《乐府诗集》等书，而不要《元曲选》、《红楼梦》等书。这不仅我一人如此，大概旧时代的人研究中国的学术都是这样的。十年以来，我受了许多益友——如吴稚晖、胡适之、顾颉刚、鲁迅、周启明等——的教训，才大悟前非，知道研究中国的学术等于解剖尸体。就解剖而言，目的在求知该尸体的生理和病理，所以无论脑袋和生殖器，食道和粪门，白喉和梅毒，好肉和烂疮，都是研究的好资料，应该一律重视。若就尸体而言，它本是一个腐烂了的废物，万万没有把它放在活人堆里,与它酬酢的道理。所以研究中国的学术和"发扬民族魂"是相反的;我赞同"整理国故"而反对"宣扬国光"。至于现在的中国国民,我从没有说过"不要佢们"的话;但我希望佢们"革面洗心"努力追求欧化,根本反对佢们再来承袭咱们祖宗那种倒霉的遗产。所以我虽想要"国民",却不想要"国民文学"。

尹默是我二十年的老朋友,他对于旧诗是极深造有得的,他常有娓娓清言,不独令人忘倦,而且耐人寻味,我一向戏称他为"《世说新语》中人"。我们俩的交情虽是极好的,但一见面总要吵嘴,他有许多见解,我和他是永远说不到一起的。穆先生引他在京都时说的那段话,那时他也曾把这个意思写信给国内的几个朋友(我也在内),启明曾把那封信中重要的话引在《自己的园地》里:"……叹息前人给我们留下了无数的绫罗绸缎,只没有剪制成衣,此时正应该利用他,下一番裁缝工夫,莫只作那裂帛撕扇的快意事。蔑视经验,是我们的愚陋;抹杀前人,是我们的罪过。"(页二十二)尹默这个见解,与穆先生所谓"利用古来原有的好字"一层,我有部分的同意。我的偏见是这样:无论古、今、中、外、文、话、雅、俗的语言文字都是死的,只要咱们会利用就都是活的。"刘郎不敢题'糕'字"的见解,方苞所谓"佛氏语,宋五子讲学口语,魏晋六朝人藻丽俳语,汉赋中板重字法,诗歌中旧语,《南北史》佻巧语不可入文"之说,固然不通;即胡适之分别"死语""活语"亦殊拘滞。我则以为做文章用字,应该绝对自由:曰若稽古,奉天承运,嘉谟嘉猷,乃怪乃神,蠢迪检押,宵寐匪祯,且夫……,尝谓……,有……之必要,得……之,王八蛋,放狗屁,妈拉巴子,像杀有《丫事,ㄅㄚㄚㄧ(场合),ㄇㄣㄉㄛㄔㄨㄚ(面倒臭),ㄧㄆㄙㄆㄦㄟㄕㄣ(inspiration),ㄤㄉㄨㄙㄧㄚㄙㄇ(enthousiasme)……都不过是表示某个意义的符号,咱们做文章都可以拿来自由利用,不受丝毫拘束。我对于过去的文章最爱元曲,因为他们敢于自由用字;我对于现今的文章最爱吴稚晖先生的,因为他敢于自由用字(吴先生有一篇《乱谈几句》,登在《猛进》第十期上,述他自己做那样自由文章的见解,我以为他的见解是很对的)。总之我因为主张用字自由,所以对于"前人留下的绫罗绸缎","古来原有的字",认为咱们都有利用它的权利,这是我同意于沈、穆两先生的。但认为"好"不好却不在字的本身上,应看咱们怎样用法而定——还有,即使"好",不过"这也好"而已,并非"除此以外别无好,非用这个不可"。

以上都是述说我的偏见,并非与穆先生辩驳。我相信两个人的思想不会完全相同,正如两个人的脸孔不会丝毫无二一般,所以全无一致之可能。我又相信辩驳的结果,不过多打了几场笔墨官司而已,决没有一方面会屈服的。我和穆先生,见解相去如此其远,当然不会走到一条路上来的——其实不走一条路,那才有意思;我读了凤举信中论"一样的横眼睛直鼻孔"一段,更感到不走一条路的好。

1925年6月28日

废　话
——废话的废话

"废话",有说是该写"费话",这话大概是对的;可是我不管这些,我不过取北京话里用"ㄈㄟ"跟"ㄏㄨㄚ"两个音构成的一个词儿做个题目罢了。因为以音为主,所以以后或写"废话",或写"费话",或写"ㄇㄏㄨㄚ",或写"Feihua"……爱写哪个就写哪个,只要音对了就是,不求字形一致。

用"废话"做题目,有三个意思:(ㄅ)我是一个中年的学究,新知识新思想,我虽然对它垂涎十丈,可是我跟它分隔云泥,它成日价满天飞着,可恨我的脑壳尽往上顶,压根儿没有碰着它;所以我发的议论,不是浅薄无聊,就是谬误可笑,真叫做不值得一说。然而我是一个不肯藏拙的人,忽然心血来潮,便要拉起笔来乱涂一阵,这当然是废话了。(ㄆ)假使说,"愚者千虑,容(不是'必')有一得",那我也敢老着面皮说,这是可以"容有"的。但是,我如果真有"一得",怕未必是今日最大多数的"同胞"们所能"以为然"的吧;那么,等于白说,还是等于废话。(ㄇ)而况今何时乎?今何世乎?人家正忙着"爱国",正忙着"到民间去"……你看!在实验室里研究自然科学的人们,整理国故的人们,想与异性恋爱的人们,爱好文艺的人们,不是都挨了申斥了吗？我还胆敢不上天安门前去砍指头，却到"群言堂"（"群居终日，言不及义"）中来嚼舌头，胡扯瞎撩，无裨国事，无益民生，岂非该死之尤！然则无论说什么话，自应一体作废话论。

"疑古玄同者谁耶？以前《语丝》的作者中有钱其姓而玄同其名者，意者此玄同即彼玄同耶？"

"然也。"

"然则干么现在又加上疑古两个字呢？干么又不写钱字呢？"

"容在下一一道来。"

我取疑古这个名字，还在五年以前。一九二一年，曾经请我的朋友"何庚"先生用龟甲文字体给我刻过一个左"疑"右"占"的图章。名字到了刻上图章，它大概就有长寿的希望，不仅作为新闻纸上投稿者的"临时名字"了。可是这五年之中，疑古这名字还只用于向新闻纸投稿之时。近来自己看了这个名字，愈觉得它好，非正式来用它一下子不可，所以现在就写作疑古玄同。

既要用疑古，何不就废了玄同呢？这个我不愿意。我看了玄同这个名字，也一样觉得它好。疑古，我所欲也，玄同，亦我所欲也，二者非不可得兼，故不愿舍疑古而取玄同，亦不愿舍玄同而取疑古。

我们在"群言堂"中常要研究这个问题："中国人的名字，干么要限于用一个音跟两个音？干么不可以多用几个音？"研究的结果，总是说："这无非是习惯罢了。有什么道理可说！这种没道理的习惯，实在应该打破。我们以后取名字，别再受这个限制！"可是说总是这样说，实行打破这习惯的还没有听见过。我现在要酸溜溜地掉一句古文道："请自隗始。"

我的朋友赵元任先生说："现在本有多音词的趋向，用了拼音文字，自然会有用长名字的趋向。在外国的留学生不得不用拼音的，常把名号并写起来以免和别人的混。现在时兴用名不用号，这还是'汉字时代'里的一种小进步。但是到拼音字通行了，名字自然会加长，或者名号总是并称。"（《国语月刊》"汉字改革号"页九十二）这话我完全同意。我是汉字的叛徒,那么,不等到拼音字通行,先把名字加长一下子(或者玄同算做名,疑古算做号,疑古玄同算是名号并称,也使得),使逆迹更加昭著些,也好。

疑古玄同是写全了的正式名字。寻常书写,自可从简:或单称玄同;或单称疑古,有时也许要掉弄笔头,疑古改写音同的夷罟,逸梏,易古……;或单写音标作ㄧㄍㄨ,Yiku……

"姓是干么使的?姓是怎样发生的?伛们俩共生的儿女,干么只能用他的姓而不能用伊的姓?他们俩胖合,干么伊的上面要加上他的姓?姓既如此神圣,干么又可以改姓,还可以赐姓?……"诸如此类的盘诘,常常在我的脑子里作怪。可是,我不是学者,我没有科学的头脑,我只会凭了主观来武断。我觉得姓这样东西,我一些也用它不着,我要像扔破鞋那样扔掉它!

我的姓不但于我无用,我还很受它的累。我打电话,那边问我"贵姓",我无论依国音说"姓ㄔㄢ",或依北京音说"姓ㄑㄢ"那边往往总要再问"姓田?"。那边这样"缠夹二"(读如ㄖㄛㄢㄍㄚㄏㄦ,不可读ㄔㄔㄢㄐㄧㄚㄦ),我只好再说,"赵钱孙李的钱","铜钱的钱","洋钱的钱"。你看,够多么受累ㄧㄚ!

疑古的人固然不该引古人以自重;但古人所为若有适符吾意的,也大可不必故意隐匿,惧贻"好古"之讥,我现在要学人家的舌头说道:"考此事古已有之。"(在我作此《废话》以前"已有之"的,都归在"古已有之"之列。)太远的且不论。和尚没有姓;满洲人有姓而不用;中国有一位刘师复,废姓而单称师复;日本有一位宫武外骨,废姓而单称外骨,或称废姓外骨,或称半狂堂外骨;皆其例也。——然则我又可以掉一句文道:"夫我,亦犹行古之道也!"

做文章而要讲究体式,这真和束胸缠脚同样地自己给自己钉上镣铐。呜呼!哀莫大于自刑!古今(外则非我所知,故这里只说"古今"而不言"中外")谈做文章的,我最佩服吴稚晖老先生啦。他在《猛进》第十期上发表《乱谈几句》一文,现在把最精要的几句节录如下:

>……在小书摊上翻看了一本极平常的书，却触悟着一个作文的秘诀。这本书就叫做《岂有此理》。我只读他开头两句，即不曾看下去，然从此便打破了要做阳湖派古文家的迷梦，说话自由自在得多。不曾屈我做那野蛮文学家，乃我生平之幸。他那开头两句便是："放屁！放屁！真正岂有此理！"用这种精神，才能得言论的真自由，享言论的真幸福。

近来有一位周云青君编辑《吴稚晖先生文存》，序中称吴老先生的文章——

>取材之丰富，上自天球、宗彝，下至圂中石、干屎橛，无不佐其笔阵之纵横；而字法句法往往戞戞独造，脱尽恒蹊，目无桐城派阳湖派之余子。

这几句话，很能写出吴老先生文章之妙处。不过末句不免有些失敬，吴老先生之妙文岂可与桐城派相提并论！阳湖派比桐城派虽然稍微高明些，但桐城派是三寸金莲，阳湖派也不过三寸半或四寸而已。吴老先生则不但是不缠之天然脚，而且还没有那些"六寸肤圆"，"底平指敛"的肉麻相，简直是五指掰开，阔而且长，可以穿在草鞋里健步如飞的村姑的脚；所以阳湖派也不能与吴老先生同日而语。那鸟桐城派，只配送给《这个大虫》（The Tiger）的主笔当甘蔗渣去细细咀嚼而已。有一位ㄓㄣㄓㄥㄉㄜㄖㄣ皱着眉头批评吴老先生的文章道："太难了！"这种人也是只配咀嚼鸟桐城派的。我以为从来自由活泼的好文章"未有不如此"，禅宗的语录和元代的杂剧皆是也；吴老先生不过格外淋漓尽致罢了。可恨我太没有文才，笔一提起，"体式鬼"便奔赴腕下，所以虽欲力求振拔，苦难如愿以偿。今作《废话》，颇想努力一下子：古语跟今语，官话跟土话，圣贤垂训跟泼妇骂街，典谟训诰跟淫词艳曲，中国字跟外国字，汉字跟注音字母（或罗马字母），袭旧的跟杜撰的，欧化的跟民众化的……信手拈来，信笔写去。如此，纵自由活泼之境未易遽臻，而"纯正""简洁"之弊庶几可免，亦可以无大过矣。还有，一段可以短到几个字，可以长到几千字；爱说什么就说什么，想着什么就说什么。

以上是"废话的废话"。

要看后话,且待来周("来"字不甚可靠)。

1925 年 8 月 10 日

(选自 1925 年 8 月 17 日《语丝》第 40 期)

反对章士钊的通信

旭生先生：

日前发一书，说反对章行严宣言文末我愿署名事，想先收到矣。

信发后，仔细将《宣言》看了一遍，觉得数章氏之罪未免有舍本逐末之病。鄙意章之根本罪恶，系无耻（媚段）与复古（反对新文化与国语），从此点发出，见诸行为，则有用武力驱逐女师大学生之事。其解散女师大，若单就什么"嚣张"等等立论，虽顽旧，尚可恕；而彼则不然，自做解散女师大之呈文起，直至刘伯昭侮辱女生，处处着眼于什么贞操的问题，此辈思想与目光不出厌卵之交涉，真可谓污秽卑劣之至，此实最不可恕者，鄙意似宜将此数点叙入，庶几有当于扼要据源。不过如此一说，有许多旧的新的君子们，又不欲签名了，所以或者不加也好。（下略）

　　　　　　　　　　　　　　　　　　　　　　疑古玄同。八，二十四，夜。

赋得国庆

天祸疑古,灾其右手,十多天以来,终日用药水、棉花、油纸、绷带,把五个指头捆在一起,医生吩咐除换药外不准解开,弄到吃饭不方便,写字不方便,上课写黑板不方便,甚至连中秋应吃粽子的问题也只好让伏园先生代我发表。唉!我的右手哇!你真是"天鹅绒的"呀!

二十天以前,伏园先生来信叫我给《京·副·国·特》做文章,那时我手尚未"天鹅绒的",自然满口答应。现在,手是"天鹅绒的"了,而交卷截止期却逼近了,谚有之曰,"老虎追在屁股后头",其斯之谓欤。呜呼!"苦矣!""怎么办呢?"

阿!有了!我一想起中国的社会,总是要"懊恼乌糟"的。所以一开口,一动笔,既不会祖述妓女之打情骂俏,宪章簑片之胁肩谄笑,并且不会上律学者之高谈道妙,下袭牧师之从容说教:只会行动鄙野,不是狂叫,便是乱跳;言不雅驯,不说狗吊,即说龟溺。——既然如此,今天何妨再把几句讨人嫌的老套头话搬弄出来敷衍塞责呢?

主意打定,便再瞒过医生一次,偷偷的解开绷带请出右手,拿起笔来瞎三话四一下子(云"再"者,昨天已经偷解一次,给《国语周刊》

写了一千多字也）：

国庆国庆！国者何？中华民国也。庆者何？喜庆也。民国纪元前一年十月十日为中华民国呱呱坠地之第一日，故定是日为国庆日也。

——呸！这个谁不知道！要你来说废话！

——哈哈！大家都知道了吗？好哇！知道中华民国有国庆日而向它庆贺（虽然大都是牵了线来庆贺的）的人们，据我的瞎猜，总该是赞成中华民国的人们罢。

要是我瞎猜得不错，那倒要来赘几句老套头的废话。

民国与帝国，虽然只差了一个字，可是因为这一个字的不同，它们俩的政治、法律、道德、文章，不但相差甚远，简直是背道而驰的。帝国的政治是皇帝管百姓，民国的政治是国民相互的一种组织；帝国的法律是拥护君上而箝制臣下的，民国的法律是保障全体平民的；帝国的道德是"父慈、子孝、兄良、弟悌、夫义、妇听、长惠、幼顺、君仁、臣忠"，民国的道德是"兼爱"；帝国的文章是贵族的装饰品，讲究屁款式，鸟义法，民国的文章是平民抒情达意的工具，应该贵活泼，尚自由。总而言之，统而言之，帝国民国一切文物制度，可以说是无不相反。要民国，唯有将帝国的一切扔下毛厕；要帝国，唯有将民国的一切打下死牢：这才是很干脆很正当的办法。

从民国纪元前一年十月九日倒数上去，一直数到那荒诞不经的什么尧舜时代，都是帝国；所以这数千年中无论什么书中所讲的道理，都是帝国的道理，在民国无一适用的。不必说什么孔二先生、孟老头儿的议论了。请看那位单名一个"行"字的许老爹，他叫大家都要种田，总算是很讲究平等的人了，所以今之"韡"少年中竟有人说这位老爹的学说有合于苏联的劳农政治；然而他却说，"贤者与民并耕而食，饔飧而治"，原来他不过要请皇帝（诸侯就是一个地方的皇帝）也去种田罢了，他只希望皇帝肯种田，皇帝这样东西他还是要的，所以他还要"治"。像他这样一位"异端"还不敢说不要皇帝，则"圣道"中的君子们更无论矣。民国是无论如何，绝对的不作兴有皇帝的（总统只是国民雇用的一位公仆，我们因为民国人民应该一律平等，不愿意称他为奴才，为底下人，但他的地位，不过是一位账房师爷而已；一班"軤弹"称他为"元首"，为"极峰"，真是狗放屁！），所以帝国时代的学说，无论其为"圣道"或为"异端"，简直没有可以适用于民国的。

因为如此，所以吴稚晖先生主张把线装书扔到毛厕里去，乃是绝对不错的话。不过吴先生规定它安寓毛厕的期间为三十年，我以为容易启人误解。我知道吴先生的话是对于整理国故而言的；吴先生是说国故可以整理，但须迟至三十年以后。我则以为整理国故，倒不必有这样的限制。现在"軤弹"虽多，而如胡适之、梁任公、顾颉刚、徐旭生、唐擘黄诸位先生肯来整理国故，乃是很好的事情；有他们来整理国故，则青年学子想知道中国历史（广义的），就可以看他们整理成就的著作，不必白费气力去看那万难看懂的古书了。讲到三十年以后，虽然现在的遗老（广义的）大概都死尽了；而现在大批"遗少""遗幼"之制造方兴未艾，大有"日新月异而岁不同"之蓬勃气象，则三十年后"軤弹"未必便会比现在减少乃至灭绝，或者还要加多些，也未可知。至于国故里面的道理，则我们要严厉的对它说："汝不得活！"岂独三十年！三百、三千、三万……年后，它也没有复活的希望！它应该永生永世安寓毛厕之中！

真是好笑又好气，"民国肇建，十有四稔"了，居然还有人来提倡国粹，鼓吹东方文化，他们竟没有想到"民国"这样东西，压根儿就为国粹之所无，压根儿就为东方文化之所未有。若提倡国粹，鼓吹东方文化，出于康有为、罗振玉、王国维诸人，那是很对的，因为他们是要皇帝的；今乃出于赞成中华民国的人们，实属出人意表之外之表。于此可知他们开口民国，闭口共和，他们压根儿就不知道民国共和是怎么一回事。他们大概以为民国纪元前一年十月十日的革命还是和什么汤武革命一样，不过换个朝代罢了。他们大概以为除了皇帝改称总统以外，其他都不必——而且又是不该——改动的。所以有人公然主张民国可以祭天、祭孔、读经，甚而至于可以恢复科举，恢复御史台，乃至认种种顽固腐臭至于不可向迩的龟屎鳖血为救时弊之药言！呜呼！民国国民之"軤"竟一至于此，还有什么资格来做民国国民!还有什么脸来纪念国庆!干脆去做遗老罢!干脆去向爱新觉罗府上的仪哥儿装矮子扮叩头虫罢!这样,虽然悖逆,主义倒还是一贯的。

这一类讨人嫌的废话还想再写几段,可是手不挣气,只好作搁笔之想了。姑且用几句话来结束此文吧:

> 要中华民国,要认民国纪元前一年十月十日为国庆日,则请赶快将国粹和东方文化扔下毛厕。

> 要国粹,要东方文化,则请赶紧叫仪哥儿再坐龙廷,或叫什么人来做皇帝,承天建极,传之万世;而大清宣统三年八月十九日"盗起湖北",犯上作乱,宜申天讨,处以极刑,什么民国,什么国庆,当然取消,说起它来,应加以"僭伪""草窃"字样,庶足以正人心而端趋向。

这两条路孰吉孰凶,何去何从,唯同胞自决之。我当然是主张走前一条路的,但有人要走后一条路,我觉得倒还是有一贯的主张的,总比又要赞成民国又要保存国粹的人们高明些。

我向不会写文章,今日尤不会写文章,写时因为手不舒服,以致刺激神经,心里烦闷,信笔乱写,写得真太不成东西了。在许多"赋得国庆"的文章中,我这一篇一定应该考四等倒数第一名。

1925 年 10 月 8 日

(选自 1925 年 10 月 10 日《京报副刊》国庆特号)

我"很赞成""甚至很爱"双十节这个名词

双十节的晨报副刊上有一位奚若先生做了一篇文章,名叫"双十节",痛骂双十节这个名词,说它"不通",说它是"仿效那昆曲、滩簧的滥调","只弄出一种江南靡靡之音"。又对于"多数人向来恐怕就很赞成这个名词,甚至就很爱他",表示大不满意。——然而"曲终奏雅",忽又用转笔曰:"听说双十节这个名字是吴稚晖先生起的。如果属实,那我何能深怪?"好一个"那我何能深怪",真是"黄绢幼妇外孙齑臼"!

我绝不是要跟奚若先生打笔墨官司(我从来就极不高兴又极不愿意跟人家打笔墨官司),何况近来我的右手很有"天鹅绒的悲哀",写字颇不方便?而我现在忽然要写下面这几段白话(遵稚晖先生教,不加"文"字)者,一来是我觉得要说几句话,二来近日对于一班年纪轻轻的老前辈那种严气正心的态度实在有些看不上眼,三来是要把双十节及其他的来历说一说。假使奚若先生看见了不睬我,这是我很高兴的;假使他要睬我,我除了那时或者又觉得要说几句话之外,恕不奉答。

我要"开门见山"的说:我就是"很赞成这个名词,甚至就很爱他"的一个人。"我的意见","只能代表"我自己(虽然或者也有人跟我意见相同的,但我绝不想代表他们,因为他们并没有委托我做代表)。奚若先生跟他"代表"的"极少数人","尽可牢守他们的意见,我却也要坚持我的见解"。我"很赞成""甚至很爱"双十节这个名词,就因为它是"仿效那昆曲、滩簧的滥调","只弄出一种江南靡靡之音"的缘故;就因为它不是"一种高远雄伟的名字"的缘故。滩簧真是至美至正的文学。它是平民的文学,是白话的文学,是自由活泼的文学:这种文学,比陈通伯的更要"恶滥",比梁漱溟的更多"芜词",比梁任公的更来得"鄙俚",比徐志摩"琐琐序其为晨报副刊之故"跟陈通伯吊刘叔和更要"不免于纷淆驳冗之讥",比《水浒》《石头记》《儒林外史》诸书"记淫盗琐屑"处更多,这才值得给章士钊骂为"杀天下之文思,斁百家之道卫,反国家于无化,启人类之淫邪"——因为如此,所以我说它是至美至正的文学。不过"一个革命纪念日的名字"耳,居然有滩簧的气息,这是何等可"爱"呀,我真非"赞成"不可啦!

奚若先生主张改称双十节为"革命日",这倒还有些意思,因为这个词儿可以使"輂弹"们"太害怕"也。但他又说:"应该仿照美法两国平铺直叙的办法,叫他做'10月10日'或'十月十',一面既可与美法的'7月4日'和'七月十四'同例,一面可与我们原有的'正月初一'和'八月十五'彼此互映。"这几句话,我忍不住要用章士钊的话评之为"思俭如是,至可骇人"了。夫"双十"之与"十月十日"及"十月十",竟如此其大不同乎? 然则十六两之与一斤,二五之与一十,朝三暮四之与朝四暮三,其大不同殆亦犹此乎? 此已出我意表之外矣! 然而妙绪犹未尽也。奚若先生又说:"不但'双十'两个字不行,'节'字更不通。这只是一个简简单单的纪念日,有甚么节不节呢? 我问你那天吃的是年糕,是粽子,还是月饼?"忽然是"含义至深,影响极广的大事",要"刻(当是讹字)起一种奋发有为的精神,去做那革命未竟的工作",应该有"令人起敬令人幽思的庄严气象",忽然又"简简单单"起来,此一奇也。"节"与"纪念"不同之点,只在吃不吃年糕、粽子、月饼之类,此二奇也。这都还不算奇。最奇者,称为"双十节"而与吃月饼之中秋"节"相比拟,据说是"更不通";但称为

"十月十日",便"可与我们原有的'八月十五'彼此互映"了。你道奇也不奇?还有美国、法国、中国的"革命日",居然可以与中国废历的元旦中秋(恕我不会懂得"元旦""中秋"与"正月初一"和"八月十五"的区别)"彼此互映",你道奇也不奇?凡此诸奇,实在不胜出我意表之外之表之至者矣!

其实呢,"何能深怪"?无论讲什么话,那怕意义是完全一样的,别人(尤其是小孩子、平民、"暴徒";可是"輣弹"之老头子们则一定除外)说了就是狗屁,自己说了就是圣训,这本是古之老前辈的行径。时移世易,至于今日,稍变古矣:盖古之老前辈往往为头童齿豁之流,今则眉清目秀、唇红齿白、年纪轻轻、举止翩翩之少年也都会得效法古之老前辈之行径矣。猗欤盛哉!盛哉猗欤!

至于"双十节"这个名词,确乎是吴稚晖先生"起"(?)的,稚晖先生还有一篇文章登在元年十月的《民立报》上。而且"格末叫巧",奚若先生痛骂"双十节"之名为"仿效滩簧的滥调",恰好吴先生在元年曾经用了"滩簧的滥调"做过一篇文章,似乎是提倡救国储金的(记不真切了),也登在那年的《民立报》上(大概在六七月间)。夫吴先生也者,江南人也;而滩簧也者,不仅"滥调",且系"靡靡之音"也。吴先生而做滩簧,竟是十足的"江南靡靡之音"矣。不知奚若先生是否又要"那我何能深怪"吗?

奚若先生又说:"民国开幕已经十四年,不曾弄出一个像样的国歌。"关于这个,我倒又知道一些故事。原来现在被一班少年老前辈所大不满意的以《卿云歌》作国歌这件事,又是吴先生主张的。好像最初是汪荣宝所主张,而吴先生乃极赞同之;五年冬天上海的《中华新报》上有吴先生一文,主张以《卿云歌》为国歌;大概吴先生现在的主张还未曾改变吧。不知奚若先生是否又要"那我何能深怪"吗?

1925 年 10 月 11 日

(选自 1925 年 10 月 13 日《京报副刊》第 296 号)

十一月五日是咱们第二个光荣的节日

"咱们中国真可怜"：从有比较的信史时代（周）以来，不差么儿有三千年了，这三千年之中，咱们平民够得上算"人"吗？不过"猪仔"罢了！痞棍、瘪二、强盗、土匪，一旦过足了鸦片烟瘾，高兴起来，彼此耍棍弄棒，拿刀动杖，举枪按剑，比起武艺来，咱们供他们做试武器的家伙，送往西天极乐世界的，真真叫做不计其数。这还不够，他们还要来绑票，还要来拉夫，张大王绑了去的票们就得给张大王做踏脚凳，李寨主拉了去的夫们就得给李寨主做屁股垫子；你要是胆敢动一动兀丫，厂乙！砍你的脑袋，挖你的心肝，剁你的手脚，把你的肉一片一片的批下来！还不够，还要叫你的老婆女儿去做婊子，叫你的儿子孙子去做底下人！除了你也有做大王做寨主的本领。这就叫做"天之经也，地之义也"；你听，他们不是在那儿说什么"君臣之义无所逃于天地之间"的"輫"话吗？这就是他们所谓"道"，他们说"文以载道"，所"载"的便是这个"道"——这个狗道，贼道，鸟道。这种"天经地义"，这种"道"，"虽蛮貊之邦行矣"；所以不问五胡、沙陀、契丹、女真、蒙古、满洲，只要他们一旦高兴，也向咱们舞弄棍棒刀杖枪剑起来，咱们也是同样的给他们做试武器，做踏脚凳，做屁股垫子，自己被宰被剐，妻女做婊子，儿孙做底下人。咱们三千年来在这样的生活里过着,够得上算"人"吗?不是"猪仔"是什么东西!过着这种"猪仔"生活,还说什么"神明华胄",什么"泱泱大国民"!呸!好不害臊!请推开溺盆上的泡沫,照照尊范,看看是一副什么嘴脸!

居然觉悟了,在距今三十年以前,出了好些明白的人们,有的主张变法立宪;有的主张民权共和。虽然各人的见解有深浅之不同,眼光有远近之差别,而且此中的人们,起先已是龙蛇混杂,后来或至顺逆判殊,所以大功殊勋,元恶巨憝,乡愿中庸,至不齐一;但无论如何,在三十年前,这都是不甘心再过"猪仔"生活的人们。

因为有这些明白的人们分头努力的结果,居然造成了1911年10月10日的革命,这次革命的成绩,便是1912年1月1日建立民国政府,同年2月12日推翻清廷,取消溥仪小丑的政权。(关于此事,必须用"推翻""取消"字样。有称为"逊位"的,都是"放屁狗"所放的屁!)我说,十月十日是咱们有史以来第一个光荣的节日。因为做了三千年的"猪仔",居然觉悟了,想革面洗心,堂堂地做一个人,努力向上,有志竟成,这真是很光荣的纪念日,定它为"国庆日",平民化之,曰"双十节",只要是"人",谁曰不宜?

可是,"猪仔"的名义虽然取消了,而咱们仍旧让那溥仪小丑盘踞在咱们公有的"故宫博物院"之内,任凭他这个"闲人"带了他的大老婆、小老婆、通房丫头、土坑老妈等等公然在这陈列国宝的"重地"宣淫厮闹,并且与他的底下人勾通了外面的小瘪三——就是吴稚晖先生所谓耗子、痨虫、鳄鱼——盗卖国宝来供佴们荒淫之挥霍,这还成个什么体统!

而且,他不仅胡闹而已,咱们一不留神,他就要谋逆。1917年7月1日至12日,他已经造过一次反了。1924年,他又嗾使他的底下人图谋不轨,事虽未成,而种种谋逆之文件今已搜获。伪奏昭昭,魑魅魍魉原形尽露。罪大恶极,一至于此,咱们中华民国的国民个个袖手旁观,不加制裁,良心何在!颜面何存!

以上都是就他的不法与叛国而言。他不法,他叛国,当然应该惩办。但这还是就事实而论。其实,即使他十四年来安分守己,不想造反,咱们从道理上讲,也万万没有让他带了大小老婆住在"故宫博物院"的道理!

要知"故宫博物院"是咱们全国国民公有的产业,无论什么私人,即使创造民国之孙中山先生,也不应该带了家眷住在里边;何况他是沦于至污极秽之帝籍之溥仪小丑!(溥仪今后若肯真心取消帝号,矢志升为中华民国的平民,自然他也可以买张参观券,遵守清室善后委员会所定《参观人应守规则》,进"故宫博物院"去参观;这不但咱们很满意,也是他这小子的运气。要是他还要僭用伪号,在国法上固当严惩不贷,而"故宫博物院"也应该挂两块虎头牌给他看看:"国宝重地,皇帝莫入!")

所以,十四年前咱们虽然由"猪仔"的地位超升到"人"的地位,可是那个混账到十二万分的"皇帝"的名称还没有将他扔下毛厕,与粪便为伍,而让溥仪小丑窃之以自娱,这实在是咱们"人"世界无上的大耻辱,在道理上是断断说不过去的!

好了,咱们倒底还是有出息的人种,1924年11月5日,摄政政府的黄膺白君跟国民军的鹿瑞伯君居然下令,着溥仪即行出宫,不得逗留,同时并且着他取消皇帝伪号,与咱们同厕于平民之列。

这番举动,真当起"震古铄今"四字。1912年推翻清廷,取消溥仪的政权以后,又有今番的取消皇帝名号,着令溥仪出宫之举,这同样是咱们很光荣的日子,我主张也定她为一个纪念节,与"双十节"为同等有大意义与高价值的节日。咱们国民每年遇到这两个节日,应该抖擞精神,尽量的乐他一天:因为这是咱们做"人"的纪念,咱们"荡涤旧污"的纪念。

中国从有史以来至污极秽罪大恶极之"皇帝"二字,于1924年11月5日居然扔下毛厕去了。由这一点看来,咱们中国人确乎还是有志向上的人种,前途是很有希望的。咱们大家伙儿从这条光荣之道前进!前进!前进!

1925 年 11 月 3 日

(选自 1925 年 11 月 5 日《京报副刊》纪念驱逐溥仪出宫周年专号)

赋得几分之几

话说北京顺治门外魏染胡同第三十五号门牌，是一座新盖的"大楼"（这是北京的名词，江浙称为"楼房"），这大楼中有一间屋子，我有一位敝友，每天要到这间屋子里去干一种工作，他把这工作干完了，拿到别一个地方去，别人再加上几次别样的工作，第二天早晨我们便可以看到林语堂先生曾经"运用最高的脑力，用如何读几何的分析工分，总是答不出来"的"疑问"而"心上要每每难过"的"一大张八页的刊物"（这长句中加""的字句，见《语丝》第54期）。这位敝友姓孙，名□□，表字伏园（因为他以字行，故讳其名，敬避作□□）。他与我常常晤面，近两三天以来，忽然为了"几分之几"的事件，一定要我写几句话给他，聊以补白（这四个字是照我的口气写的，若照他的口气，便是什么"以光篇幅"了）。我实在怕写白话，因为做不出，又做不好，我又不愿做文章，因为我虽不肖，还不屑那样下作，竟沦入"文妖"道中。

但是"白话"债总赖不了的，与其东躲西逃，结果还是被他分歹住，勒逼住写好像写伏辩一般，还不如乖乖的自动的写他几句"瞎三话四"，以清厥债，面子上究竟还好看些。

"赋得"二字，在我是"古已有之"的了：本年双十节，我已经用过"天鹅绒"的手写过一篇《赋得国庆》送给这位孙公去补白,是其证也,"几分之几"是什么呢? 现在不能宣布;因为我想暂时做一次"准文妖",学着《醉翁亭记》的"义法",东一个"太守",西一个"太守",而"太守谓谁? 庐陵欧阳修也"一语,要把它放在末末了儿。

下笔千言,以上是莫须有的,以下是离题万里的。虽说离题万里,究竟也要嵌得进几个点题的字面才行。——好吧,就照这样,写上彼此绝不相干的两则,聊以塞孙公之责云尔。

…………

从去年这时候到今年这时候,在文化轨道上开倒车的运动的,旗帜十分鲜明(前几年不是不开,也不是开得不起劲,不过旗帜不十分鲜明罢了)。近几个月以来,反对这种运动的,咸集矢于章行严一人之身,大家是这样,我也不免"和光同尘"。讲到章行严开倒车的思想,并不自今日始,他压根儿就是做那低能的古文——桐城派的古文,他压根儿就是一个乌烟瘴气的ㄐㄧㄣㄊㄨㄥ;他过去老是这样,我敢预断他将来永远还是这样。中国像他这样的思想的人,真叫做车载斗量,不可胜数,比他还要不如的,更不知有多少。何以以前我单单指名他来反对呢? 只因为他凭藉官势来开倒车,其情实在可恶,所以我也跟着别人,"一矢以相加遗"。现在段政府到了末路,章行严已经倒霉,他没有官势了,我是决不再来打死老虎的;打死老虎是很卑劣的行为。章行严既失势,他便与其他开倒车的人们一例。我们不必再来反对一个章行严,却不可不永远继续的反对他们的个体。若以为章行严倒了霉,开倒车的运动便会停止,这实在太看得起人了:太看得起章行严,以为他有独力开倒车的能力;太看得起其他开倒车的人们,以为章行严一倒,政局更新(?),开倒车的运动便会消灭似的。这样看得起人,实在是大大的不可。所以我的意思,我们今后对于在文化轨道上开倒车的行动,仍当努力攻击,不问其为张三李四,官僚伟人,绅士暴徒,只要是开倒车,就当一律攻击;若开倒车的人们中间有与以前的章行严一样,有官势可以凭藉,我们也不问其为张三李四,官僚伟人,绅士暴徒,一律都应该以对付章行严的态度对付之。昏蛋本来到处皆是,并不限于亡清遗孽,腐败官僚;尽有人在别的方面很能发几句有价值的议论,一到文化方面,便屁话像连珠般的放射出来了。例如古文,真能够知道它没有价值,真能够知道它无益有害,真能够知道它比白话要不通得多,真能够知道什么"义法""规范"是等于狗屁的,能有几人?我不敢"重"量天下士,我敢说对于这问题能有真知灼见的,不过胡适之、吴稚晖他们几个人而已矣。还有,"统一""专制"这种混账心思,中国人最发达,一面是愿意被别人统一,被别人专制,同时便一心只想统一别人,专制别人。总而言之,统而言之,他们都要造成"清一色"的社会的。这种混账心思,实在比提倡古文主张读经还要可恶;我敢说,"统一""专制"的混账心思不铲除,中国人是永不会有进步的!敝友孙公近几年来所干的工作,他有一个很好的意见,便是各方面的言论都能容纳,他的确能够做到。我希望他今后秉此好意,永矢弗渝;我更希望他今后的工作的成绩中,常常发现攻击任何方面的"清一色"的思想言论事实。

这一则,起首有"从去年这时候到今年这时候"字样,末了又有"希望他今后……"字样,这就算是嵌进的几个点题的字面。

　　…………

我翻开去年今日孙公的工作的成绩来看,看看有没有可以供"赋得"之料的。看到第八版第二栏——啊!有啦!"记者"做的"'京副'的式样"中说:

> 现有的日报附张或小报大抵有四种式样。……《向导》及《民国日报》的《觉悟》等代表第三种,北大研究所的《歌谣周刊》,以及《绿波》、《狂飙》等代表第四种。第四种最好,可惜印刷工人和读者两方面都不大习惯,所以只好暂缓采用。……所以我们决采第三种。

所谓第四种式样,便是横行,我是极端主张横行的。我主张的理由,不必用生理学来证明,完全因为事实上的需要。我是主张中国字应该改用拼音的,我又认为中国从纯粹的方块字到纯粹的拼音字,中间必要经过一个"方拼合璧"的阶级。这个阶级中的文字,略如日本文的形式而再"变本加厉"一下子,就是更庞杂些。写这种"合璧"的文字,便非用横行不可,因为中间有外国字,有中国的拼音字也(无论是注音字母或是罗马字母)。即以纯粹的方块字的文章而论,这些方块字,将来都得注上声音,越奇古的越有注音的必要,例如"上林,子虚,长杨,羽猎,两都,二京,三都"诸赋,苟不注音,恐怕就是懂得音韵的"小学家",也要弄到挢舌不下呢。要加注音,就要请方块字改学螃蟹的爬法,别再照乌龟的爬法。所以无论从哪一方面说,方块字总非改用横行不可。虽然上面这些废话,于孙公的工作都不甚相干,可是一篇文章里嵌几个外国字,或嵌一段外国文,这是常常会有的,而许多方块字之中忽然嵌进几个注音字母,近来也渐渐的流行起来了;即此区区,也以改横行为宜了。何况孙公对于横行的式样本说"最好"呢。印刷工人方面,自从阿拉借光办《国语周刊》以来,半载于兹矣。阿拉是用横行式样的,所以印刷工人也有些习惯了,至于读者,那是丝毫没有问题,若竟有不会看横行的,或反对横行的,那大可恭而敬之的对他说道:"请你别看啦!"

我希望明年今日孙公的工作的成绩的形式变成螃蟹的爬法的模样。

这一则,引自"去年今日孙公的工作的成绩",又有"希望明年今日孙公的工作的成绩"字样,点题的字面嵌得更工切了。

…………

"庐陵欧阳修也"要出场了。

"几"与"ㄐ"同音"ㄐㄧ";"分"音"ㄈㄜㄣ"(ㄈㄣ),援北京把"三"字原音的"ㄙㄚㄣ"(ㄙㄢ)变读为"ㄙㄚ"例,"分"亦可变读为"ㄈㄜ","ㄈ"音"ㄈㄜ";"之"与"ㄓ"同音"ㄓ";"几"与"ㄐ"还是同音"ㄐㄧ":是故"几分之几"与"ㄐㄈㄓㄐ"同音。ㄐ者,ㄐㄧㄥㄆㄠ之字头也;ㄈ者,ㄈㄨㄎㄢ字头也;ㄓ者,ㄓㄡㄋㄧㄢ之字头也;ㄐ者,ㄐㄧㄋㄧㄢ之字头也,ㄐㄧㄥㄆㄠㄈㄨㄎㄢㄓㄡㄋㄧㄢㄐㄧㄋㄧㄢ者,京报副刊周年纪念也。

1925 年 12 月 3 日

(选自 1925 年 12 月 5 日《京报副刊》第 349 号)

在劭西先生的文章后面写几句不相干的话

近半年以来,章行严发表许多在文化上开倒车的见解,如反对现在最需要最适用的白话文学,主张读那等于"孔夫子的便壶"的"经"……于是引起大家的忿怒,群起而攻之;我们这个《业》也跟着摇旗呐喊了一阵。可是我(劭西先生想来也与我同意的)最不高兴攻击个人,因为我绝对不相信社会是一个人能够把她弄坏的。假使有一个人发表一种主张,这主张很离奇怪诞,从来没有人想到的,这或者还可以说是他个人有了精神病(但也不能一概而论,即如那什么大同哲学,便是"三教同源"那类话的变相)。至若开倒车的谬论,本是社会上多数昏蛋们的主张。那些昏蛋们或者说不出,或者不敢说,于是有一二文妖挺身而出,代昏蛋立言,而开倒车的论调便披露出来了。那种文妖是多数昏蛋们的代表,那种开倒车的论调是多数昏蛋们的昏心思的结晶。我们要攻击的,本是多数昏蛋们的心思,只因文妖自承为昏蛋们的代表,于是我们也就集矢于他个人;所以我们表面上是攻击他个人,实际上还是攻击多数昏蛋们。再说,文妖若站在社会上代昏蛋立言,我们不过仅仅驳斥之而已矣;他若窃据高位,凭藉权势,要用专制的手段来统一思想,则我们的的确确对于他个人起了"应该打倒"他的愤念,攻击他的时候,不仅拿他当做多数昏蛋们的代表,并且对于他个人也觉得非竭力攻击不可了。其所以要竭力攻击他者,他的思想昏乱,言论背谬,倒还在其次;最可恶的,便是窃据高位,凭藉权势,要用专制的手段来统一思想。我前几天与劭西先生闲谈到这个意思:我说,"咱们俩现在是同心同德的主张白话文学,提倡拼音文字;但我以为咱们只应该在社会上宣传咱们的主张,务期拿道理来说服人家,我决不愿意而且极端反对用权势来强迫人家服从。所以假使您劭西先生一旦做了教育总长,竟下令禁读古文与禁识汉字,我疑古玄同一定首先反抗,拼命攻击,不遗余力。"总而言之,统而言之,凡用暴力淫威来胁迫人家一定要如何如何的,不问主张之当否,我是一概反对的:用暴力淫威来胁迫人家读"孔夫子的便壶"式的"经",固然要反对;用暴力淫威来胁迫人家读ㄉㄚㄨㄣ的《物种由来》,ㄇㄚㄦㄙㄇ的《资本论》,ㄎㄦㄛㄆㄛㄊㄎㄧㄣ的《互助论》……我同样也要反对。这是我的信念。

我对于章行严的反抗,动机就是这样。论到章行严的思想与主张,我ㄧㄚㄍㄜㄦ就没有佩服他过;老实说,我一直是看他不起的,尤其是对于他的文章。"后《甲寅》"固然不成东西,"前《甲寅》"又算得上个什么?"前《甲寅》"优于"后《甲寅》"的只有一点,就是没有那些叫人恶心的拍马屁的论调而已。讲到思想与文章,他们俩是同样的没有价值。我从前不反抗他而近半年来反抗他者,因为他前时只是站在社会上发议论而近时则要凭藉官势来统一思想也。现在段政府已经到了末路,章行严也跟着倒霉,我是绝不赞成打死老虎的,所以今后不愿意再像以前那样攻击他了。但是,多数的昏蛋们既死不完,代表他们的文妖也是层出不穷。文妖是极容易窃据高位的,文妖是最喜欢统一思想的。章行严去矣,后之来者,要是也像他那样做昏蛋们的代表,也像他那样要凭藉官势来统一思想,不管他是张三或李四,阿猫或阿狗,亡国大夫或兴国伟人,绅士或暴徒,我还是与对待章行严一样,反抗他,攻击他。

这里还要附带着说两点:

(一)攻击章行严的文章,我们的"乾坤袋"里还有几篇,现在打算都不登了,谨向投稿者道歉。

（二）我们攻击人,只是反对他的主张,绝不愿涉及他个人的私德,尤其是说那些"汙人闺阃"的话。无论那人的私德如何,其家中若何情状,别人丑诋的话要是出于诬蔑,则是诋者自丧其人格,与被诋者无损;即使实有其事,这是私而又私的,只要不损及别人,无论谁何,都不相干,以此为诋,徒见诋者之无聊而已。为了反对某人而说他的老婆偷汉或儿子做贼,这正与夏后启（?）对于"不用命"的要"孥戮"他,张作霖因为郭松龄"倒戈"而杀他的父亲同样的野蛮。所以章行严做了"家有子弟,莫知所出"这两句文章,只应该攻击他文理不通,或者因为他自命为能文章而竟做出这样不通的句子来,挖苦他几句,也是很对的。但若因此而对他的夫人儿子说上许多轻薄的话,这是我所极反对的;那种人的心理我认为与做《太阳晒屁股赋》之张丹斧同样的龌龊,那种论调我认为与那《晶报》同样的下作。

1925 年 12 月 4 日

（选自 1925 年 12 月 16 日《国语周刊》第 26 期）

废　话
——关于"三一八"

一

政治腐败，民穷财尽，这是人人所痛恨的，尤其是拿不到"口粮"（广义）的人们。但是，他们只希望别人去干救国的事业，叫别人牺牲了，把国救好了，好让他们安坐而享福。若叫他们自己去救国，那便要赶紧摇手，说"我办不到"了。若他们的儿女要去救国，那更不能许可；因为他们的儿女是他们生的，只合对于他们尽孝，岂可妄干救国事业，致蹈危险！他们训诫子弟，有句名言道："国不是一个人救得成的；你一个人爱国就有用吗！"他们施了这"庭训"以后，马上就要长太息道："中国人真糟，国家腐败到这样，还没有人想去救它，这怎么好！"

二

徐谦是该办的，某中学校长跟教员是该办的，夫然，故所以段祺瑞、贾德耀、章士钊等的作为是绝对不错的。

本来,"中国精神文明"中有"天下无不是的父母"一语,该文明中又有"君犹父也"之说,该文明中近来又加入一种新文明,叫做"民国的总统等于帝国的皇帝";那么,执政之等于总统,可推知。所以"天下无不是的执政"这样一句话很合于逻辑——合于刘大白先生所发明的放屁逻辑。

三

可是今之执政究非昔之皇帝可比。你看,历史上可曾有过这样一件事吗:某人在那儿叩阍,旁边跑过一个太监来,不由分说,把此人的脑袋立时砍来?於戏!执政视皇帝为进矣!猗欤盛哉!

四

猫哭耗子的文章,确乎不容易做,自然只好"曳白"了。虽然写了几句痛骂共产党的话,可是龙铁饭碗已经拔了头筹,虎铁饭碗再做,也没有多大意思,自然只好请一个"辞色甚厉"的朋友来"立去愚纸,不令更书"了。

五

"三一八"事件发生以后,我听到三个人的议论:

甲曰：学生每人到手了共产党五块钱，到国务院门口去造反，真混账！真该死！

乙曰：学生被枪击死，虽然可怜，然而大开其追悼会，却未免过分了。君不见唐官屯、马厂等处，战死之兵乎？谁为之开追悼会耶？又不见唐官屯、马厂等处中流弹而死之人乎？谁为之开追悼会耶？

丙告我曰：这几天学生胡闹得太不成话了，什么竟闹到国务院门口去了，你们当教员的人也不去管教管教，怎么对得住学生的家长呢？（谨按：末句义尤深长。）

六

吾今而知韩老学究"呜呼臣罪当诛兮天王圣明"这句屁诗，不是咏史，乃是预言。

前几天，听到一句"流言"——我希望这的确是"流言"——说是校长要引咎辞职。谨按：这个意思，就是人家杀了我们这边的人，我还得要跪在人家面前叩头如捣蒜，自己左右开弓的大打厥嘴巴，高呼"老爷开恩，小的该死"。但是，我看这样还不彻底。最好是，匍匐到老虎所谓"狮门喋血"之场，向卫队爷爷长跪，自己把衣服、裤子、鞋、袜、帽子、眼镜、钱包等等一一解除，双手奉上，然后引颈受刑；若恐有污卫队爷爷的贵手，则无妨自刎以献。若能这样克尽臣节，自然可以青史留名了。

七

何物"孙文"，竟这样的"生荣死哀！"周年纪念，胆敢公然在只有万岁爷爷可以坐得的太和殿上去开会！岂不可气可恼！来！看见手拿青天白日旗的给我宰了！

女人是什么东西，也配剪头发吗！哼！这还了得！来！看见剪头发的女学生，连他（不是"她"字或"伊"字）的脑袋也给我剪下来！

八

因为三根很粗的绳子有抽紧的必要，所以非"整顿学风"不可。因为洋大人的卵脬有敬呵虔汗的必要，所以非屠杀青年学生不可。

（选自1926年4月5日《语丝》第73期）

疑古玄同与刘半农抬杠
——"两个宝贝"

半农兄：

今天在一个地方看见一张 6 月 26 日的《世界日报》，那上面有他们从 7 月 1 日起要办副刊的广告，说这副刊是请您主撰的，并且有这样一句话：

> 刘先生的许多朋友，老的如《新青年》同人，新的如《语丝》同人，也都已答应源源寄稿。

我当然是您"刘先生的许多朋友"之一，我当然是"《新青年》同人"之一，我当然是"《语丝》同人"之一；可是我没有说过"答应源源寄稿"给《世界日报》的副刊这句话。老实说吧，即使你来叫我给他们做文章，我也一定是不做的，倒不见得是"没有工夫"，"没有材料"。再干脆地说吧，我是不愿意拿我做的东西登在《世界日报》里的，我尤其不愿意拿我做的东西与什么《明珠》、什么《春明外史》等等为伍的。我有一个牢不可破的见解：我以为老顽固党要卫道，我们在主义上虽然认他们为敌人，但有时还可以原谅他们（自然要在他们销声匿迹草间偷活的时候才能原谅他们），因为他们是"古人"是"僵尸"。最可恶的，便是有一种二三十岁的少年，他们不向前跑，不去寻求光明；有的听见人家说"线装书应该扔下毛厕三十年"或"中国的旧文化在今日全不适用"的话便要气炸了肺，对于捧坤角逛窑子这类混账事体认为大可做得，而对于青年男女（尤其是学生）为极正当极合理的恋爱反要大肆讥嘲；有的效法张丹斧做《太阳晒屁股赋》那种鸟勾当，专做不负责任没有目的的恶趣味的文字。我对于这种少年，是无论何时无论何地绝对不愿与之合作的。所以现在看了那广告上的话，不能不向你切实声明。他事可以含糊对付，此事实在不能"默尔而息"。话说得这样直率，这自然很对你不起，尚希原谅则个！

弟　疑古玄同
1926.6.24.

再：这封信请在《语丝》上发表为荷。

（选自1926年6月7日《语丝》第85期）

学问内外

>>> 钱玄同 疑古玄同 >>> 疑古玄同 >>> 疑古玄同

刊行《教育今语杂志》之缘起

环球诸邦，兴灭无常，其能屹立数千载而永存者，必有特异之学术，足以发扬其种性，拥护其民德者在焉。中夏立国，自凤姜以来，沿及周世，教育大兴，庠序遍国中，礼教唱明，文艺发达，盖臻极轨。秦汉讫唐，虽学术未泯，而教育已不能普及全国。宋元以降，古学云亡，八比诗赋及诸应试之学，流毒士人，几及千祀。十稔以还，外祸日亟，八比告替，兼欧学东渐，济济多士，悉舍国故而新是趋，一时风尚所及，至欲斥弃国文，芟夷国史，恨轩辕厉山为黄人，令己不得变于夷语有之。国将亡，本必先颠，其诸今日之谓欤？同人有忧之，爰设一报，颜曰《教育今语杂志》。明正道，辟邪辞，凡诸撰述悉演以语言，期农夫野人皆可了解，所陈诸义均由浅入深，盖登高必自卑，升堂乃入室，躐等之敝，所不敢蹈，真爱祖国而愿学者，盖有乐乎此也。

教育今语杂志章程

本杂志以保存国故，振兴学艺，提倡平民普及教育为宗旨。

第二章 定名

本杂志依上列宗旨演以浅显之语言,故名《教育今语杂志》。

第二章 门类

本杂志之门类大别为八:

(一)社说 悉本上列宗旨以立论,对于夸夫莠言,尤必详加辩驳,俾国人不致终沦于台隶焉。

(二)中国文字学 我国文字发生最早,组织最优,效用亦最完备,确足以冠他国而无愧色。唯自唐宋以降,故训日湮,俗义日滋,致三古典籍罕能句读,鄙倍辞气亦登简牍,习流忘源,不学者遂视为艰深无用,欲拨弃之以为快。夫文字者,国民之表旗,此而拨弃,是自亡其国也。故本杂志于此门演述特为详尽,凡制字源流、六书正则、字形、字音、字义诸端,悉详加诠释,务期学子得门而入,循序渐进,不苦其难,以获通国人人识字之效。

(三)群经学 经皆古史,古之道术,悉在于是。后世子史诗赋,各自名家,其源无不出于经。故本杂志于群经源流派别,及传授系统,一一详言,以为读经之门径。

(四)诸子学 九流百家,说各不同,悉有博大精深之理在。后人就其一家研钻,毕世有不能尽者。本杂志于其源流分合,及各家宗旨之所在,胥明其故,俾国人得因以寻其涂辙也。

(五)中国历史学 典章制度、礼仪风俗,以及社会变迁之迹、学术盛衰之故,悉载于史。我国史乘,各体具备,欧洲诸国所万不能及,近世夸夫,拾日人之余唾,以家谱、相斫书诋旧史,诚不直一噱者。本杂志于史法史例,悉为演述,并编为通俗史,于学术进退、种族分合、政治沿革,一一明言,期邦人诸友发思古之幽情,勉为炎黄之肖子焉。

（六）中国地理学　禹域疆土,广大无垠,其间河道变迁,山峦障隔,悉与民俗有关。本杂志演述本部形势,凡五土异宜,刚柔殊性,语言风俗习惯之不同,成为明其故焉。

（七）中国教育学　三代教育制度之见于载记者,彬彬可观。秦汉以降,教育之事虽日见废弛,然大儒讲学往往而有,如胡安定设学湖州,颜习斋施教漳南,观其学制咸可师法,其他关于教育之粹语精言,尤更仆难数。本杂志当详加搜讨,演述于篇,以为有志教育者师法焉。

（八）附录　约四分类

（甲）算学　算学应用之处最多,大而证明学术,小而料量米盐,无不取资。故本杂志附设此门,以应国人之需求。

（乙）英文　英文施用甚广,国人习之者众,本杂志亦译述诸文,以供参考。

（丙）答问　凡有投书下问者,本社同人当各举所知以答。

（丁）记事　凡学务盛衰损益之有关系于国人者列焉。

第二章　办法

（一）本杂志以庚戌年正月出版,嗣后月出一册,务不愆期,每期暂定七十页。

（二）本杂志演述各种学术,均由最浅近最易晓者入手,以次渐进,期有系统。

（三）本杂志于各种学术,务求解释明了,不事苟难,庶便学子自修,兼为无师者指导门径。

（四）本杂志担任撰述编辑发行诸人，皆尽义务。

（五）大雅君子凡惠稿件，使不悖于本杂志宗旨及文体者，当择尤登录，唯无论登与不登，原稿概不检还。

第五章　经费

（一）开办费及房室器具诸杂费，均由本社同人担任。

（二）本杂志印刷费，以所得之报赀充之。其有不足，仍由本社同人筹补。凡投书本杂志者，请寄至：

日本东京小石川区大町五十番地教育今语杂志社通信所

欧文写法如左：

The Educatuinal Magazune sicuety

50．Otsukamachi

Koishikawaku

Tokyo Japan

教育今语杂志社启

（选自1910年《教育今语杂志》第1期）

共和纪年说

诸君,你们看西洋的历史,总是用耶稣纪元几千几百几十年,还有甚么1世纪2世纪以至19世纪20世纪这些名目。这一个世纪,就是一百年,所以看西洋史,一望便可知道某事是在几百年以前,某人是在几十年以前,头绪明白,使看的人非常便当。还有日本国的纪年,平常用的,却是当时皇帝即位以后的年数,就像他们称今年为明治四十三年,至于编到历史,便用神武天皇纪元几千几百几十年,就像他们称今年为神武天皇纪元二千五百七十年,这也是要人家看了明白的意思。独有我们中国,这一点却很不及他们。试把中国的历史翻开来一看,这里周平王几年,那里汉高祖几年,又是甚至唐太宗贞观几年,明太祖洪武几年,你们想,这些周汉唐明的朝代,离开现在,究竟有多少年代,已经不能一想便记得清清楚楚,何况那些皇帝的名目,怎么能够一看便记得,更何况那些"贞观""洪武"的年号,每每一个皇帝有好几个,还有十几个的。年年改,月月换,不要说我们平常人记不了这许多,就是那些史学专门名家的人,要请他从头至尾一个一个背出来,不许遗失倒乱,恐怕也做不到哩。况且还有那一朝将亡的时候,每每是四方大乱,各处起兵,个个想得天下,人人自称皇帝。一面要推倒中央旧政府,一面便你灭我,我灭你,这样弄了几十年，弄到临了，让末了的一个人做成皇帝，这种情形像秦朝、隋朝、元朝的末了，都是这样。但是这几十年中间，个个都是一样，要说皇帝，个个都是皇帝，谁也不能分出个正统僭伪来，倘然用皇帝来纪年，到了这种时候，只有一个一个都把他写了出来，要是在编年史上，虽然还可以写写，却已经搅得头绪纷繁了，若寻常记事的历史散文，提起这一年，都要一一把他写出来，不但人家无从明白，并且也没有这种记载的体例。于是没有法想，只好把末了做成皇帝的那个人来纪年，譬如秦亡，便用汉高帝纪年，把陈涉、项羽、章邯、田儋这些人的纪年都去掉。隋亡，便用唐高祖来纪年，把窦建德、林士弘、梁师都、萧铣这些人的纪年都去掉。元末起义这些人，只取一个明太祖，把徐寿辉、陈友谅、韩林儿、张士诚这些人都不算，这样办法，在用皇帝来纪年的时候，也叫没法想，但是平心想来，实在太不公平。当四面起兵称皇帝的时候，陈涉等人和刘邦、窦建德等人和李渊、徐寿辉等人和朱元璋，有什么两样，假使陈涉、窦建德、徐寿辉这些人做了末了一个成功的，便是什么楚高帝、夏高祖、天完太祖了，刘邦、李渊、朱元璋败灭，便变了草寇，不用他来纪年了。这样看来，用末了一个做成皇帝的来纪年，全是拿成败来论是非，可以算得势利之极了，我们生在千载之后，记载古人的事体，全要公平论断，岂可怀势利的见解么？这是一层。

还有那外国人打进来，灭了我国，自称皇帝，像那元朝的样子，我们中国人倘然还有一口气没有绝，总不应该扁扁服服，做他的奴隶牛马，自称大元国的百姓。他的国号纪年，不但和我们不相干，并且是我们所绝不应该承认他的。但是从宋帝赵昺赴海以后，天完帝徐寿辉起义以前，这七十一年中间，中国竟没有皇帝，到这种时候，用皇帝来纪年的，竟没有法子想了，就是真讲爱国保种的，也只好老老面皮，用元朝来纪年了。你们想，中国史上用外国人纪年，道理上怎么讲得过去。况且中国没有皇帝可纪年的时候，还不止宋和天完间的七十一年么。照这样看来，用皇帝纪年的，常常改变，记忆极难，这一层是不便的。群雄并起的时候，强把末了成功的人来纪年，有一种势利的见解，这一层是不公平的。异族人主,宰杀我祖父,残贼我同胞,这种万世必报的仇人,还要用他的纪年来汙己国的历史,这一层实在可以算没有羞耻了。所以用历朝皇帝来纪年这一说,从今以后,万万是行不通的了。

但是既不用皇帝来纪年,应该怎样呢?在下以为总要用一种从古到今中间没有变换的来纪年,无论甚至人做皇帝,一时有许多皇帝,或是一个皇帝改了几百的年号,一年换了几十个皇帝,总和这纪年上毫无关系,才是统一,才是公平,才是便利。但是这事也正不容易定,前几年,有许多人议过。有的说,他们西洋拿来纪年的耶稣,是个教主,我们也学他,用孔子来纪。有的说,日本拿来纪年的神武天皇,是他们种族的始祖,我们也学他,用黄帝来纪。有的说,孔子删《尚书》,从帝尧起,应该用帝尧纪。有的说,秦始皇统一全国,应该用秦始皇纪。这四种说头,在我看来,都是不对。现在且把他的毛病批评一番。

西洋信教的人很多,他们看了耶稣,是绝对的圣人,没有人敢去比他的,所以拿来纪年。我们中国人却不然,思想是自由的,并不一定要信仰孔子。况且孔子以前,还有老子;孔子以后,还有墨子,此外还有诸子百家。各人所治的学问,都是很深的,所讲的道理,都是很精的,正不能分他谁高谁低,又岂可抹杀别人,专用孔子一人来纪年呢?

黄帝纪年这一说,似乎讲得很有道理了。但是黄帝到现在,大约总有四五千年了,这四五千年的前一半,史上却没有说过这个皇帝几年那个皇帝几年,因为上古的事体有些渺渺茫茫,汉朝人已经无从晓得,何况我们现在,又在汉朝二千年以后呢。所以用黄帝纪年这一说,道理上虽然很讲得过去,事实上却有些做不到,也还是不能用。现在有人,你也写黄帝几千几百几十年,我也写黄帝几千几百几十年。但是各人所写的年数,却是不同。这个缘故,是因为汉朝以后,有人造了许多唐虞三代的年数,既然是造的,自然各人所造不同。这本是可笑得很的事体,无如现在这些新党,学问太浅了,把前人造出来的东西信以为真,你也用,我也用,各人所据的造本不同,自然写出来的各异了。你们想,这样没凭没据各人不同的黄帝纪年,岂能行用的吗?

想用帝尧纪年的人,却没有别的原故,他不过以为帝尧以前的事体,孔子当时,已经有些弄不明白,把他删去了,自然我们今日,更无从去考徵的,帝尧以后,既然有孔子删存的《尚书》可以察考,纪年便可从这时候起了。我想他这用意在可信而有证据,原是很不错的,可惜帝尧以后到周朝共和以前的年代,还是无从察考,和黄帝纪年一样的不能用。汉朝有一个人叫做刘歆,他做了一部《三统历》,却从帝尧起,把唐、虞、夏、殷、周每朝总共的年数,都写了出来,至于某朝的某王几年某帝几年,仍旧无从知道。但是他个这总数,和比他前一点的人做的书对起来,又有些不同,所以也不能作准,只好叫做"疑年"罢了。

说秦始皇是统一全国的人,所以要用他纪年,这一说,自我看来,却最没有道理了。你们想,秦始皇这个人,灭了六国,做了皇帝,还要把书籍烧毁,把读书的人活埋在地坑里,这样一个凶横残暴的人拿来代表中国,用他纪年,也未免太看重他了。况且周朝春秋战国的时候,事体很多,倘然用了秦始皇纪年,提起春秋战国的事体,只好倒数上去,称纪元前几百几十年了,也很不便当的。

这样看来,这又不对,那又不对,然则应该用什么人来统一才好呢?我以为不必用人来纪,只要从有史以后的的确确有年可考的那一年纪起,就是顶可信顶有证据顶公平的法子了,所以现在要用这共和来纪年。诸君,你们看了共和这两个字,千万不要疑心到法国、美国的什么共和政体上去,要知道中国古来只有酋长政体、贵族政体、专制政体,却未曾有过共和政体的。然则这共和究竟是什么东西呢?诸君莫忙,听我道来。

原来汉朝的时候,有一个人,叫做司马迁,他做了一部大书,名叫《太史公书》。(后来多把这部书称做《史记》,其实照他的原名,应该称他为《太史公书》。)原是一部从黄帝以来到汉武帝时候的大历史,他中间有一篇《三代世表》,是把从黄帝以来到周朝共和,这期间帝王的世系传授,立个表去说明他。他因为这个表里边的帝王年代,无从察考,所以只做了一篇世表,这篇世表之后,就是一篇《十二诸侯年表》,才有确年可考,这《十二诸侯年表》的第一年,就是共和元年。这共和是周朝的二相,一个是周公,一个是召公。原来那个时候的周王,叫做厉王,暴虐得很,被百姓赶掉了,行政的事体,就是这周召二相来管理,名叫"共和"。自从这共和元年做了《十二诸侯年表》第一年以后,直到现在,都有的确年代可以知道了。计共和元年到今年,已经有 2751 年,这是顶的确可靠的,所以本报就用了这共和纪年。

照我的意思看来,用共和纪年,除了看历史便利以外,还有三种好处:

(一)年代是的确无可疑的了,比了用黄帝、尧渺茫无稽的,可信多了。

(二)用有史以来可考的年起,这是顶实在的,不像那些用人纪年的总有些不大公平。况且是非本来没有一定,我以为好的,或者你不赞成。我们中国人讲学问,是没有奴隶根性的,断没有强迫全国的人大家信仰一个的道理。

(三)中国史上的事体,恰好是从共和以后渐渐的多起来了。以前的事体,却是甚少,所以就是倒数上去,称共和前几百几十年,也不至于大不便当。

诸君,你道我这个道理讲得不错么,其实共和纪年这句话,也不是在下这样浅学的人所能够想得出的,在下着实请教过几个通品,才晓得中国的纪年,除了用共和之外,是别无他法的。诸君中间,有学问高明的,请把古来书籍细细一看,便可知道在下这篇讲得很有道理了。

(选自 1910 年《教育今语杂志》第 1 期)

我对于耶教的意见

廷芳先生：

先生问我对于基督教的意见，我现在用最老实的话奉答如下：

（一）我认耶稣基督是一千九百年以前一个倡导博爱、平等、牺牲各主义的伟人，他并且能自己实行。但我只相信他是一个木匠——约瑟——的儿子，绝对不相信那"圣灵感生"的话。

（二）基督教义中最精要之点，我以为是《马太福音》第五章的《山上垂训》。托尔斯泰把它定为——

> 勿愤怒，
> 勿奸淫，
> 勿起誓，
> 勿以暴制暴，
> 爱你的敌人

五大教律，用文艺——戏剧和小说——来详细说明此理，已将基督教的根本要旨发挥尽致，更无余韵。

（三）凡《新约》中种种不合科学的话，我认为是一千九百年以前的人的知识，我们现在不可再去崇信遵守它，但也不必去谩骂排斥它——因为一千九百年以前的人只能有如此的知识——尤其不可用近代发明的新科学去附会它。

（四）《新约》中对于道德的见解，有不适用于现代社会的，我们也不可再去崇信遵守它；因为道德不是固定的，是应该"因时制宜"的。《新约》中的道德见解是一千九百年以前的人规定的，正如《论语》中的道德见解是二千五百年以前的人规定的；拿现代的眼光来评判他们，虽未必一无可取，但决不是完全适用的。

（五）耶稣基督虽是一个能实行博爱、平等、牺牲各主义的伟人，但千余年来的基督教徒能实行基督教义的却很少很少。其故由于他们只知崇拜基督，遵他为"上帝之子"，而不敢以基督自居。我以为基督的可佩服，是由于他打破旧习惯，自创新说，目空一切，不崇拜谁何的革命精神；基督教徒不学他的革命精神，却一味去崇拜他，这真是基督的罪人。

（六）我对于《旧约》，认他是古代的历史和文艺，与基督没有多大关系，正如中国的《六经》，也是古代的历史和文艺，与孔丘没有多大关系一样。

总而言之，我承认基督是古代一个有伟大和高尚精神的"人"，他的根本教义——博爱、平等、牺牲——是不可磨灭的，而且是人人——尤其是现在的中国人——应该实行的；但他究竟是一个古代的人，是一个世界尚未交通时代的人；他的知识和见解，断不能完全支配现代的社会。我们对《新约》，应该用历史的眼光去研究，不要有"放诸四海而皆准，行之万世而不惑"的观念。

我的朋友陈独秀先生作过一篇《基督教与中国人》，登在《新青年》第七卷第三号中。我对于他这篇文章的话，句句都以为然。现在抄他最重要的几段：

> 我们今后……要把耶稣崇高的伟大的人格和热烈的深厚的情感培养在我们的血里，将我们从堕落冷酷黑暗淤泥坑中救起。
>
> 中国社会麻木不仁，不说别的好现象，就是自杀的坏现象也不可多得，文化源泉里缺少情感至少总是一个重大的原因。现在要补救这个缺点，似乎应当"美"与"宗教"来利导我们的情感。离开情感

的伦理道义,是形式的不是里面的;离开情感的知识,是片段的不是贯串的,是后天的不是先天的,是过客不是主人,是机器柴炭不是蒸气与火。"美"与"宗教"的情感,纯洁而深入普遍我们生命源泉的里面。我主张把耶稣崇高的伟大的人格和热烈的深厚的情感培养在我们的血里,就是因为这个理由。

基督教的"创世纪""三位一体说"和各种灵异,大半是古代传说的附会,已经被历史学和科学破坏了,我们抛弃旧信仰,另寻新信仰。新信仰是什么?就是耶稣崇高的伟大的人格和热烈的深厚的情感。

我们应该崇拜的,不是犹太人眼里四十六年造成的神殿(《约翰传》二之二十),是耶稣心里三日再造的比神殿更大的本尊。我们不用请教什么神学,也不用依赖什么教仪,也不用借用什么宗派;我们去敲耶稣自己的门,要求他崇高的伟大的人格和热烈的深厚的情感与我合而为一。

耶稣教我们的人格情感是什么?①崇高的牺牲精神;……②伟大的宽恕精神;……③平等的博爱精神;……这就是耶稣教我们的人格,教我们的情感,也就是基督教的根本教义。这种教义,科学家不曾破坏,将来也不会破坏。

我的朋友周启明先生做过一篇《宗教问题》,登在《少年中国》第二卷第二一号中。他这篇文章是泛论一切的宗教,但我以为拿他来专论基督教,更觉切合,现在抄他几句结论:

> 将以上的话,总起来看,觉得文学与宗教确是相合的。所以觉得宗教无论如何受科学的排斥,而在文艺方面仍然是有相当的位置的。这并不是赞扬宗教,或是替宗教辩护,实在因为他们的根本精神确是相同。即便所有的教会都倒了,文艺方面一定还是有这种宗教的本质的情感。至于那些仪式当然不在我们论断之列。

我因为陈周二先生这几段话,字字都是我要说的,可是我的文笔太坏,不能说得那样精细,而且二先生已经先我而说了,我所以就把他们的话抄来当作我的主张。

我还有几句要忠告中国现在的基督教徒的话：你礼拜上帝和奉行种种教仪，在我个人的主张虽然认为这是"莫须有"的，但你们既受洗礼，既做教徒，当然服从教仪，就这一点论，我是不来反对的。可是我要请你们千万不要拜那宗法遗毒的祖宗牌位！千万不要拜那主张忠孝的孔丘！千万不要再拜那杀人魔王的关羽和尽忠报国（君的国）的岳飞！（此外如拜灶君，拜土地，拜兔儿爷，拜吕纯阳，拜济颠僧……这种蒙昧下愚的举动，我想基督教徒决不至于干出来的。）有人说："基督教徒做民国的官，应该服从民国的法律，就应该祀孔祀关岳。"这是什么话！请问民国的约法上曾经规定要祀孔祀关岳吗？什么"丁祭""戊祭"这类鬼把戏，都是国贼袁世凯等人的非法行动！基督教徒真要守民国的法律，那就绝对不应该去祀孔祀关岳！

钱玄同　1922年2月23日

（选自《生命月刊》1922年4月号）

孔家店里的老伙计

"打孔家店的老英雄"（?）做了二十七首臭肉麻的歪诗,忽被又辰君发,写了几句"冷嘲"的介绍话,把它登在四月九日的《晨报副刊》上,拆穿该"老英雄"（?）欺世盗名的西洋镜,好叫青年不致再被那部文理欠亨的什么《文录》所诱惑,当他真是一位有新思想的人。又辰君这种摘奸发伏的行为,我是极以为然的。

但有人以为这二十七首歪诗固然淫秽不堪,真要令人作呕三日;可是那部什么《文录》,毕竟有"打孔家店"的功绩。我们似乎只可说他现在痰迷心窍,做这种臭肉麻的歪诗,不能因此便抹杀他从前"打孔家店"的功绩。

说这样话的人,也是一种"浅陋的读者"罢了。那部什么《文录》中"打孔家店"的话,汗漫支离,极无条理;若与胡适、陈独秀、吴敬恒诸人"打孔家店"的议论相较,大有天渊之别。我有一个朋友说:"他是用孔丘杀少正卯的手段来杀孔丘的。"我以为这是对于什么《文录》的一针见血的总批。

孔家店真是千该打,万该打的东西;因为它是中国昏乱思想的大本营。它若不被打倒,则中国人的思想永无清明之一日;穆姑娘（Moral）无法来给我们治内,赛先生（Science）无法来给我们兴学理财,台先生(Democracy)无法来给我们经国惠民;换言之,便是不能"全盘受西方化";如此这般的下去,中国不但一时将遭亡国之惨祸,而且还要永远被驱逐于人类之外!

但打孔家店之先,却有两层应该弄清楚的:

(一)孔家店有"老店"和"冒牌"之分。这两种都应该打;而冒牌的尤其应该大打特打,打得它一败涂地,片甲不留!

(二)打手却很有问题。简单地说,便是思想行为至少要比冒牌的孔家店里的人们高明一些的才配得做打手。若与他们相等的便不配了。至于孔家店里的老伙计,只配做被打者,决不配来做打手!

真正老牌的孔家店,内容竟怎样,这是很不容易知道的。我完全没有调查过它,不能妄说。不过这位孔老板,却是纪元前六世纪到前五世纪的人,所以他的宝号中的货物,无论在当时是否精致、坚固、美丽、适用,到了现在,早已虫蛀、鼠伤、发霉、脱签了,而且那种野蛮笨拙的古老式样,也断不能适用于现代,这是可以断定的。所以把它调查明白了,拿它来摔破,捣烂,好叫大家不能再去用它,这是极应该的。近来有些人如胡适、顾颉刚之流,他们都在那儿着手调查该店的货物。调查的结果能否完全发见真相,固然不能预测;但我认他们可以做打真正老牌的孔家店的打手。因为他们自己的思想是很清楚的,他们调查货物的方法是很精密的。

至于冒牌的孔家店里的货物,真是光怪陆离,什么都有。例如古文,骈文,八股,试帖,扶乩,求仙,狎优,狎娼……三天三夜也数说不尽。自己做儿子的时候,想打老子,便来主张毁弃礼教;一旦自己已做了老子,又想剥夺儿子的自由了,便又来阴护礼教:这是该店里的伙计们的行为之一斑。"既明道术,兼治兵刑,医国知政,同符古人,藉术自晦,非徒已疾";"盖医为起百病之本,而神仙所以保性命之真,同生死之域,荡意平心而游求其外";"医国之道,极于养生";"冥心虚寂,游神广漠,玉楼金阙,涉想非遥,白日青云,去人何远?"(看什么《文录》第十五页)这是该店里的伙计们的思想之一斑。这一类的孔家店,近来很有几位打手来打它了,如陈独秀、易白沙、胡适、吴敬恒、鲁迅、周作人诸公之流是也。上列诸人,也都是思想很清楚的,我认他们配做打手。

怎样的思想才算是清楚的思想呢?我毫不躲闪地答道:便是以科学为基础的现代思想。唯此思想才是清楚的思想。此外则孔家店(无论老店或冒牌)中的思想固然是昏乱的思想,就是什么李家店、庄家店、韩家店、墨家店、陈家店、许家店中的思想,也与孔家店的同样是昏乱思想,或且过之。还有那欧洲古代的思想和印度思想,一律都是昏乱思想。所以若是在李家店或韩家店等地位来打孔家店,实在不配!孔家店里的伙计们,只配被打,决不配打孔家店,这是不消说得的。他们若自认为打孔家店者,便是"恶奴欺主";别人若认他们为打孔家店者,未免是"认贼作子"了!

狎娼,狎优,本是孔家店里的伙计们最爱做的"风流韵事"。你们看《赠娇寓》:"英雄若是无儿女,青史河山尽寂寥";"惹得狂奴欲放颠,黄金甘买美人怜"(尤其妙的是"好色却能哀窈窕",这真是"童叟无欺"的孔家店中的货物)。你们再看什么《诗集》的附录的什么词:"笑我寻芳嫌晚";"尽东山丝竹,中年堪遣"。这些都是什么话!什么"打孔家店的老英雄!"简直是孔家店里的老伙计!"人焉瘦哉!人焉瘦哉!"

孔家店里的老伙计呀!我很感谢你:你不恤用苦肉计,卸下你自己的假面具,使青年们看出你的真相;他们要打孔家店时,认你作箭垛,便不至于"无的放矢";你也很对得起社会了。

末了,我要学胡适之先生的口吻:"我给各位中国少年介绍这位'孔家店的老伙计'——吴吾!"

(选自1924年4月29日《晨报副刊》)

《世界语名著选》序

冯省三先生编了一部《世界语名著选》,把目录抄给我看,要我做序。我惶恐得很,因为我说不出什么话来——实在我也真不配在这上面说什么话。我于是便起了一种不纯洁的心思,翻开冯先生去年编的《初级世界语读本》上面周启明先生的序来看看,要想暂时对不起周先生的序,把它当做从前八股时代的《文料触机》一类书用用,看里面有没有可偷的意思。

我真高兴,看到第四行,便发现了半句话:"我是不会做切题的文字的。"我得了这半句话,我的胆顿时壮起来了。因为"不切题的文字",我还可以勉强对付着胡诌几句。我明知周先生的话是他的"自谦之词",但我现在只好"断章取义",引它来替我自己解嘲了。

我先要声明:到现在为止,我还未曾学会世界语。说起世界上有Esperanto这一种语言和文字,我却知道得不算很迟,1906年我在日本,就见过关于世界语的读本等等。1907年,吴稚晖、李石曾、褚民谊诸先生在巴黎办《新世纪》周刊,大大地鼓吹世界语,我那时看了,觉得心痒难熬,恨不得立刻就学会它。1908年,刘申叔先生在日本请了大杉荣先生来讲授世界语,我赶紧去学,学了一星期光景,总算认得了二十八个字母。后来为了某种事件,我不愿与申叔见面,因此,世界语也就没有继续学下去。忽忽至今,已有十六年了。这其间国内发生的研究世界语的团体却也不少,有几处我也曾加入,但总是学了几天便中辍了;中辍的缘故,现在不必去说它。我除加入研究世界语的团体以外,又常常喜欢购买世界语的读本、文典、辞书等等,常常作自修之想,可是终于没有做到。所以直到现在,还只认得二十八个字母!像我这样的学世界语,总不能不说是"无恒"了。像我这样学世界语而无恒的人,对于世界语的读本,有什么话可说,有什么话配说呢?

可是我虽犯了"无恒"的毛病,到现在没有把世界语学会,而我对于世界语的感情,自己觉得非常地好。我对于它有很大的希望:我希望它早日取得实际上的国际语言文字的地位;我希望它在中国大大地发展起来,与国语占有同等的势力;我尤其希望它来做国语的导师,并且任国语的新文字来采用它的词句。

这三种希望中,第一种是凡世界的 Esperanisto 的希望,第二种是凡中国的 Esperanisto 的希望,无庸我来赘说了。第三种却是我的希望(自然不止我一人)。下面要把这一种希望的意见说它一说。

国语的组织有改良之必要,这已经为现在思想清楚的人们所公认的了。改良时应该用哪种语言做标准呢?我以为最好是用世界语。关于这一点,已经有胡愈之先生先我而说过了。胡先生说:

> 现在不是有所谓"语体文欧化"的要求吗?所谓"语体文欧化",决不是无中生有的事情,只因为在翻译外国文和传达高深思想的时候发现国语文里有许多不适用的地方,实在干不下去,所以主张尽量采取欧语的组织来补正它。但是所谓"欧化",应该采取哪一种欧文呢?"英化"呢,"德化"呢,"法化"呢?我们倒不如直截了当地说是"世界语化"。因为国语的最大的缺点,是在于文法的不完备,组织的不合理,单字的不够用,而世界语却是最合于逻辑的文字,它的文法最完密,单字的变化也最丰富,所以世界语实在是我国国语的唯一补充物了——《教育杂志》第十四卷号外,学制课程研究号,《世界语的价值及加入课程的准备》。P.7。

胡先生的话,我完全同意,所以把它抄在前面,就算做我的意见。

我是主张"汉字革命"而国语的新文字应该用罗马字母来拼音的。我以为今后的国语,除文句的组织应该叫它"世界语化"外,还有一层,即新事、新物、新理非"国故"所有的应该直用西文原字,绝对不必白费气力讨论"音译"的问题。写原字比用译名的好处至少有二点:一,用译名,无论音译义译,无论译得好不好,总是彼此纷歧,绝难统一的,于是便不得不附注原字了。翻译了还要注原字,何等麻烦哪!何等无谓呀!这当然不如直写原字之明白简当了。二,一般人所谓"西方文化",实在是现代全世界的文化,中国人倘不愿"自外生成",要与这现代全世界的文化契合,则有许多词类和文句(不限于学术的专名)便非直用原文不可;否则总不免隔膜了一层。况且汉字的本身是有它的意义的,合几个汉字来造成一个新译名,虽然纷歧,虽然隔膜,总还有点意义。若用字母拼音,还要汉字的意义来造新译名,还真不知是什么话了。例如英语的"logio"译作"论理学","ethics"译作"伦理学",是有意义的。若照"论理学"和"伦理学"六个汉字的读音译作"luennliishio"和"lwenliishio"(暂用赵元任先生所拟的"国语罗马字"),这当然是绝无意义,绝对不适用的了。然则除了这直写原文,简直没有第二个办法。(汉字中"音译"的词,更当然是写原文,如"Eroshenko"决没有照"爱罗先珂"四个汉字的读音译作"Ayllosienko"的道理,这是不用讨论的。)可是写原字又有问题了。人名,地名,有些大概可以"名从主人",各照他们本国的写法(其实也还有问题,如俄国的人名,地名,便不能照他本国的写法;再进一层说,"Paris"还是读"巴黎",还是读"怕黎思"?),此外一切词类应该怎样办法?单采某一国的呢,还是兼采好几国的呢?似乎多不大好;别的且不论,单就"读音无定"这一点想,就够困难了。我以为最好的办法便是采用世界语的;如上文所举"论理学"和"伦理学"两词以写"logiko"和"etiko"为最适宜。不但读音简易有定,而且词性有变更或意义有引伸,便可照世界语的文规,变换语尾或添附接头语和接尾语。这真是条例最分明,意义最清晰的文字,国语中采它来充补固有之不足,比较地自然是最适宜的了。

我因为对于世界语有上述的三种希望,所以我常常很热烈的盼望中国有很多的人来学习世界语。

我有一个信仰:我以为文学(不限于所谓"纯文学")是语言文字的生命。学一种语言文字之唯一的好工具便是文学的作品。用了这个好工具来学语言文字,决不止于"事半功倍";要是不用这个好工具,而去读那些市侩胡乱编纂的庸俗板滞毫无生趣的课本,那就要想做到"事倍功半"的地步还是很难。就拿咱们的国语来做个例吧。距今二十年前,早已有什么白话报,什么通俗的白话演讲稿,什么白话课本之类。但是它并没有发生什么效力;无论"文人学士"或"引车卖浆之徒",实在没有人爱读它的。近四五年来书房里所编的那些什么小学国语教科书之类,小学生读它与读"天地玄黄"、"大学之道"差不许多,毫不能引起爱读的兴趣。这是什么缘故?便是因为它们毫无文学的价值。反过来看,便全不相同了。中国的白话文学,虽然屡屡被文人学士们踢到阴沟里去,而实际上却是从《三百篇》以来绵延至今,并未中断,不过宋以前的白话文学只有一些诗词,偶然有几篇散文,还不是有意做的,所以没有多大的势力。元朝产生了北曲、南曲这许多伟大的白话戏剧,明清以来的昆剧、京剧等等跟着继起;明朝又产生了《水浒传》、《金瓶梅》、《西游记》这几部伟大的白话小说。清朝的《红楼梦》、《儒林外史》、《儿女英雄传》、《老残游记》等等跟着继起:这些戏剧和小说,便是六百年来"实际的国语读本",无论"文人学士"或"引车卖浆之徒"都是爱读它们的。我敢说,六百年来的"官话",六百年来的白话散文,全是从这些"实际的国语读本"产生的,这是什么缘故?便是因为它们都有文学的价值(虽然其中价值的高低很有不同)。六百年中的人们对于白话戏剧和小说,绝没有哪个来有意的提倡它们,绝没有哪个来认它们为文学的正宗,只因它们是文学的作品,有文学的价值,便能歆动人们对于它们的爱好心,不知不觉地产生了"官话"和白话散文,这就很可以证明文学是语言文字的生命了。近七八年以来,文学革命军兴,革命的钜子们大吹大擂地提倡"国语的文学,文学的国语",明目张胆地叫大家读六百年来的戏剧和小说;还有许多有文学的天才的人如胡适之、鲁迅、郁达夫、叶圣陶诸先生努力地创造许多新的白话文学的作品;而大书坊里也请人编辑许多白话的儿童文学的书如《儿童世界》、《小朋友》之类。我知道近年以来的中小学校,凡提倡读这些旧的新的白话文学的,那边的生徒的国语都是突飞的进步。这是事实,并非夸词。由此可以证明文学的作品是学语言文字之唯一的好工具了。

世界语到中国以来,已有十六七年,中国研究世界语的团体却也不少。但世界语在中国,现在还讲不上"发展"两个字。这固然由于它的敌人太多:老顽固党不必论;新人物之中,也颇有许多患近视眼的先生们,甲骂它是"私造符号",乙骂它是"垂死的假文字",有人提倡它,他们更要痛骂,说"这是药房的广告上自夸其药品之灵验的伎俩"。世界语受中国人这样无理的摧折践踏,自然是不容易发展之一大原因。但据我看来,没有良好的工具,也是它在发展的路途上的大障碍。我所看见的中国人编的关于世界语的读本,只有盛国成先生的《世界语函授讲义》(前年重印,改名为《自修适用世界语讲义》)是好的,其他便不敢恭维了。可是我对于盛先生的书,虽然很赞美它是一部详备适用的自修的读本,但总觉得有点美中不足,便是文学的作品太少了。去年看见冯先生编的《初级世界语读本》,使我非常地高兴起来,因为其中很多有文学的趣味的短文。我想,中国这才有了一部很好的世界语的读本了。现在,冯先生又编了这部《世界语名著选》,我看了它的目录,知道全是文学的作品,而且是许多有名的大文学家如契诃夫、都介纳夫、托尔斯泰、爱罗先珂、歌德……的作品。我要向中国愿学世界语的人们道喜:您现在得到好的工具了!我道过喜之后,还要向冯先生要求:我希望您以后继续不断地把世界语之文学的作品编选许多书出来;我尤其希望您时时把世界语的书藉很详细地介绍给愿学的人们。

冯先生!您叫我给您的书做序,我竟胡诌了这么一大堆废话,我真万分对您不起!

1924年五一节,钱玄同,北京

(选自1924年5月20日《晨报副刊》)

不完全的"苏武古诗第三首"和"孔雀东南飞"

我的儿子秉雄很喜欢文学,他有时想看看旧的文学作品,但他现在是一个中学生,他所在的学校对于课本讲义等等,一律都是有新标点而且分段的,所以他不会读那一片糊涂账的旧刻本书(这现状我以为是当然的;我认为他现在绝没有会读旧刻本书的必要,虽然他今年已经十八岁了)。因为如此,我便常想买些有新标点而且分段的旧书给他看。可是这类书中,比较像样些的虽也略有几部,但简直弄得不成个东西的却很不少。有些书被文理不通的人加了标点,分了段,反比那一片糊涂账的旧刻本还要难懂的,自然不去买它。(试举一例:如陶乐勤标点的《儿女英雄传》,真正糟不可言。标点分段的错误既"如汗牛之充栋";还要加上一篇序文,其议论之荒谬又"出人意表之外"。读这种书,真叫做"非徒无益而又害之"!)

前几天,我见商务印书馆出版的吴遁生和郑次川编辑的《古白话文选》两册,看它的目录,虽不能满意(如曾国藩的家信,实在不值得入选;汉魏六朝的第一等的白话诗,大可以多选几首;邵老道的《击壤集》虽是白话的,但没有什么文学的价值,却选得不少;《西游记》仅选了一篇,而《镜花缘》倒反选了三篇之类),但可以说是各人的观点不同。拿它来随便看看,似乎还没有什么不行。于是我便把它买了回来给了秉雄。

不料我今天在秉雄的书桌上顺手拿它一翻,便发现了奇迹了。

上册诗歌类第二十五页选苏武的古诗,说是"四首,录一"。而所录的"一"首却是从"结发为夫妻"到"去去从此辞"为止(!!!)。这真古怪了。考苏武这四首诗,明明白白载在《文选》中。第三首是从"结发为夫妻"到"死当长相思",共十六句。这所选的仅到"去去从此辞",便戛然中止,下面还有"行役在战场"到"死当长相思"八句忽然没有了,不知是什么缘故。若是故意删去,则当记一"……"号;或者把"录一"两个字增改为"录一首的十分之五"八个字,方合于真相。(至于应不应删和删了之后在文义上是否有问题,只好不去论它了。)

再一翻,翻到同类第三十二页,是一首《孔雀东南飞》。这诗是我最爱读的,可是我这回读下去,觉得有些古怪了。找出《玉台新咏》、《乐府诗集》和《古诗纪》来一对,才知道有许多句子被删去了(!),而且还有两句并作一句的!!! 兹列举如下:

(一)"还必相迎取"下删"以此下心意,慎勿违吾语"两句。

(二)"绿碧青丝绳"下删"物物各自异,种种在其中"两句。

(三)"著我绣裌裙"下删"事事四五通,足下蹑丝履"两句。请问为什么许说穿裙子而不许说穿鞋子?

(四)"耳著明月珰"下删"指如削葱根,口如含朱丹"两句。

(五)"且暂还家去"下删"吾今且赴府"一句。

(六)"兰芝惭阿母"下删"儿实无罪过"一句。请问为什么只许兰芝"惭"而不许伊说话?

(七、八)"阿母白媒人"下删"贫贱有此女,始适还家门"两句;"不堪吏人妇"下删"岂合令郎君"一句。这三句被删,文理真晦涩不通了!

(九)"寻遣丞请还"下删"说有兰家女,承籍有宦官"两句。这两句虽然或有脱误,但把它删去,似乎太武断了吧!

(十)把"女子先有誓,老姥岂敢言"两句并作"有誓岂敢言"一句。这简直是改文章了——写到这里,忽然想起一件故事来。十年前,有一个人要刻《戴南山集》,拿了一部旧刻本送给桐城派钜子马其昶去删改,马氏也很不客气地删改起来。我亲见此删改本,"之"字"而"字之类删得很多;也有把两三句并作一句的;还有将墓志铭后面的七言诗改为长短句的。我甚以为奇,问刻书的那人。那人道:"重刻古书,本应如此,你真少见多怪!"我现在这样饶舌,自然又是少见多怪了。

(十一)"还部白府君"下删"下官奉使命,言谈大有缘。府君得闻之"三句。

(十二)"便利此月内"下删"六合正相应"一句。

(十三)"良吉三十日"下删"今已二十七"一句。

(十四)把"适得府君书,明日来迎汝"两句并作"府君来迎汝"一句。哈哈!又要改文章了!

(十五)"阿女默无声"下删"手巾掩口啼"一句。

(十六、十七)把"蹑履相逢迎,怅然遥相望"两句并作"蹑履遥相望"一句。又此下删"知是故人来"一句。

(十八)"恨恨那可论"下删"念与世间辞"到"渐见愁煎迫"二十八句。删去这一大段,不知是何意思。我不懂,为什么府吏与他的妻诀别之后,不许他对他的母亲说怨恨的诀别话?

这首诗中,除更改文句外,还有一点古怪的:"念母劳家里"下,"渠会永无缘"下,"君还何所望"下,"吾独向黄泉"下均有"……"号,不知何意。既未删节文章,亦非语气未完,为什么要用这"……"号?又,"渠会永无缘"下面的"登即相许和,便可作婚姻"两句,据我看,似乎也是兰芝的话;今标点为

"渠会永无缘!……"登即相许和,便可作婚姻。

似亦可酌。

仅仅两首诗,便发现尔许奇迹,我"举一反三"地推想,其他所选的大概还有不少的奇迹;但我却觉得"观止矣!若有他奇,吾不敢请已!"

近来常常有人摘发翻译的书籍中译错的文句,警告大家勿读误书,这是极应该的。我以为新印的古书,被有些人乱加标点,错得一塌糊涂;

乱删乱改，不但失去真相，并且弄到文理不通；这也很足以贻误青年，也应该常常有人摘发它才好。此中尤其荒谬的是乱作序跋。那些序跋，有的是对于书中臭腐得不可响迩地旧思想，用几个和它相去亿兆京垓里的好看的新名词去附会它；有的竟老实不客气提倡臭腐得不可向迩的旧思想，说它比现在的新思想好。前者如许啸天，后者如陶乐勤。他们所做的几篇小说的序，我早就想要摘发它的荒谬，警告青年勿受其惑。只因我实在不愿意花这几块冤钱来买这些书，我的记性又不好，虽然常在东安市场和青云阁的书摊上翻看这几篇序，可是回家之后，几乎全个儿忘了，所以至今尚未摘发，现因提及《古白话文选》而连想到它，便在这儿带便说几句。

1924年5月18日

（选自1924年5月22日《晨报副刊》）

《胡适文存》究被禁止否?

"夏"先生与胡适先生:

关于《天风堂集》与《一目斋文抄》被リトュ业的事件,本月11日下午5时我在"成均"遇见"茭白"先生,他说的话和胡适先生一样。但是昨天我到某书摊上去问,据说:"还是不让卖。几十部书还在那边呢,许是取不回来了吧。"

"夏"白。(这个"夏",便是"夏"先生所说的写信的那个朋友。"夏"先生和"夏"字有没有关系,我不知道;我可是和"夏"字曾经发生过关系的,所以略仿小写"万"字的注解的笔法加这几句注。)十三,六,二十。

写完这信以后,拿起今天的《晨报》第六版来看,忽然看见"警察厅定期焚书"这样一个标题,不禁打了一个寒噤,虽然我并不知道这许多"败坏风俗小说及一切违禁之印刷物"是什么名目。

(选自1924年6月20日《晨报副刊》)

青年与古书

现在的青年,应不应该叫他们读古书,这是教育上一个很重要的问题。社会上对于这问题的意见,约有三派:

(甲)主张应该读的。这又可分为两派。A派以为:"古书中记着许多古圣先贤的懿训格言和丰功伟烈,我们应该遵照办理;古书的文章又是好到了不得的,我们应该拿它来句摹字拟。"这派算是较旧派。B派对于A派的议论也以为然,不过还要加上几句话,便是什么"国于天地,必有与立,中国的道德文章是我们的国魂国粹,做了中国人便有保存它光大它的义务;这些国魂国粹存在于古书之中,所以古书是应该读的"这类话。这派自命为新派。

(乙)主张不应该读的。他们以为:"中国过去的道德,是帝王愚民的工具;中国过去的文章,是贵族消遣的玩意儿。它在过去时代即使适用,但现在时移世易,它已经成为历史上的僵石了。我们自己受它的累真受够了,断不可再拿它来贻误青年。所以青年不应该再读古书。"这派中还有人以为:"中国过去的文化,和辫子小脚是同等的东西。这些东西,赶快廓清它还来不及,把它扔到毛厕里去才是正办;怎么还可以叫青年去遵照办理呢!"

(丙)也主张应该读的,可是和甲派绝对不同。他们以为:"古书上的记载的都是中国历史(广义的,后同)的材料。人类的思想是不断地演进的,决非凭空发生的,所以我们一切思想决不能不受旧文化的影响,决不能和我们的历史完全脱离关系。因为如此,所以不论我们的历史是光荣的或是耻辱的,我们都应该知道它。这是应该读古书的理由。"

我对于这三派的议论,是同意于丙派的。现在先把甲乙两派批评一下。

甲派之中,A派的主张,完全不成话;用乙派的话,足以打倒它了。至于B派,虽然自命为新派,其实他那颟顸之态既无异于A派,而虚骄之气乃更甚于A派。国魂国粹是什么法宝,捧住了它,国家便不会倒霉了吗?那么,要请问,二千年来,天天捧住这法宝,并未失手,何以五胡、沙陀、契丹、女真、蒙古、满洲闯了进来,法宝竟不能耀灵,而捧法宝的人对于闯入者,只好连忙双膝跪倒,摇尾乞怜,三呼万岁,希图苟延蚁命?这样还不够,他们又把这种法宝献给闯入者,闯入者便拿它来望他们头上一套,像唐僧给孙行者戴上观音菩萨送来的嵌金花帽那样;套好之后,闯入者也像唐僧那样,念起紧箍儿咒来,于是他们便扁扁服服地过那猪圈里的生活了。嘿!真好法宝!原来有这样的妙用!到了近年,帝国主义者用了机关枪大炮等等来轰射,把大门轰破了,有几个特殊的少数人溜到人家家里去望望,望见人家请了赛先生(Science)、德先生(Democracy)、穆姑娘(Moral)当家,把家道弄得非常地兴旺,觉得有些自惭形秽,于是恍然大悟,幡然改图,回来要想如法泡制。最高明的,主张"欧化全盘承受";至不济的,也来说什么"西学为用"。这总要算大病之后有了一线生机。不意他们"猪油蒙了心",还要从灰堆里扒出那件法宝来自欺欺人,要把这一线生机摧残夭阏,真可谓想入非非!说他虚骄,还是客气的话,老实说吧,这简直是发昏做梦,简直是不要脸!抱了这种谬见去叫青年读古书,真是把青年骗进"十绝阵"中去送死!

乙派的见解,我认为大致是对的。他们之中,有把旧文化看得与辫子小脚同等,说应该把它扔到毛厕里去。这话在温和派看来,自然要嫌他过火,批他为偏激;这或者也是对的。但是现在甲派的惑世诬民,方兴未艾,他们要"率兽食人",则有心人焉能遏止其愤慨?我以为乙派措辞虽似偏激,而在现在是不可少。我们即使不作过情之论,也应该这样说:旧文化的价值虽不是都和辫子小脚同等,但现在的人不再去遵守它的决心却应该和不再留辫子不再缠小脚的决心一样;旧文化虽然不必一定把它的全数扔下毛厕,却总应该把它的极大多数束之高阁!

可是无论说扔下毛厕吧,说束之高阁吧,这自然都是指应该有这样的精神而言,自然不是真把一部一部的古书扔下毛厕或束之高阁。那么,古书汗牛充栋,触目皆是,谁有遮眼法能够不给青年看见呢?有人说:遮眼法之说不过是戏谈,而禁止阅看或者可以办到。我说:禁止之法,乃是秦之嬴政与清之爱新觉罗弘历这种独夫民贼干的把戏,我们可以效法吗?要是禁止了而他们偷看,难道可以大兴文字狱而坑他们吗?

据我看来,青年非不可读古书,而且为了解过去文化计,古书还是应该读它的。古书是古人思想、情感、行为的记录,它在现代,只是想得到旧文化的知识者之工具而已。工具本是给人们使用的东西,但使用之必有其道。得其道,则工具定可利人;不得其道,则工具或将杀人。例如刀,工具也,会使的人,可以拿它来裁纸切肉,不会使的,不免要闹到割破手指头了。使用古书之道若何?曰:不管它是经是史是子是集(经史子集这种分类,本是不通之至的办法),一律都当它历史看;看它是为了要满足我们想知道历史的欲望,绝对不是要在此中找出我们应该遵守的道德的训条,行事的规范,文章的义法来。

若问为什么要知道历史,却有两种说法。一是人类本有求知的天性,无论什么东西,他都想知道,祖先的历史当然也在其中。这是为知道历史而知道历史,质言之,是无所为的。一是我们现在的境遇,不能不说是倒霉之至了。这倒霉之至的境遇是谁给我们的?是祖先给的呀。我常说,二千年来历代祖先所造的恶因,要我们现在来食此恶果。我们食恶果的痛苦是没法规避的,只有咬紧牙根忍受之一法。但我们还该查考明白,祖先究竟种了多少恶因;还有,祖先于恶因之外,是否也曾略种了些善因。查考明白了,对于甚多的恶因,应该尽力芟夷;对于仅有的善因,更应该竭诚向邻家去借清水和肥料来尽力浇灌,竭力培植。凡此恶因或善因的帐,记在古书上的很不少(自然不能说大全),要做查账委员的人,便有读古书之必要了。这是为除旧布新而知道历史,是有所为的。无论无所为或有所为,只要是用研究历史的态度来读古书,都是很正常的。

对于青年读古书,引纳于正轨而勿使走入迷途,这是知识阶级的责任。但是近来看见《京报副刊》中知识阶级所开列"青年必读书",有道理的固然也有,而离奇的选择,荒谬的说明,可真不少。我对于这班知识阶级,颇有几分不信任,觉得配得上做青年的导师的实在不多,而想把青年骗进"十绝阵"去的触目皆是。这实在是青年们的不幸。可是,这又有什么法想呢?

古书虽然可读,可是实在难读。怎样解决这难关,也是一个难于回答的问题。这个问题,浅陋的我,当然更没有解决的法子,不过或者有几句废话要说,这个,过些日子再谈吧。

1925 年 3 月 4 日

(选自 1925 年 4 月 11 日《北京孔德学校旬刊》第 2 期)

介绍戴季陶先生的
《孙中山先生著作及讲演记录要目》

我很喜欢研究前代的学者和政治家们的思想,我尤其喜欢研究现代的学者和政治家们的思想。虽然研究之后,总是毫无心得,从没有一星半点的研究的成绩可以发表,但"喜欢研究"这个脾气,却未曾因为没有成绩而改变过。

我对于孙中山先生的思想,久已想研究它了。要研究他的思想,除了打听他的事业以外,当然是要找他的著作和言论。可是提到中山先生的著作,——嘿!真不容易找到ㄨㄚ!什么缘故ㄋㄝ?原来中山先生不但是什么清政府也者的敌人,他又是号称民国政府也者的敌人。民国纪元以前,他固然被伪清皇帝认为"孙汶";而民国成立以后,他又被伪洪宪皇帝们认为《孙文小史》和《国贼孙文》中的"孙文":所以他的著作一直就列在新的"禁书总目"中的。我走到青云阁、劝业场、东安市场等处的书摊上去望望,只看见那些什么《人鉴》ㄋㄚ,《礼拜六》ㄨㄚ,《自由女子》ㄚ,"许啸天标点的《史记》"ㄧㄚ,"吴敬梓做的《红楼梦》"ㄜㄚ……这些昏蛋干的玩意儿层出不穷,而《孙文学说》、《建国方略》等书真是绝无仅有。这两部书是大家知道的,还是极不容易见到,其他自更不待言。在这样的状况里想研究中山先生的思想,几乎同研究春秋以前的历史要感到同样的困难,便是史料太缺乏了。

总算运气,近来国民党的重要分子还可以暂时住在北京。我想,要知道中山先生的著作,此时不打听,将来必致后悔无及,于是我就写信去请问吴稚晖先生。吴先生把此事转托了戴季陶先生,戴先生便开一张极详细的《孙中山先生著作及讲演纪录要目》,由吴先生寄来给我。我除对于吴先生和戴先生应该谨敬竭诚道谢以外,我觉得这样一张有用的书目,我若不把它公开发表而私为己有,我真对不起人家了。对不起吴戴两先生的费心,其罪还小;对不起一般有脑筋的青年们,不叫佢们得到研究中山先生的思想和事功的钥匙,其罪实大。因此,我又函商吴先生。今天得到他老先生的回信,说道:

> 戴先生的笔是健极的,并且一写就长,不会短的,所以没有什么"费心""劳神"等字样要向他用。先生愿意采登在《语丝》上,那好极了。他本请党部的书记录了一个副,甚而至于油印起来,反正不与《语丝》冲突的。

吴先生许可我们采登在《语丝》上,那好极了,我现在就把它发表了。顾颉刚先生说得好:"我们若肯对他(中山先生)作真实的追悼,应当把他的主张努力的实行,把他的历史尽心的搜集,把他的人格充分的表现。"我再来赘说几句:崇拜中山先生或想进国民党的人,要是不高兴把中山先生的学说思想仔细研究,知道它的真谛,这样的人,只能说是"盲从"或"随声附和",他就不配做中山先生的信徒!不听见中山先生"知难,行易"这句警告吗?他是最希望大家注重"知"的丫!

1925 年 4 月 21 日

(选自 1925 年 4 月 27 日《语丝》第 25 期)

我所希望于孔德学校者

对于教职员有四个希望：

（一）加意教授注音字母

注音字母的用处很多。单就学校教育上说，如：标准国语的音，古文中生僻字的音，都要靠它来注明。没有适当汉字可写的词儿（如ㄏㄢㄔㄣ），副词，助词和叹词（如ㄆㄧ、ㄌㄧ、ㄆㄚ、ㄌㄚ、ㄕㄜ、ㄨㄟ、ㄌㄧㄛ，这都应该酷肖声气，非汉字所能表示），方言词儿之被采入国语者（如许多方言的读音与国语不同，并非汉字所能表示），外国人名、地名和音译的词儿（如"ㄍ"ㄚㄌㄧㄌㄟㄛ、ㄋㄧㄌㄧ、ㄦㄜㄋㄝㄙㄤ），都要拿它来表音，正式作文字用，补汉字之不足。此外如对于低年级的生徒（尤其是幼稚生），简直可以拿它来代用汉字；就是高年级的生徒（乃至教师），遇到一时记不真或写不出的汉字，也可以暂时用它来替代。所以它是今后教育上极重要的一件工具。本校开始教授注音字母，还在教育部公布之前（注音字母是1918年11月23日公布的，本校于1918年8月已经开始教授了），三四年级很见发达，学生们得益不浅，近年来似乎稍微停滞。我希望教员先生们今后对于注音字母的教授特别加意，务令学生们人人都能将它写练得极其纯熟，以适于种种之应用。

（二）努力宣传国语文学

"文学革命"、"国语文学"的讨论,是 1917 年—1919 年代的事,现在本已不成问题了。现在若再讨论"文言白话孰优孰劣",便与讨论"地方地圆孰是孰非"同样的可笑了。讲到本校,国语文的开始教授,与注音字母同时,更远在教育部通令"国民学校的国文科改授国语"之前（那是 1920 年的事）。这几年来蒸蒸日上；高年级的生徒,大率都有文学的嗜好,所做的白话文,颇能为细致的描写和曲折的叙述,迥非那颠来倒去地读那几十篇唐宋八家的古文而做不通的《汉高祖论》的不幸的生徒所能企及；低年级的生徒,也能做很稚气很天真的儿童文学（的确配得起称为儿童文学）,也断非那入学数年而提笔写信便要抄《酬世书信大全》的不幸的生徒所能望其肩背。关于这一点,本校自问实在很对得起社会。年来一班脑筋昏乱的人们,鬼鬼祟祟地干开倒车的把戏,务吹古文的死灰,冀其复燃；近月来妖氛毒雾更弥漫于空间,国语运动的一线曙光,几乎要被它完全遮蔽。本校际此白昼晦冥的时候,更宜努力宣传国语文学,以端学子之趋向。

（三）提高法语和英语的程度

学问本无国界可言,语言文字只是表示事、物、思想、道理等等的工具。某字某语对于某事某物能够表示得恰合,便是适用的工具。凡适用的工具,人们都可以自由拿它来利用,实在也没有什么国界之可言。譬如ㄖㄣ（人）,ㄇㄣ（man）,ㄛㄇ（homme）,ㄏㄛㄇㄛㄏ（homo）,ㄏㄉㄛ（ㄈㄏ）,这都不过随便拿某声某韵来表示咱们这一种动物而已。它们对于咱们,都能表示得恰合,咱们本可以随便拿它们中的一个来表示咱们。中国人非不可说ㄛㄇ,法国人非不可说ㄖㄣ。其所以事实上不是如此者,不过因为中国人说惯了ㄖㄣ,法国人说惯了ㄛㄇ,所以觉得那样说法较为便当些罢了。并非中国人说了ㄛㄇ便吃不成饭,法国人说了ㄖㄣ便吃不成 Pain 也。所以寻常日用的词儿,彼此各有习惯的,自然不必故意去改作（例如中国人改说ㄛㄇ）。但学问上的词儿,却都是外国有而中国没有的（因为现在成系统的学问都是外国人发明的）,我以为这就应该用外国的原字来补充,断不必瞎费心思,去闹什么译名的问题。因为那个外国原字早已"约定俗成",所以含义恰当,我们采用它,比起什么"义译"、"音译"来,又省事,又明确;而且这样办理,才能和世界的学术契合无间,若水乳之交融。说到这里,我的意思可以干脆地说出来了。我认为中国今后至少应该有一种外国语和国语同样看重,就是看、读、写、作的工夫都做得很纯熟很自由的地位;换言之,就是把这一种外国语看成"第二国语"。本校的外国语,自来即用法语;蔡子民、李石曾、沈尹默诸先生都是希望本校生徒具有很高的法语程度,能够自由看书,能够直接从法语的书籍中研究世界的新学问新知识。这个意见,我以为很对的。近年来,本校又添授英语,使学生更多认得一种直接研究世界学问的语言文字,这更好了。我希望本校教授法语和英语的先生们,今后更将外国语的程度提高,务期学生们能够达到直接从外国书中研究学问的目的。

(四) 编纂国语和历史的读本

上海各书店出版的国语和历史的读本,一言以蔽之曰,都是对于低能儿的教材而已。越是低年级的国语读本,文句越简得不成话,意思越干燥无味,爱说呆话或无聊的道德话。如"早起,开门";"太阳出,拿书包,上学堂";"小猫三只,白布五匹";"狗比猫大,猫比狗小";"一个人有两只手,这是左手,那是右手";"人有手,猫没有手";"哥哥吃大梨,我吃小梨";"放学回家,见父亲,鞠躬,父亲欢喜";还有什么"司马破缸","陆绩怀橘";甚而至于什么"乌反哺"这一类毫无科学根据的鬼话,还要照例胡说以教孝(!)。历史读本,专选那些"邻猫生子"的材料,只看见许多人名,地名和纪年。殷朝一代,只用一百多字记载,而"殷衰,殷复兴,殷复衰"这种句子占了不少。两三行记一个孔丘,而什么"删《诗书》,定《礼乐》,赞《周易》,修《春秋》","道德为万世宗仰"这些话都有了。老实说吧,我是曾经做过八股的人,什么《左传》、《史记》、《通鉴辑览》、《纲鉴易知录》,都曾翻过的,看了那些教科书中简短的叙述,也还要摸不着头脑ろせ!给现在中小学校的生徒看,佢们能够得到什么印象!还有什么

"伏羲画八卦,黄帝伐蚩尤,尧舜揖让,禹治洪水",这些荒诞不经的神话,还是像煞有介事地编在历史上。这种国语和历史的读本,不但读了一无用处,而且必至愈读愈呆!本校虽不全用它们,但因未曾编纂适用的,所以现在还不能全不用它们。我希望今后本校聘请数一数二的头脑清楚、学问渊博、思想超卓的学者如顾颉刚先生等来编几部好的适用的国语和历史的读本。

对于学生也有四个希望:

(一) 有科学的头脑

这所说的,不是专指自然科学而言(自然科学,当然应该有许多人来研究,尤其是青年学生们,因为研究自然科学,一层是为利用厚生之预备,一层是为科学头脑之训练,这两层都是今后中国极切要的),非研究自然科学的人们对于一切事物,一样应该运用自己的理智,条分缕析地研求它的真相。这样的研究日积月累,知识日增,智慧亦日进,对于不根的传说,谬误的行为,不合理的组织等等,自然会感觉到改革之必要。道德的修正,社会的改善,全基于此。由这条路出发的修正改良,才是站得稳的真正修正,真正改良。否则凭一时的冲动或一己的玄想做出来的,所修未必正,所改未必良;即使偶正偶良,只能算做幸获,这是无根之木,无源之水,是靠不住的。可怜中国古人,最缺乏科学的头脑,所以二千余年来,除了极少数的几个学者(就是这几个人,也免不了常要胡说),都不肯把事物条分缕析地研究,老爱闭着眼睛,信口胡说,听的人的头脑也同样是昏乱的,所以有人妄言之,他们便妄听之,而且妄行之,于是便糊里糊涂地定为神圣不可侵犯的金科玉律,谁碰它一碰,谁就罪该万死。这样胡闹了二千余年,所以现在道德卑污到了极点,社会腐败到了极点。挽救这个颓局,其责任全在青年学生的肩膀上。青年学生的头脑若再昏乱,中国便绝无挽救之可能了!但我看近年的学生的头脑,颇觉有些不能放心,尤其是有文学嗜好的青年,更不肯运用理智,考察事物,这是大错的!本校学生,有文学嗜好的很多,我恐怕佢们也误入迷途,所以有这一个希望。

(二) 有文学的手笔

有一种人的议论最可笑。他们说："我们是学科学的,文学与我们无干,我们不必会做文章。"于是他们不但不留意文学,连文理都不管了。结果,他们编译的书不但干燥无味,竟至文理不通,白字连篇,叫人读不下去。这个见解实在是很谬误的。我以为研究科学的人要是对于专门的文艺没有兴趣,自然无研究它之必要。但记述科学的文章,文理总是应该通顺的。而且因为科学的材料或过于高深,或过于枯燥,所以还应该看看文艺书,学得些美妙的文笔,来做关于科学的文章,才能引人入胜。试举我自己的经验为例。吴稚晖先生所做的《上下古今谈》和吊定先生所译的《常识之基础》(登在《第一小报》上),同样是讲科学的。但我读前书,每读总不肯放手,读了内容很容易记得,而且读时感到很大的愉快;读后书,勉强看完数十行,便觉昏昏欲睡,它讲了些什么话,我一些也记不得。其实吊定先生的文章绝不至于不通,不过"非文学的"罢了。吴先生著作的好处,就因为是"文学的"。我最佩服胡适之先生一句话:"文学不过是最能尽职的语言文字,因为文学的基本作用(职务)还是达意表情。"本校的学生们大率都有文学的嗜好,似乎不至于犯这个毛病,但我恐怕有人中了"记述科学无须用到文学"这句谬论的毒(更有人以为"记述科学不应该用文学的手笔",这话更谬),所以这一点也列为希望之一。

(三) 对于古书有历史的眼光

青年学生对于古书可看与否和应看与否,成为近来一个问题,我对于这问题的意见,曾经简单地写出几句,登在本旬刊的第二期上(《青年与古书》),可以不用再提了。现在要仿章实斋"《六经》皆史也"这句话的口吻,说"古书皆历史也"。用了历史的眼光去看古书,则对于制度的由来,文化的迁变,方能弄得明白。把这些弄明白了,可以得到两个好的结果:一是知道现在不适用的,在过去的某时代或者是很需要的,这样,便能够还它在历史上的价值,不至厚诬古人;一是知道在前代很有价值的,到了现在,时移世易,早已成为僵石了,无论它在历史上有过怎样的大功效,今天总是万万不可再请它来"复辟"的,这便不至陷害今人。本校学生,因为有文学嗜好的较多,所以前此研究历史的极少(或者竟可以说是没有)。讲到某人研究什么学问,我是主张完全要用自己的兴趣来决定,万不可由别人用了功利主义做标准来"指派"。但我却希望(不过希望而已)本校学生中有研究历史的人。要是有这样的人,前面这几句话便是对于佢研究历史时的希望。(研究历史并不限于古书,这里不过单就古书说说罢了。历史的范围大得很ㄌㄝ,研究它的范围大得很ㄌㄝ。)

(四) 对于社会有改革的热诚

一个人的衣食住以至所谓精神上的需要等等,处处都离不开别人,所以ㄎㄌㄆㄊㄍㄏㄣ①的互助论,实在是发明人类(不止人类)生存的真理。因为如此,所以个人对于社会是应该尽相当之义务。所谓尽义务者,便是用自己的聪明才力做出许多成绩来贡献给社会使用。成绩虽有种种之不同,而为造福于社会,帮着社会向着进化的历程上多走了几步则一。所以个人对于像样的社会,应该努力使它更好;对于糟糕的社会,应该努力使它日渐变好。中国现在的社会,可以说是糟糕到了极点了,努力将它推翻,改造,实在是咱们最重要的事业。这个事业虽在将来,但现在不可不豫立此志。现在所求的知识学问,都是为他日改造社会之预备(改造自己也包括在内,就社会全体言,自己也是社会之一员)。因此,所求的学问,应该是合于进化,近于真理的(绝对的真理,非吾人所能确知,故只可说是"近于"),而不是那谬误学问。近年来中国的青年们常被两种很误谬的见解能所惑。一是以为我们求学,专是为自己吃饭之用的。所以凡可以骗饭吃东西,便应该学习,他们恨不得把学校的学生都变为商店的学徒。他们听见别人讲几句有关于人生进化的话,便目为高调,因为这是骗不了饭吃的。这是所谓"职业主义的教育"。一是以为我们求学,专是为发挥狭隘的爱国心之用的,他们最崇拜日本和过去的德意志帝国那种血腥气的爱国主义。所以他们妄夸己国,厚诬他国。中国人本来就是患夸大狂病很深的民族,现在国货上面再加上这种劣等的洋货(这真是我们应该绝对排斥的"劣货"!),于是凶兽吃人的面孔更显露了。这是所谓"国家主义的教育"。青年们受了这两种教育的毒,实在是中国前途的大不幸,因为这是把中国人驱出进化轨道以外的教育。我希望本校的学生们别受他们的蛊惑。咱们应该向着进化的路程上努力干改进中国社会的事业。

1925 年 5 月 15 日

(选自 1925 年 6 月 11 日《北京孔德学校旬刊》第 6 期)

《甲寅》与《水浒》

章士钊主张"文以载道",不喜欢看小说(虽然他自己是做过小说的,"前《甲寅》"上登过他做的《双枰记》),他说:"愚夙不喜小说,红楼从未卒读。"因为这样,所以《甲寅》周刊中骂白话文的句子,虽然东现一鳞,西露一爪,闪光缎似的煞是好看,但还没有骂过白话小说,对于被"梁任公献媚"过的"小生"们提倡以白话小说为白话文的范本之一种这件事也未曾见他骂过,这未免有些美中不足,未极卫道之能事。现在好了,有人来提醒他,代他骂了。《甲寅》周刊第五号第二十一至二十二页中登着一个姓汪的通信,录之如下:

……大著屡斥白话文贻误青年,自是正论,然吟龙以为其弊犹不止此。往者语体初兴,未有教本,不得已而撷拾《水浒传》《七侠五义》等小说为范。天下青年,趋之若鹜。当时吟龙谬膺讲席,曾著一论,以为庚子拳祸,远因实种于流毒社会之武侠小说,故拳党之所崇奉,不外孙悟空、黄天霸一流。然拳祸虽烈,要不过一时一地,非如现时之遍地皆匪也。今号称先觉者,更率青年而归焉,几何不胥天下而沦于盗薮也。友人某君,尝言读《水浒传》三日,便有敢笑黄巢不丈夫之感(《水浒传》所载宋江诗)。今之怀抱利器,郁郁不得志者,何可胜数,而足以导

> 人为盗之下等说部,又倍蓰《水浒》等传而无算。将来趋势,不问可知。古圣著书,防微杜渐,今乃极力宣传鼓吹于盗之为,是可叹也。

于是章士钊也喟然叹曰:

> 白话之弊,诚如尊言。此于厘正文体而外,更增一义,忧时君子,毋忽斯言。

这样一吹一唱,虽然一个是短短几行,一个是寥寥数语,而卫道之诚,"忧时"之切,溢于言表,其有功圣门,殆过于刻在《古文观止》里的那篇《原道》;我想"九原有知",韩愈当兴"后生可畏"之感矣。

我看到"毋忽斯言"一句以后,顺手翻下一张,发现奇迹了!原来从第二十四页起登着一篇什么《光宣诗坛点将录》,又是一个姓汪的大手笔。我看了这个题目,颇觉纳罕:这《点将录》好像不是"载道"之文ㄋㄚ!嘴巴正发疑问,眼睛已经关到几个字了:"托塔天王晁盖,天魁星及时雨宋江,天罡星玉麒麟卢俊义……"ㄚ!奇怪ㄧㄚ!这些姓名不是出在那"流毒社会之武侠小说"水浒上的ㄇㄚ?夫"今号称先觉者"们"撷拾《水浒》……为范","率青年而归焉",已不免使有心人兴"几何不胥天下而沦于盗薮也"之慨矣。虽然,那些"今号称先觉者"们,实在不必去怕他的,因为"以北方朴实默持风会者有年"的王树柟曾经说过"然爝火之光,万难久烛。是在有力者之设法挽回耳"这样一句话的。而且王某又说:"孟子曰,以时考之则亦可矣。"(谨案,我曾经读过一部监本《四书》,只有《孟子》的《公孙丑章》句下有"以其时考之则可矣"一句。王某所引的,大概是出于赵岐的《孟子题辞》中所谓"又有外书四篇"里头ㄉㄚ;或者别本《孟子》中有这样一句,正如《红楼梦》第九回中李贵说的"第三本时经"中有"呦呦鹿鸣,荷叶浮萍"两句一样,也说不定。)章士钊毅然答道:"孟子果不吾欺,先生之道仍当大明于世。"由是更可证明"今号称先觉者"们之不足畏矣。可是章士钊不能这样随便!他是以"图正时趋"自任的!那么,他刚说过"忧时君子毋忽斯言",言犹在耳,而"托塔天王晁盖……"字样遽尔出现,仆不敏,窃不免"心上有杞天之虑"矣,盖恐"将来趋势不问可知"也。若之何哉!若之何哉!

转念一想,学士大夫当不至卤莽若此:前张反对读《水浒》,后张即出现"托塔天王晁盖……"此必有深意存焉。——噫!我知之矣!我忽然想到小时候读过一部监本《书经》,《洪范》中有这样几句:"唯辟作福,唯辟作威,唯辟玉食;臣无有作福作威玉食。臣之有作福作威玉食,其害于而家,凶于而国。"还有,做《原道》的那个姓韩的《拘幽操》中说过:"臣罪当诛兮,天王圣明!"还有,不知谁说过的:"天下无不是的父母。"还有,也不知是谁做的两句:"大人大人大大人,大人在三十三天天上给玉皇大帝盖瓦;卑职卑职卑卑职,卑职任十八层地狱底下替阎罗老子挖煤。"还有,还有——够啦,够啦,不用尽数啦,这几个例尽够做公式啦。"小孩子们算得什么东西!你们要想舒服吗!你们看不懂文言,你们就想'以白话文掩其不能'吗!读白话文还不够,还要读白话小说以图愉快,你们真会享福!哼!你们也配享福!!你们要知道!《水浒》是诲盗之书!你们敢'趋之若鹜'!你们便是想做强盗!厂乙!这还了得!"这样的怒目训斥"小生"过后,回顾头来,忽然看见有"于并世诸贤多所亲炙"而尚未"归道山"者在那儿续"瓶水斋主人"的《乾嘉诗坛点将录》,那是当然非表彰不可的丫!你想,"于并世诸贤多所亲炙",这当然也是并世之一贤了;此一贤虽尚未"归道山",但他有两个朋友"已归道山"了,那么,此一贤距"归道山"之日自必不远了:《点将录》虽未必是载道之作,但"古已有之",则"续为之"自然"亦艺林一掌故也"了。将"归道山"之"贤""续"前人之《点将录》,这点是老名士的风雅,乌可不表彰乎?举一个同样的例,更可以明白些:如青年男女们(尤其是学生)自由恋爱,这是非痛骂为"伤风败俗"不可的;若将"归道山"的"贤"们要嫖相公,要讨小老婆,要雇上坑老妈,那当然非恭维为"名士风流","此老兴复不浅"不可了。写到这里,又想着几句格言:(一)"吃得苦中苦,方为人上人。"(二)"三年媳妇熬成婆。"(三)"富贵福泽,将厚吾之生也;贫贱忧戚,庸玉汝于成也。"照这些格言看来,现在这班看《水浒》的小孩子,虽然一时禁止他们看,其实他们不会吃亏的,因为到了他们将"归道山"的时候,当然也可以用《水浒》来做《点将录》的。他们自己有了用《水浒》做《点将录》的资格,自然,也就有禁止他们的后辈看《水浒》的资格了。

《〈甲寅〉与〈水浒〉》已经写完了,因为这一页排到这里,还缺几行,因此再写几句话来补白:

章士钊对于做白话文者的批评,他自己以为是骂,洋洋得意;别人也以为他是骂,愤愤不平。独我所见却有不同,我觉得有好些话都是恭维。现在举几句重要的,"髦士以俚语为自足";"群饮狂泉,黄钟毁弃";"国家设学,且唯摧毁国学是务";这都是我们所日夕馨香祷祝希望他实现的事;承章行严先行指出,敢不益勉乎?其尤精绝者为"更越十年,将求稍识字者而不可得"一语;能有此幸事吗?我真惊喜欲狂矣!因为中国人而能不识得汉字,则国利民福之期必不远了。我希望章先生之善颂善祷百发百中。思想革命之先驱者夏穗卿先生说得好:"中国文字欲其与世界进步之局势相叶,必须改易;但白话决不能为役。"夏先生连白话都还不能满足,而我们还只能比主张古文的进了一步,仅仅主张白话,能不羞愧!(不过夏世兄未免太"不像贤"了!)

1925 年 8 月 29 日

(选自 1925 年 8 月 30 日《国语周刊》第 12 期)

废 话
——原经

开场白

实属不成事体——我在8月10日上午4时写了一篇《废话的废话》,末了预告一句道,"要看后话,且待来周";那时就觉得自己有些信任不过自己,所以底下注了一句"'来'字不甚可靠"。但也不过觉得"可靠"之程度"不甚"而已;不料延宕下来,直到今天,才来提笔,竟是那天的"来来来来来来来来来来来来来周"了(这第五十四期的《语丝》,要到11月23日出版,则此文到看官们的眼睛里,还得再加"来来"两字),岂独"不甚"而已哉,客气些,也得要说"甚不"矣。岂明说,"未免有姗姗来迟之感焉耳",这话真"幽默"啊。

《废话的废话》补遗

各则《废话》的长短,可以绝不相称,前文业已表明;但还漏说一事,即各则《废话》,或有题目,或无题目是也。鄙人向不会做文章,尤不会做题目。十年前在中学里教国文(的确是教国"文",便是"这个大虫"所最看重的国"文",绝不是国"语"),两个星期要来一次"作文",学生固然怕做文章,而我尤其怕做题目——实在做不出哇!我因为在做题目这件事上很容易"坍台",所以费尽心机,想出"废话"两个字来,作为我在《语丝》上做文章每次可用的总题目。于是乎只要在每则前面的一行写个(一)(二)(三)……就行了,岂不省事乎哉,岂不巧妙乎哉!然而,我听见"玄学鬼"说过什么"人类是会灵机活动的"的话;鄙人既忝为人类,则敝"灵机"有时或者免不了也要"活动"一下子的,要是敝"灵机"忽然"活动",来了一个题目,则亦何必不写它出来呢?此各则《废话》之所以或有题目,或无题目也。

原经

　　此《废话》之"开宗明义章第一"也,理应有典有则,矞矞皇皇,像杀有介事,搭足臭架子,庶不至贻讥于"学士大夫"或"琴忒儿曼"。且夫架子亦多矣,而最臭者宜莫如《经》;则《废话》第一则以"原经"为题,不亦宜乎!而况近有"这个大虫"也者,力主小学读经,曾经说过"经典自有权威,异于公民课本;读经之效,在敦士习以挽颓风"这样几句"韒"话。他要谈《经》吗?老实不客气,这是我的拿手戏,我相信我谈得一定比他高明些,因为我是读《十三经注疏》、《皇清经解》、《续皇清经解》的人。所以我现在"开宗明义",就来谈《经》。

　　大概是周秦之际吧,那时有人说出"六经"两个字来。"六经"似乎应该是六部《经》,但是《乐经》实在没有这样一部书,不过开开花账罢了;所以后来照着实价,便说《五经》。这《五经》是——

　　《诗经》,《尚书》,《仪礼》,《易经》,《春秋经》。

经的妙用,本在乎把人捆紧压扁,单是这样寥寥五部,总还嫌它太轻松,于是加上一部,再加一部,再加一部,再加一部,尽加尽加,共计加成十三部:

《易经》,《尚书》,《诗经》,《周礼》,《仪礼》,《礼记》,《春秋·左传》(带《经》),《春秋公羊传》(带《经》),《春秋榖梁传》(带《经》),《论语》,《孝经》,《尔雅》,《孟子》。

这十三部《经》,倒底是些什么怪物呢?据说,这都是圣人贤人们说的应该怎样做人,应该怎样治国平天下,应该怎样做文章的大道理,其中一字一句都藏着有圣人贤人们的"厂尢巜ㄝ丸药"(注)在内。所以愿意吃"厂尢巜ㄝ丸药"的,都细细咀嚼经的妙味,希望自己能够"在止于至'韗'";而不愿意"韗"的人,自然看得"厂尢巜ㄝ丸药",如同肺痨鼠疫一般,防御抵拒,不遗余力。据我看来,前一种人自甘于"韗"尽可由他,不值得去唤醒他;后一种人未免太傻了,要知道"厂尢巜ㄝ丸药",正如两个患近视的人相争的"关帝庙"或"阙帝庙"那块匾一样,那块匾压根儿就没有挂,"厂尢巜ㄝ丸药"压根儿也就没有这样东西,骗子出卖风云雷雨,你们何必这样傻,上了当真去捕风捉影呢?

(注)1909年,我在绍兴,一个朋友偶患感冒,身体发热,我身边恰好带着金鸡纳丸,给他吃了几个;旁边一个人大吃一惊,说"这不是'厂尢巜ㄝ丸药'吗!"(这本应该照原语写出,因为我的绍兴话太蹩脚,写得不对,恐怕被岂明们所讥,所以只好写普通白话,好在这是无关弘旨的;唯"厂尢巜ㄝ丸药"一词,非照原语写出不可。)据他们说,凡"吃教"的人都吃过一种丸药,吃了那种丸药,便自然而然的会膜拜耶稣,会劈了祖宗牌位去当柴烧。那时我已经剪去辫子,而且又新从日本回来,那人认为我一定是"吃教"的,我给那朋友吃金鸡纳丸,一定是骗他"吃教"了,故如此大惊。厂尢巜ㄝ者,那个也;当我面前,不便直言"吃教"字样,故曰"厂尢巜ㄝ丸药"耳。

然则"经"果为何物欤?据我看来,不过是不伦不类,杂七杂八的十三部古书而已矣。

谨依所谓《十三经》也者的次序,一一说它几段废话:

(一)《易经》

据旧说:五千年前,河南地方有一位身披树叶的野蛮人叫做伏羲的,他画了八个卦,每卦都是三画(那人真也野蛮,画来画去,只会画出一画连的跟一画断的两个花样来);三千年前,陕西地方又有一位大军阀姬大帅,单名一个昌字的,他把那八个卦,两个两个的重叠起来,叠成六十四卦,每卦都是六画,卦画就叫"爻",又把每卦做上几句卦辞每爻做上几句爻辞(有人说,爻辞是他的少帅姬旦作的);二千四百年前,山东地方又有一位老学究孔二先生,单名一个丘字的,他又做了七篇文章,《彖传》(上下),《象传》(上下),《系辞传》(上下),《文言传》,《说卦传》,《序卦传》,《杂卦传》——因为有三篇分了上下,共计十篇,总称为《十翼》。那一位野蛮人,一位大军阀,一位老学究,据说都是所谓"圣人"也者;那样三位圣人在那二千几百年中弄了那许多鬼玩意儿,于是把后人弄"犟"了,所以班固赞美之曰:"《易》道深矣,人更三圣,世历三古。"

据我看,那野蛮人未必真有这个人。那位大军阀,他成日价想做皇帝,制造民意,攻城略地,唯日孳孳,犹虞不给,有什么工夫来闹那些鬼?讲到那位老学究呢,他到了老年,在无聊的时候,爱拿那鬼玩意儿的什么卦呀,爻哇,消遣消遣罢了,正如现在人无聊起来拿一付牙牌来打打五关一样。那老学究也许有时候"犟"了,以为那鬼玩意儿中藏着什么深思妙理;但他究竟做了文章没有实在有些难说。那些鬼玩意儿,倒底是什么时候什么人行出来的,是无从查考了。不过我们知道,在姬大军阀以前,所谓商朝的时候,他们最迷信那些鬼玩意儿的;那时的人们想解决疑惑的事情,都要去请教它。怎样请教呢?说也可笑,那时的乌龟真也倒霉,被人们把它的壳剥了下来,用水来烧,名叫做"卜",烧成怎样的裂纹,便是哪一卦哪一爻的记号,于是翻出来看看,那卦辞、爻辞上面写些什么鬼话,按着什么"吉"呀"凶"啊"悔"呀"亡"啊的把它胡猜乱详一番。那些被"卜"过的乌龟壳,近二三十年在河南安阳地方发现了许许多多,上面都刻着卜的事由。《尚书》中有一篇《洪范》,明明白白把商朝人那里迷信的见解记述出来。所以什么卦呀,卦辞啊,爻辞啊,姬大军阀以前早有了,它们的用处,便是给迷信人解决疑惑的,那有一丝一忽的学理的价值呢?至于所谓《十翼》也者,《彖传》跟《象传》都是解释《卦辞》跟《爻辞》的;《象传》中略有些浅薄的政治思想,《系辞传》说了些幼稚的"玄学鬼"的宇宙观跟人生观的话,勉强可以算做哲学思想;《文言传》不过对于《乾坤》两卦,用些好看的字样来装潢一下子罢了;《说卦传》对于八卦又加上许多古怪话,大概还是"卜"的方面的话;《序卦传》把六十四卦,如此这般的说出许多连贯承接的道理来,支离浅薄,非常可笑;《杂卦传》把卦名解释一番,更没有什么学理可言。《十翼》的内容,固然如此不同;种种说法,彼此也多歧异。可见绝对不是一个人做的,有没有孔二先生的大著在内,更是莫可究诘了。所谓《易经》,如是如是,除去一小部分很幼稚的哲学思想以外,无过迷信之说,妖妄之谈;它的价值,它的功用,在今日,便等于问心处起课,关帝庙求签。即以求签相比:乌龟壳如签,烧它如摇签筒,哪卦哪爻如第几十几签,"吉,凶,悔,吝"如"上下,中平,下下",《卦辞》《爻辞》如签诗。

(二)《尚书》

现在这部《尚书》,共有五十八篇,倒有二十五篇是魏晋人假造的,只有三十三篇是秦汉时候所有。那三十三篇,本来是二十八篇,后来分成三十三篇的。这《尚书》二十八篇,勉强可以说是历史,严格的说,不过是一些不甚可靠的古史史料罢了。其中有上谕,有奏折,有诰命,有檄文,有告示,有记那时所谓国家大事的(例如皇帝死了丧事怎样办法),有记刑法的,有记地理的,没有条理,没有组织,乱七八糟的一本"文件粘存册"罢了。上谕奏折之流大概是真的,还可以算做史料;至于那些记载,便有一部分是想像或假托的(如《尧典》、《禹贡》),连史料的价值都没有了。尤其可笑的,号称记事,而文句不全,年月不备,使人看了莫名其妙。如《甘誓》起头三句是"大战于甘。乃召六卿。王曰……"不知哪国与哪国大战,召六卿的不知是谁,那个王不知是何朝何王(《墨子》里说是夏禹,汉儒说是夏启,究竟不知是谁)。又如《金縢》篇中突然发见一个"秋"字,不知是哪一年的秋天。那都是十足道地的文理不通的文章。称它为历史,我真要代它难为情。讲到那里面的思想呢,半开化时代那班圣人装神装鬼的丑态却可以发见一些(看《语丝》第十一期顾颉刚的《盘庚中篇的今译》跟第四十期他的《金縢篇今译》);还有,记载那班独夫民贼的口吻,如《洪范》所说"唯辟作福,唯辟作威,唯辟玉食!臣无有作福,作威,玉食!臣之有作福,作威,玉食,其害于而家,凶于而国!"那种蛮不讲理的态度,记得真干脆。在那里面看看半开化时代的野蛮思想,倒是很有趣的,可惜句子太难懂,文理太不通,实在不容易看。至于说《尚书》和孔二先生有什么关系,却未必然。那种乱七八糟的"文件粘存册",周朝总还有许多,孔二先生大概看见过一些的,他也不过当它历史读读罢了。旧说以为本来有三千多篇,孔二先生删存二十八篇,又说删存二十九篇,又说删存一百篇,种种都是无稽之谈。请问一百篇中选留一篇,或三十篇中选留一篇,这去取之间,是以什么为标准的?反正不过乱七八糟的史料罢了,有什么好坏优劣。要那样的严格选取?这且不论,即使孔二先生的确像马二先生选八股那样的选"文件粘存册",那也不过是他个人的无知妄作,实在不值得一提的。

(三)《诗经》

那是周朝的一部诗歌总集。中间有不少的民间文艺,也有一部分是所谓士大夫的作品,还有一小部分是独夫民贼搭架子的丑话。其中佳品,便是朱熹所谓"淫奔之诗"(朱熹解经,很有眼光,他能够知道《易经》是卜筮之书,能够知道《诗经》中间有许多都是"淫奔之诗",这都不是他以前以后那班迂儒学究所能及的);"淫奔之诗"之尤佳者,能够赤裸裸的描写两性恋慕之情,颇有比得上现在的大鼓、摊簧、山歌之类的。所以"经"之中唯有《诗经》,还有一部分现在还值得一读,值得欣赏;但是时代究竟太远了(它是约距今三千年前到二千五百年前时候的文学),它在当时,虽是自由活泼的白话文学,但文字意义与现在很隔膜了,所以也不是无论什么人都能读的,不过在文学史上说,它总有不可磨灭的价值罢了。

孔老二很爱读此书，但是他未必能领略到它的文学价值，因为从他批评它的话看来，很不见高明；总而言之，孔丘对于《诗经》的见解，不及朱熹远甚。汉朝人因为孔老二常有批评《诗经》的话，于是又来瞎扯，说什么古诗本来有三千多篇，孔老二把它删存为三百〇五篇（今本即是此数，又有人说是删存三百十一篇，更是胡说）。真可笑！《尚书》也是三千多篇，《诗经》也是三千多篇，怎么古代的东西都是那样的数目？何以孔老二就那样阔气，他居然把那六千多篇东西都弄到手？何以他又那样胡闹，把好容易弄到手的史料与文学就这样随意乱扔？《诗经》的价值，除上文说过的"能够赤裸裸的描写两性恋慕之情"以外，还有对于那些独夫民贼为巩固私人的地盘，发展私人的势力，弄到民众家破人亡的怨恨咒诅之声，这里面多有把悲哀的情绪表现得很深刻的。偏偏从汉朝以来，许多酸腐到极的学究们把佢们爱恋之歌与民众咒诅之声解作奴才向民贼献媚与私昵对主子碰头的话，真叫做糟糕！《诗经》要真是那样，便没有一丝一忽的价值了——幸亏的确不是那样。

（四）《周礼》

这书不知是谁做的。西汉初年还没有，所以《五经》中无此书。此书突然发见于西汉末年，正是王莽想坐龙廷的时候，那时刘府上出了一位帮着姓王的来抢姓刘的坐着的"宝座"的人，此人叫做刘歆，他很尊重《周礼》，所以有人疑心《周礼》就是刘歆所造，这话也许是对的。但无论如何，从刘歆起，有许多人说它是周公（姬少帅）所作，是周朝施行的法典，那是绝对不足信的。不足信的理由有三点：1. 那书把官制，版图，及其他一切都弄成整整齐齐四四方方的，无论古今中外，凡实行的东西从没有这种样式，因为这在事实上是不可能的；所以《周礼》是一种关了房门弄笔头的玩意儿，决不会是曾经实行过的。2. 周朝的官制版图等等，《国语》《左传》《孟子》等书中尚都可考，与《周礼》全然不合。3. 《周礼》虽是不能实行的玩意儿，可是七拼八凑，很见匠心，必如刘歆那样的知识才能想得出；那三千年前的姬少帅，他懂得什么，他哪里会有这样缜密的头脑？

《周礼》既决非周朝施行的法典,则决不可作周朝的历史看了。但从东汉以后,直到亡清末造,历代法典都脱胎于此书;所以它不是汉以前的史料,却是汉以后的史料。研究历史的人,这部书免不了要用着它的。至于讲到那里面的政治思想,固非姬少帅所能梦见,但汉唐以来,社会日渐进化,那种幼稚的政治思想久已不适用了。

(五)《仪礼》

这是周朝时候讨老婆咧,请客咧,办丧事咧,团拜咧,赐宴咧,以及两国的君们见面咧……种种事情的礼节单子。此中岂有丝毫的学理,不过无谓的客套罢了。究竟是谁定的,是否历史上的确有一个时期曾经照单实行过的,那都无从知悉。自来又说是姬少帅定的,我想这位少帅未必有那样空工夫来注意那些琐碎繁缛的无谓的节文吧。又有人说是孔老二定的,这也不足信。孔老二的徒子徒孙们中间,的确出了许多低能儿,会老了脸皮,你扮孝子,我扮新郎,作揖打拱,磕头礼拜的胡闹,美其名曰"习礼"。但孔老二自己,照他的口吻看来,似乎还不至于那样低能。你听他说:"礼,与其奢也,宁俭。""先进于礼乐,野人也;后进于礼乐,君子也;如用之,则吾从先进。""礼云,礼云,玉帛云乎哉?乐云,乐云,钟鼓云乎哉?"

(六)《礼记》

这是周末、秦、西汉时候,孔老二的徒子徒孙们所谓儒家也者的著作。其中有的是与《仪礼》同样的琐碎繁缛的无谓的节文,有的是儒家那种昏乱的政治思想与人生观,此外还有许多零零碎碎的妖妄之谈。讲到儒家那种昏乱的政治思想与人生观,实在是封建时代与宗法社会的遗物。那种遗物,到了孔老二的时候,已经不适用了。无如孔老二这位先生,是维持现状的"稳健派",绝不是革命前进的"过激党";所以对于肺痨梅毒已经深到极处的旧制陈迹,决不肯说一句"那个要不得",一味的灌人参汤,打强心针,加上几句好听的新解释,好像那垂死的旧制陈迹另得了新生命似的。但是新解释是空的,所以新生命是假的,而因为人参汤与强心针的功用,竟把肺痨梅毒吊住了,不让它撒手归西;于是他老人家的徒子徒孙们渐渐的都被肺痨梅毒制伏了,愿为之伥,将那封建时代与宗法社会的遗物认为政治与道德的万古不变的正轨,拼命宣传,竭力推行,毒痛二千年,至今日尚蒙其害,真是可叹可恨之至!其实那种旧制陈迹,不必说现在,在商鞅、李斯时代,早就该将它扔下毛厕去了!

(七)《春秋左传》

《春秋》是一部最幼稚的历史,无论什么事,都是极简单的写上一句,那事的真相与其前因后果,完全不能知道,王安石诋之为"断烂朝报",梁启超比之为"流水账簿",都是很确切的批评。不过它比起《尚书》来,却有点进步了,居然有年月日排比下去了,那种不完不全没头没脑的不通句子,比较也少多了(虽然也还有)。那不过是鲁国的史官随手记录的朝报而已,后世自然不能不认它为一种史料。至于《左传》,据旧说是:孔丘做了那样"流水账簿"式的《春秋》,他就有一位朋友左丘明来把各事的真相与其前因后果详详细细的叙述出来,做成这部《左传》。据我看来,《春秋》与孔老二并无关系。说《左传》是左丘明所作,也颇难于相信。因为《论语》里记着孔老二"左丘明耻之,丘亦耻之"那样一句话,则左丘明至少是孔老二的前辈;但是《左传》竟记到孔老二死后二十七年的事,照口气看,记的时候还要在后,而且《左传》中还有战国时候的官名与制度。我以为这是战国时候一个(或者不止一个)有点文学手腕的人做成的一部历史,它并不是什么《春秋》的"传",它与《春秋》是没有关系的;它与《国语》本是一书,那部历史起周穆王迄周贞定王(约当公历纪元前1000—前451),本是分国的,刘歆硬把它与《春秋》相关的一部分取了出来改为《春秋》的传(看康有为的《伪经考》与崔适的《史记探源》及《春秋复始》),所以今本《国语》与《左传》叙述事迹,往往此详彼略,彼详此略。论到这部历史,不仅是史料,而且是一部叙事有条理的古代的好历史,文笔也很优美,可以比得上元明间的《三国演义》。虽与现代的历史比,它也未必就配算历史;但若与《尚书》《春秋》比,不知道要高过它们几万倍。要知道一点周朝的事迹,可以将《国语》与《左传》合看;不过那里面的事迹,不但我们不敢恭维,恐怕与那班卫道先生们想"敦士习以挽颓风"的雅意也不免有些背道而驰吧。我们是主张"读书以求知识"的,本来就没有想效法书中的鸟道理,所以不管什么奸庶母,奸妹子,奸嫂子,奸媳妇,奸侄媳妇,交换老婆,国君奸大夫之妻,祖母吊孙子的膀子,儿子杀老子,老子杀儿子,哥哥杀兄弟,兄弟杀哥哥……种种丑怪的历史,既然有此事实,不必"塞住耳孔吃海蜇",尽可以看看读读。他们是主张"读书以明理",要以书中人事为模范的,像那种经书似乎还以不读为宜。

(八)《春秋公羊传》

《春秋》一书,从孟老爹以来都说是孔二先生做的,又说这里面藏着许许多多大道理;于是越说越古怪,竟说到个个字里都有意义的,名为"微言大义",又名"非常异义可怪之论"。但若问何以见得这几个平凡的字中藏养这些微言大义呢?据他们说是孔老爹做《春秋》时想骂人,而他胆怯,恐怕骂了人,人家要拿办他,于是异想天开,把骂人的话暗暗的告诉他的徒弟们,叫他们记住,而自己却在一部鲁国的朝报《春秋》上做了许多暗号,这里挖去一个字,那里添上一个字,这里倒钩一个字,那里涂改一个字,让将来他要骂的人死尽死绝了,他的徒子徒孙们便可以把记住的那些骂人的话,"按图索骥"的写它出来。所以到他死后三百多年(汉景帝时),便发见了这部《公羊传》,把他骂人的那些微言大义一五一十的记在上面。但是,那种说法,我们总觉得有些离奇,不敢随便相信。我们对于《春秋》,还是平凡些,认它为一部与孔丘无关的鲁国的"断烂朝报"吧。讲到《公羊传》中那些微言大义,也不过是晚周、秦、汉时候的儒家那种昏乱的政治思想与人生观罢了,可以与《礼记》作同等观。

(九)《春秋榖梁传》

因为表彰《公羊传》的人们中间有一位董道士,名叫仲舒的,他拍上了汉武帝的马屁,居然"定孔教为国教";所以汉朝的公羊家说孔老二当时像李淳风、刘伯温那样,掐指一算,知道有个姓刘的地保将来要做皇帝,他便提起笔来做了这部《春秋》,那里面都是替姓刘的打算怎样稳坐龙廷的办法的(不过这又与"想骂人而胆怯……"的话合不起头寸来了。反正都是死无对证的信口胡说罢了)。大概他做这部书的目的,是打算预约将来那位刘地保与他的子孙永远送牛肉给他吃的吧。孔老二的《春秋》对于姓刘的既有那样的大功，自然公羊家也交了红运，到手了一个博士，阔气起来了。于是别人便有眼红的，也来弄一部《春秋》的"传"，也想骗到一个博士。那班人便把《公羊传》来改头换面，颠来倒去，弄成一部《穀梁传》。我觉得"穀梁"二字都有些古怪，它与"公羊"二字不是双声叠韵吗？（公羊，ㄍㄨㄧㄤ；穀梁，ㄍㄨㄌㄧㄤ。）《公羊》尽是怪话，看看还有些趣味；《穀梁》浅薄无聊，文理不通，简直是不值得一看的书。

（十）《论语》

这是孔二先生的思想的记载，是古代哲学史料之一种。孔二先生那个人，在二千四百年以前，自然算得上一个人物。但是这位老先生的头脑实在太笼统了，不要说比不上现代的人，便是宋明的儒者，他也还比他们不上。试拿朱熹的《朱子语类》与《论语》相较，我们觉得朱熹思辨的能力比孔丘要高明过千百倍。不要说宋明的儒者了，便是他老人家的数传弟子荀况，不过比他迟了二百年光景，讲话已经要比他清楚得多，比他有条理得多了。我这样说，或者有人说我因为要打倒他，所以故意批坏他。其实不然。我对于孔学（实在可以称"孔教"，因为二千年来迷信他的人，的确是用迷信宗教的态度的；只因一班酸溜溜的新先生们最爱说"孔学不是宗教"这句话，我是最不高兴加入这种讨论的，所以这里就称为孔学）之毒痛二千年，用三纲五伦那种邪说来惑世诬民，惨杀多人，的确是痛恨不过的。但说孔丘这个人的头脑笼统，这倒不是骂他的话。他本是中国最初的学者（老子与《老子》的时代，我与梁任公有同样的怀疑，我也觉《老子》是战国时候的作品），当然不会怎样高明，当然应该不及后人。荀况比孔丘好，朱熹比荀况好，今人比朱熹好，这是很合于进化的真理的。假如孔丘以后，没有人比孔丘好的，而且都是比他不如的，这才是中国思想史上丢脸的事。

《论语》书中，虽然也略有几句可采的话，例如孔二先生叫人不要强不知以为知；他觉得人不能与畜生做伴，非与人做伴不可，所以应该把社会弄好一点，不应该消极不管事；他知道施行政治，应该想法先把人们的衣食住弄安稳了,才来教他们做好人,不像一班"輫"人以为饿瘪了肚皮不要紧,而忠孝节义这种屁话是非谈不可的……这一类话,不能不说他讲得有理。可是不成话的真也不少,什么"三年无改于父之道"哇,什么"不仕无义……君臣之义如之何其废之"啊;这还是思想的错误。还有像那"言寡尤,行寡悔,禄在其中矣"呀,"耕也馁在其中矣,学也禄在其中矣"呀,"以吾从大夫之后,不可徒行也"啊,"拜下,礼也;今拜乎上,泰也;虽违众,吾从下"呀,这都是什么话!卑鄙至此,真要令人三日作呕!还有,"季氏八佾舞于庭","季氏旅于泰山",这真叫做"干卿的事",要"他老人家气得胡子抖"(这是胡适之形容他的话)干么!他对于鬼神有无的问题的见解,似乎比前人进步了,而态度却并不高明。他大概是不相信鬼神的,但是他只肯说"未能事人,焉能事鬼","敬鬼神而远之"这种油腔滑调的官僚话,不肯爽爽快快说没有鬼神(也许是他的见解不彻底)。他的徒子徒孙辈里有一位公孟子便说"无鬼神"(见《墨子·公孟篇》),这比孔丘明白多了,干脆多了。他一面对于鬼神既已怀疑,偏又要利用它来蒙人,说什么"祭如在,祭神如神在",这是明明知道它们不"在",偏要叫人家"如"一下子,蒙人诡计,昭然若揭!人焉瘦哉!人焉瘦哉!

总而言之,统而言之,孔二先生虽然算得上一个人物,然不过二千四百年以前的人物而已。他以后的学者,超越过他的不知有多少,今人更不待言。所以无论怎样恭维他,他的真相总不过如此而已。他对于政治,道德,学问……都没有什么细密精深的见解。只因他老人家是一个"大夫之后"常常坐了"双马车"跑东跑西,认识当世的名流很多,又做过几天官,所以能够吸收了许多徒弟;后来那班徒弟四面散开,把老师的话常常对人家讲讲,于是他渐渐的就成了学阀,又因为皇帝们都爱他的议论,可以拿来压伏百姓,可以使"天下英雄尽入彀中",于是尊他为圣人,定他的话为"国教"。从此,他那几句讲得有理的话完全搁起,而干禄热中亲媚主上那种伧鄙卑劣的思想大发达而特发达,以致现在共和招牌已经挂了十四年,而中华民国仍旧还是"中华官国",驯至国将不国矣!

想知道孔丘的思想的人们,可以看看《论语》。若要以那里面的话为现代道德的标准,那个人就是混蛋!——还有一层看《论语》只应该依文理看,某句某句作何解,看明白了就完了;切不可像前人那样,用二百四十倍的显微镜把它放大!(不但看《论语》应该如此,看一切书都该如此。不过像《论语》那种所谓"圣人之书",看的时候尤其容易犯放大的毛病,所以我在这里特别提一句。)

(十一)《孝经》

这是一篇不满二千字的短文,不知是哪个浅人做的。其性质与《礼记》诸篇是一类的,也是儒家的昏乱思想。那样一篇不满二千字的短文,中间的昏乱思想却杀死了二千年来许多做儿子的!噫!亦惨酷矣!

(十二)《尔雅》

这是一部随手杂抄的关于字义的书,不过是字典的极小一部分的材料罢了。这种材料之对于字典,其价值功用,正如《尚书》之对于历史;只有研究文字学的人有时要用着它罢了。什么时候什么人抄的(实在说不上"做",只能说"抄"),现在是无从知道了,看其中有许多都在解释《诗经》的字义,大概是西汉传《诗经》的人们随手记录的。前人又说它是姬少帅所做,真是可笑!那位姬少帅,据说他实在贵忙得很,一天到晚要接见客人,不能安安逸逸的洗头发,不能写写意意的吃饭,还有什么闲情别致来抄字义?况且《诗经》是他以后的诗,难道他又是像孔二先生那样,掐指一算,知道将来有人做《诗经》,而且是些什么句子,所以预先把字义记下来吗?可是,做诗的人没有牛肉给他吃呀!他何苦做这傻瓜!

(十三)《孟子》

这是孟老爹的思想的记载,也是古代哲学史料之一种。讲到孟老爹这个人,人格比孔二先生要高尚些,他常要对于那班君们说不敬的话,他有时要与君开玩笑,这都是孔二先生所做不到的。但是他究竟是儒家,所以他虽然知道不好的皇帝是可以杀的可以赶的,他也知道百姓比皇帝重要些;可是像"人莫大焉无就戚君臣上下","墨子兼爱,是无父也",这类"辑"话,他又常要说的。总而言之,要做官,要有阶级,这是儒家不可改变的根本思想。你看,儒家之中尽有在学问知识方面很高明的,一到这个问题,"罨"话总是连珠般的来了。所以儒家的学说与ㄉㄝㄇㄛㄦㄚㄙㄧ是绝对不相容的,所以儒家的学说与共和国体是绝对不相容的。讲到孟老爹对于知识方面,却甚不高明,比他的晚辈荀况差多了(比起孔二先生来则未必不如)。荀况居然能做《非相》与《天论》,他只能说什么"天也"与"莫非命也"这类"罨"话!

"经"谈完了,这篇"开宗明义章第一"就此搁笔了。

这篇写得如此其长,以下"天子章第二,诸侯章第三……"也许只有三四行的短文章。若问几时写"天子章第二",现在不敢预约了,但是总希望"来"字不至于再写得那么多。

请了请了!再会再会!

(选自1925年11月23日《语丝》第54期)

关于魏建功的《胡适之寿酒米粮库》

中华民国十九年（1930）12月17日，值吾友胡适之先生的四十岁生日。那天他收到的寿辞，用白话文做的想来不少（究竟是否如此，我实在答不上来，姑妄言之，故曰"想来"）。其中有两篇是本会同志的大手笔：一篇是吾友赵元任先生做的《胡适之先生四十正寿贺诗》，一篇是吾友魏建功先生做的《胡适之寿酒米粮库》，赵先生的诗已登入本周刊第十七期（二十一年一月九日出版）。计已在送礼之后一年。魏先生这篇是用"平话"体做的，由我写成手卷，送给胡先生。那时曾经把它摄影一打，分给送礼的十二个人，当本周刊发表赵先生的诗之日，我就打算把魏先生这篇"平话"的照片找出来接着发表。只因人事粟六，兼复赋性疏懒：从一月九日起，自己就对自己说，"今天累了，明天找吧"；到了明天，又把这话照样再说一遍，说到十二月二十四日，足足的说了三百五十一遍。于是幡然改曰："如此拖延，实属不成事体！懒得找，就不用找了！把建功这份照片借来钞吧！"二十五日，访建功，把它借来，抄登在本周刊第六十七期，已是二十一年的末日，计已在送礼后之二年了。

上次登赵先生的诗，吾友白涤洲先生曾在"戏台里喝彩"，这是很对的。后台的人听了前台的唱，觉得他好，为什么不该喝彩！何必假装谦逊而不敢喝彩！我对于魏先生这篇平话,认为做得实在好,所以现在要响响亮亮的在"戏台里喝彩":"做得好！做得好！做得真好！"

魏先生这篇文章,把胡先生的志趣、思想,和他对于白话文学及科学考古的提倡,叙得"刚刚恰好",不蔓不支,且以祝寿之辞而能写得如此适合实际,没有虚美过誉之语,可谓"修辞立诚"矣。即此一端,已经值得我们在"戏台里喝彩"了。

但我要喝彩之意尚不止此。我以为美的文章,不独在内容上要"立诚",而在外形上还要灵活生动,方能引人入胜。能如此者,便是"文学"。我这所说的"文学"的意义,自然要害得一班"文学家"们笑掉了下巴。但即使如此,我还是要这样主张的。我最赞成适之先生的话,他说:

> 语言文字都是人类达意表情的工具；达意达的好,表情表的妙,便是文学。

他又说:

> 文学有三个要件：第一要明白清楚,第二要有力能动人,第三要美。

他又说:

> 我不承认什么"纯文"与"杂文"。无论什么文,都可分作"文学的"与"非文学的"两项。(《答钱玄同论什么是文学》,见《胡适文存》卷一)

清章实斋之论文章,是今之所谓"文学家"也者所不屑称道的。我则以为他的名论甚多,其《文史通义·内篇》卷六中有《杂说》一篇(见刘承干所刻《章氏遗书》本,通行本《文史通义》中无之),其中有一段极精辟的话:

> 今人误解"辞达"之旨者,以为"文取理明而事白,其他又何求焉?"不知文情未至,即其理其事之情亦未至也。譬之为调笑者,同述一言而闻者索然,或同述一言而闻者笑不能止,得其情也。譬之诉悲苦者,同叙一事而闻者漠然,或同叙一事而闻者涕洟不能自休,

得其情也。………夫文生于情,而文又能生情。以为文人多事乎?不知使人由情而恍然于其事其理,则"辞"之于事理,必如是而始可称为"达"尔。

胡氏所谓"有力能动人"及"美",章氏所谓"情",即我所谓灵活生动也。魏先生此文,做得很灵活生动,这是我更要喝彩的一点。

魏先生所以能做那样灵活生动的文章,固然由于他的手段高妙,但也由于他会选择文体,他选了"平话"这一种很好的文体,所以他这篇文章做得格外好了。

"平话"这种文体的好处很多,我现在所要提的仅在"不单调"这一点。我喜读《墨子》、《庄子》、《荀子》、《韩非子》诸书,因其于散文之中时引诗书,时引谚语,时引格言,时述故事,时作韵语也。我喜读《史记》,因其同为本纪,或同为列传,而文章之组织,人情之描写,变化多端,不是死板板的拘于一格也。我喜读宋以来之平话小说及章回小说,因其于散文之中时杂韵语也。我喜读维摩诘经变文,我喜读董西厢,因其说白与唱辞相关也。我喜读《大庄严经论》、《法华经》、《华严经》等,因其于散文之后必继以《丫古丫也。(Gāthā,正译"伽他",简译为"偈",造成汉语式之两字词则为"偈言"或"偈颂"。)

自从佛经里散文与偈言相关而成之文体输入中国以后,至唐代而产生"变文"这种新文体。(近二十余年以来在敦煌石室写本中发现的。罗振玉的《敦煌零拾》,刘复的《敦煌掇琐》第一集,及近出的《北平图书馆馆刊》中,均收入一部分,郑振铎的《中国文学史》中亦曾引及。)"变文"至宋代,又产生两支新的文体:一支是"平话",后演变而为明清以来之章回体小说;一支是"诸宫调"(如董西厢),后演变而为元之杂剧。前者是说的看的,后者是唱的,其作用虽不同,而文体之为散文与韵语相间而成则一。这种散韵相间的文体,很活泼,很自由,故很适用。凡说理、叙事、写景、抒情,散文都能适用,韵语或无韵之偈言也都能适用。用散文来说理与叙事,用韵语来写景与抒情,这是普通的办法,可以不用说。用偈言说理的是佛经。如《法华经》、《华严经》、《法句经》等的偈言,说理何等明白晓畅！用偈言叙事的,如《佛所行赞经》与《佛本行经》,其叙述之曲折与描写之生动,尚远过于散文。偈言与韵语之异,只在无韵与有韵耳;用偈言所能达的,用韵语当然也能达。用韵语说理的,如寒山子诗与邵雍的《击壤集》等,是说哲理的;今人乐均士所做的《夸阳历》鼓词,是说科学的。用韵语叙事的,如《诗·大雅》之《文王》、《大明》、《绵》、《皇矣》、《生民》、《公刘》等,后来如《孔雀东南飞》,如金和的《椒雨集》中多数的诗皆是。用散文写景的,如《洛阳伽蓝记》、《水经注》、《徐霞客游记》等是。用散文抒情的,如韩愈的《祭十二郎文》、《送董邵南序》等是。看这些散文,可知用散文来写景与抒情,决不弱于韵语,有时或且过之。散文与偈言或韵语的用既无高下,则凡说理、叙事、写景、抒情,固可任用某体。但若参杂相间而用之,则文体不单调,我觉得更好。

但这还是在文学的立场上说。若言民众所最爱好又最易了解最易感动之文章,当推"弹词"与"鼓词"等。此类通俗文体,也是"变文"所产生的,实即近代之"平话"也。此类文体,既具有活泼自由之美,而又最适于民众之用,故在今后实在还应该大大的提倡。我以为我们(不是咱们)应该效法ㄊㄛㄌㄙㄊㄟ(Tolstoy),取通行于民众的故事与传说,取适合于民众的语言与文体,输入新道德、新思想、新知识等等,或取旧本而改造,或摹拟其口吻及表示法而创作(《夸阳历》鼓词,便是很好的创作),如ㄊㄛㄌㄙㄊㄟ做《空大鼓》《与呆子ㄧㄨㄢ》等小说的办法。如此,方于民众有益。(其实也是就一种好的文学作品。)

我虽有上述的主张,但我自己却是绝无文学天才的人,无论什么文体,到我手里,永做不好,甚至于做不出来,故我自己对于此道是早已绝望了。国语青年同志中对于此类文体最有研究者,得二人焉,一即魏建功先生,一为孙子书(楷第)先生;他们二位都能把此类文体做得很好。孙先生有一次写了一封平话体的长信给我,写得极有风趣。可惜今夏大雨,我的寓室竟闹到"床床(俗本作'床头',非。)屋漏无干处",有些纸堆都霉烂了,恐怕有碍卫生,只好付之一炬,而孙先生的平话体信竟因此而遭了"焚如"之厄了,好在孙先生将来一定还会源源不绝的大做其平话体的文章的,我们擦亮了眼镜等着瞧吧。魏先生不但能做,而且很主张提倡此类文体。与我不谋而合,真令我高兴极了。我希望魏先生多多创作,多多变化,使此种散韵(或偈)相间之文体今后再开极美丽灿烂之花。

1932 年 12 月 29 日

附:胡适之寿酒米粮库

魏建功

更不伤春,
更不悲秋,
以此誓诗。
任花开也好,
花飞也好;
月圆固好,
日落何悲!
我闻之曰:
从天而颂,
孰与制天而用之?
更安用为苍天歌哭。
作彼奴为!

文章革命何疑!
且准备搴旗作健儿!
要前空千古,
下开百世;
收他臭腐,
还我神奇。
为大中华,

造新文学,

此业吾曹欲让谁?

诗材料,

有簇新世界,

供我驱驰。

——调寄《沁园春》

这首词儿是从事革新中国文学的先锋将胡适之的《誓诗》。当时是民国五年(1916)的春间,这人正在美国纽约城哥伦比亚大学留学,是一位天下闻名的才士,姓胡,单名适,表字适之,年方二十四岁。原来胡家是安徽绩溪的大族;他父亲铁花公游宦江苏,转官台湾;太夫人十七岁过过门来,是续弦的,所生只他一个儿子。甲午之役,清廷把台湾割给日本,胡铁花先生回到内地,却就死在厦门,那时他才五岁。老先生遗命一定教让他读书,太夫人督责的很严紧,时常勉励他道:"我一生只晓得有这样一个完全的人,你将来做人总要学你的老子!"十四岁上,他被送到上海入学,三年才许回家一次。民国前二年(1910),他考取美国留学生,就放洋去了;先学农业,改修政治经济,兼治文学哲学,最后专攻了哲学,得了博士学位回来。

他生来性情洒落,怀抱远大;旅居上海,也曾诗酒豪迈,纵情奔放,正是:

少年恨污俗,

反与污俗偶。

一日大醉几乎死,

醒来忽然怪自己:

父母生我该有用,

似此真不成事体!

他交游的朋友,很能策励相彰:"学理互分剖,过失赖弹纠。"去国六七个年头,大加抖擞,颇读了一番书。他尝有《朋友篇》一诗,内中说:

  清夜每自思。
  此身非吾有：
  一半属父母，
  一半属朋友。

起先在美国绮色佳城读书，那地方几乎成了他的"第二故乡"，但看他写这地方的景致：

  山前山后，
  多少清奇瀑布，
  更添上远远的一线湖光；
  瀑溪的秋色，
  西山的落日，
  还有那到枕的湍声，
  夜夜像雨打秋林一样。

这一派景色中住着这一位文采豪华的才士，又加同住了几位能酬唱咏和而联盟与他成劲敌的诗友。终朝每日受着外国文学空气的振荡；纵然他是为了挽救中国贫弱，不治文学，试问这样情境如何能不焕发起他的文学趣味？当时经过了民国四年五年（1915、1916）两个年头，他们在海外早争论起"死文学""活文学"的问题来。

  提起中国文学史的消息，那一线生命未曾与语言离得毫厘；只争无人识透这哑谜儿；即使省得，又无人肯打破这闷葫芦儿，和盘托得出来。前六十年左右却有一位有志革新的诗人黄遵宪，他少年所作《杂感》诗道：

  吁嗟东京后，
  世芥文益振；
  文胜失则弱，
  体竭势已窘！
  后有王者兴，

> 张网罗贤俊,
> 决不以文章:
> 此语吾敢信!
>
> 俗儒好尊古,
> 日日故纸研,
> 六经字所无,
> 不敢入诗篇;
> 古人弃糟粕,
> 见之口流涎,
> 沿习甘剽盗,
> 妄造丛罪愆!
> 黄土同抟人,
> 今古何愚贤?
> 即今忽已古,
> 断自何代前?
> 明窗敞琉璃,
> 高炉爇香烟,
> 左陈端溪砚,
> 右列薛涛笺,
> 我手写我口,
> 古岂能拘牵?
> 即今流俗语,
> 我若登简篇,
> 五千年后人,
> 惊为古烂斑。

黄遵宪倒是尽过一番心血,可惜只限于他自己创作的成功,何曾影响给旁人!又何曾影响到学术的全部!正是:

> 风定始知蝉在树，
>
> 灯残方见月临窗。

偏生再过了四五十年，这位先锋将走向海外，服膺了"实验主义"的哲学，身受了"科学方法"的训练；回到国内，彻底澄清的匡正了思想，才水到渠成的革新了文学。凡是学术没有不互相贯通的，这才给了世人更加相信的证券也！

且说这位先锋将慧眼高深，法力广大：

> 刍议改良，
>
> > 劝众"八不"入手；
>
> "历史观念"，
>
> > 劝人一念持信；
>
> 建设宗论，
>
> > 造成十字名言；
>
> 播扬创作，
>
> > 写就连篇考证。

那"八不"是：

> "1. 不做'言之无物'的文字。
>
> 2. 不做'无病呻吟'的文字。
>
> 3. 不用典。
>
> 4. 不用套语滥调。
>
> 5. 不重对偶：——文须废骈，诗须废律。
>
> 6. 不做不合文法的文字。
>
> 7. 不摹仿古人。
>
> 8. 不避俗语俗字。"

那十字是：

> "国语的文学，
>
> 文学的国语。"

那古老的"非国语文学"却重重的栽着一个跟斗,不啻从九霄云头跌落下了千丈深坑!倒也有些卫道的人替古文"会师勤王",直到如今不三不四的还有人在报尾巴上嘲骂两句!最有意味的纪念要算当日林纾将"狄莫""秦二世"的隐名来影射"胡适"写成的小说了。自从民国七年(1918)教育部正式颁行了注音字母,公布了"国音字典";九年(1920)又规定全国小学实行渐次改授国语;现在已成当然不疑的事实:这种成功,自与这位斩将搴旗的先锋奋斗的阵容声气相通。

民国十二年(1923)由他主编的北京大学的《国学季刊》发表了宣言,提出三个方向来督责勉励治学的同志。就辟出辨伪研究的大路,开发实地考古的先声。有分教:

世间多少迷路客
一指还归大道中。

走惯了"磨磐"路的中国学术界,这才紧趱了一程:从思想的革新到学术的革新,从文学的改革到文字的改革。打民国六年到十一年(1917—1922)六年之间全在思想和文学改革的时期中;十二年(1923)以后,便进步到了学术革新和文字革新的时期。回头一算,转眼也就如同隔世,所谓"时代"似乎有一日千里的变化,不觉已是十三四年了!这位革新的先锋,他遭母丧,结婚,得子,教书,讲演,著述,中间又生病,又几番在国内外旅行,毁誉荣辱,在精神劳力上都有相当的增损;他也就到了中年,是四十岁的人了!

民国十九年(1930)12月17日便是他的四十整生日。他的朋友和学生们中间,有几个从事科学考古工作的,有几个从事国语文学研究和文字改革运动的,觉得他这四十岁的纪念简直比所谓"花甲""古稀"更可纪念:因为在这十三四年中间他所尽力于中国学术的辛苦,应该获得一些愉快,应该享受一点安慰。好在他早有可以自寿的"不朽",即如这首"旧诗",尽够当祝语,不用旁人再赞一字了:所以他们不想用什么话句来祝他,只将他十三四年来努力的梗概记下。他们毕竟是谁某?原来是

这十二个人:

北 平	白涤洲	镇瀛
宁 波	马隅卿	廉
东 台	缪金源	金源
织 金	丁仲良	道衡
湘 潭	黎劭西	锦熙
汉 川	黄仲良	文弼
吴 兴	钱疑古	玄同
唐 河	徐旭生	炳昶
绍 兴	周启明	作人
北 平	庄慕陵	尚严
沧 州	孙子书	楷第
如 皋	魏建功	建功

十九年他再住北平,定居米粮库,便赶上是生日。他从自己诗里说,"幸能勉强不喝酒,未可全断淡巴菰",是早已受了酒戒了;这次生日应该替他开戒,好比乡下老太婆念佛持斋,逢了喜庆,亲友们来给她开了斋好饱餐肉味一样。

如今为要纪念"人"、"事"、"地",便写下恁个题目:

胡适之寿酒米粮库。

魏建功撰
钱玄同书

(选自1933年1月14日《国语周刊》第68期)

章太炎《清代学术之系统》演讲笔记的附记

1931年2月29日,章太炎先生来平。3月31日,师大研究院的历史科学门及文学院的国文系和历史系合请先生为学术的演讲,这篇文章就是那天的演讲笔记。自从前年(1932年)年底本月刊发刊以来,我早就打算把它登在去年(1933年)的《文学院专号》中。但因那时北平一天一天地危急起来,学校与个人都闹到"不遑宁处",这篇笔记不知道给我搁在哪儿啦,所以只好暂且不提。最近居然无意之中找到啦,我把它看了一道,觉得柴德赓君所记大体都对,但亦间有未合之处,于是把它略略修改了一下。修改的时候,极力追想那天所听的话,但模糊、错误、忘记之处一定很多。当柴君把这篇笔记誊清了,托方国瑜君交给我的时候,太炎先生尚未离平,我请他自己看看,他对我说,"你看了就行了";而我当时竟偷懒没有看,直到现在才来动笔修改,实在荒唐得很。所以要是还有错误,那是我的不是,我应该负责声明的。

1934年3月11日

(选自1934年3月《师大月刊》第10期)

悼念追忆

>>> 钱玄同 疑古玄同 >>>   疑古玄同 >>>   疑古玄同

悼冯省三君

我昨日早上看《晨报》，忽见周启明君所登广告，惊悉冯省三君竟于16日在广东病故了，同日晚上得到10日省三从广东寄给我的信。我在一天之中听到他的死耗又看到他最后的来信，很起了悼惜之感。

启明说省三是一个"大孩子"（《世界语读本》的序），这是极确当的话。省三非常地天真烂漫而又好学：他的谈话的态度很直率，他的信札的款式很美丽，这都是很可爱的；他学 Esperanto 的成绩是很可惊的。

我知道他的姓名，在1922年的夏天。那时西城有一个学 Esperanto 的地方（它的名称我记不起来了）。我的儿子秉雄上那儿去学 Esperanto，我看见他拿回来的真笔板写印的讲义，真是"比印刷还要整齐，头字星点符号等也多加上藻饰"（这也是启明文中的话），很觉得别致和有趣；秉雄告诉我，教他 Esperanto 的先生叫做冯省三，这讲义便是他写的。那年的双十节，北京的工学各界对"废兵运动"的游行，我也跟着大家跑，忽然看见内中有一个人手里拿着一面小红旗，旗上写着"Anarhhismo"一个白色的字，秉雄对我说，这拿旗的就是冯省三先生。不久北大闹了什么"讲义风潮"，校中拿他来开除了;我事后打听,才知道真正的主谋者早已销声匿迹了,省三是临时去看热闹的人(自然他也不免夹七夹八地说了几句话),大家快要散完了,他还不走,于是他就得了开除的处分!今年2月间,省三忽然写信给我,讨论传播 Esperanto 的问题。4月9日的晚上10点半钟,他来访我,为了"世界语专门学校"的事件。这是他和我初次见面。过了半个月,他又写信给我,并且把他新编的《世界语名著选》的目录抄寄给我,要我做序。"五一"那天,我的序做得了;"五四"的前一天,我把它誊清,傍晚我亲自送去给他。他给我信时,他说住在南河沿的大纯公寓;但我上大纯公寓去访他,他已经迁到沙滩的云升公寓去了,我寻到那边,居然访着。他拿他抄得了的《世界语名著选》的稿本给我看。我赞他抄得真美丽,他也很高兴。他就翻出一篇来给我看,说道:"您看!这抄得多么美呀!"他又一只手翻着它后面附录的词汇,一只手指着一张女子的相片,说,"这是伊帮我做的。"我问他:"伊是谁?"他说:"是我的未婚妻。"后来他一面吃饭,一面对我滔滔汩汩地谈"世专"的事。我觉得他确如启明所说"非常率直而且粗鲁",我也觉得他的"可爱的地方也就在这里"。这是我们第二次见面——也就是最后一次见面了!5月19日,他寄了一封铅笔写的不美丽的信给我,头一句是"我现在在渤海里,再有一个钟头就到烟台了"。我读下去,知道他要到广东大学去教 Esperanto。不料他去了不到一个月,竟长逝了!

我写"悼冯省三君"的文字,竟写成这样一段流水账式的文字,未免太不成话了。但有两层不得已,所以只好这样写。一则我是没有一毫一厘的文艺天才的,便打死我,我也写不出非流水账式的稍微像样的文字来。二则我从知道省三的姓名直到昨晚接到他最后的来信,虽然交谊不过如上文所述,但我每次听到他或是见到他,总使我发生一种"稚气可爱"的感想;非照那样流水账式的叙述我们的交谊,我总觉得不痛快。因为这两层缘故,所以便写了那样一段极不艺术的文字,顾不得看官们要皱眉摇头了。

省三最后给我的信(6月10日),我现在把它完完全全抄在后面,这虽是省三的文字,但我又认它是我这篇《悼冯省三君》的一部分;因为这封信很可以作为他的性格的叙述。

玄同先生:

在船上时,我写与你一信,不知你可已收到了。我是5月30日到粤的。到后,本想立即写信报告你,我已到了;但是因了头目尚在眩晕,身子正在疲乏,而迟延到如今。

在这信上,所报告的,也没有什么许多话,不过只把我进了广州城所看见的许多奇怪的事情告诉告诉罢了。

我一进广州城,第一件使我奇怪的事情,便是街上有许多的铺面,门上悬着一个白布帘,在它上边写道"优等谈话处","谈话请进内"等等。我一看见这东西,便奇怪得不得了:"谈话处?谈什么话?谈话这事也成了生意吗?还是广州正在军马倥偬之际,特别戒严,竟至禁止人民接谈,要是有话要谈的,须得到这谈话处来呢,还是什么东西呢?"然而街上,在谈话处外边,仍有许多的人随便在谈话。"唔,是谈相的罢?"然而,后来,又看见谈相的招牌是写的"谈相",那末,这谈话处当然不是谈相的了。"不是谈相的,一定是窑子,是的,恐怕是窑子!"——然而也不是的。直到这一天,我又经过一所谈话处,凑巧,风把那布帘飘开了,"嗷!原来是干这个玩艺儿的呀!"这个疑谜才被我猜着了。第二件使我奇怪的事,也是街上有许多铺子,而且是很 luksa 洋楼,在它们的门面上挂着这样的招牌:"楼上银牌"。这更使我莫名其妙了!后来我竟亲自进去看了看,也知道了。

广州的政府穷则穷矣,然而竟至用这种方法来筹饷,未免也太岂有此理了!

许多的革命家往往说:"论目的不论手段。"然而我记得人家所取的手段,总是在"不伤大体"的范围之内。如今广州的政府竟至用这种手段来筹饷,便是将来成功了,我想总不能不算它的革命史上的一个顶可耻的瑕疵。况且广州政府之穷,听说是因为赋税被中饱的缘故。那末,政府不设法防止他们这些中饱的,却让人民干这种万恶的事以为国税的来源,更见得广州政府之昏聩。他们这些事情,我们没有工夫去谈及,现在我请你当做一件逗趣的事情来猜猜以上那两个谜,就是所谓谈话处谈什么话,和楼上银牌是什么牌?我现在把这两个"谜底"秘贴在这里,你猜半天猜不着时,再拆开看。

谈话处是鸦片烟馆,那一个是赌局。(这十四个字的上面,原信用纸贴住。)

再说,就是语言不懂的困难。广州的人民,除开广州话外,所最注意的便是英文;至于中国的国语,在他们是毫不相干。我在船上的时候,同舱有一位广州 Komencisto,我为了到广州之后懂话容易一点,便趁机会同他攀谈。我问他:"广东的学校是男女合校吗?"这样问了七八遍,他总是瞪着眼不懂,我真急了,他也急了。后来,我无奈,便用手比方,我用手拍拍我的胸,又指指他,意思说,我们的乳都是平的,是男;又用两拳比作乳形,放在胸上,意思,有高乳的是女。这样,我再问他:"广州的学校是不是男(比方)女(比方)合校?"他一笑,这是懂了,于是回答我。他回答我时那痛苦,如我问他时是一样的,也是急得什么似的,后来,他用笔写了,哎呀呀;我的天哪! 钱先生! 你猜猜他回答我什么? 哎呀! 可把我笑破肚子了! 他写道:"广东的女子,生过儿子的其乳大,未生过的其乳小!"哎呀! 天哪,费了半天劲,出了半天汗,他还是不懂我问的什么,竟回答到这样驴唇不对马嘴! 中国方言之害,竟至如此! 至于到了广州城,便是到了外国了,有耳不能听,有口不能说,成天像个哑巴,又像个傻子,要是到了不得已而必须说话时,便求之于笔的写。我以为这校是高等师范,会国语的一定很多很多,哪里知道他们的国语的程度,十个学生里挑不出一二个会懂的来;至于会说的,一百个里或者有三四个! 国语运动了这些年,而运动得又那样热烈,中国的一个国立高师还是这样,岂不奇怪! 有一次,我叫听差到厨房对厨子说这句话:"不要再给我做甜的菜,要做咸的。"说了半天,他不懂;

他不懂,因他没受过教育,不足为奇。后来找了三四位受过高等教育的学生来翻译,然也都不懂,终于我用笔写了,才算过了这个难关,我曾作了一首诗,说我到广州说话困难的苦处——

"进了广州城,不啻到外国:

有耳不能听,有口不能说。

说话各样打手势,听话老是问'什么?'

手势打了千百遍,两人还是对着看;

'什么?'问了千百次,还是不懂什么事。

他直燥得冒汗,我便急得打转!"

(这首诗把我——恐怕所有初次到广州的北方人,到广州不懂话的苦况和中国方言的害描写尽了。)

此外,气候的蒸热,饮食的不服,真把人苦死,我的身体本壮,犹一天在病的状态里生活;张崧年先生,简直天天吃药!

冯省三　6月10日

1924 年 6 月 19 日

(选自 1924 年 6 月 23 日《晨报副刊》)

亡友单不庵

钱玄同　讲

何士骥　记

不庵先生（清光绪四年戊寅——民国十九年）于去年三月在上海得了脑膜炎的传染病，缠绵病榻者十个月，终于治不好，不幸竟于本年一月十三日逝世！他一生治学勤奋，诲人不倦，道德高尚，出处狷介，凡认得他的人没有不是十分敬佩他的。三月三十日，他的在北平的朋友们，假国立北京大学第三院开追悼会。我因为和他平日过从最密，很知道他一生治学的经过，所以在追悼会中，单就这一点来叙述一番；当时承蒙朱汇丞和何乐夫两先生记录下来，又承何先生把它整理成篇，我真十分的感谢他们两位。现在自己再略略修改，把它发表。

十九，四，六，钱玄同

今天咱们开会追悼单不庵先生，因为我与单先生有二十五的交谊，对于单先生一生的治学经过，比较的知道得详细一点，所以今天由我略略地来叙述一叙述：

我和单先生订交是在乙巳年（清光绪三十一年），而彼此知名，则早在乙巳以前——因为我家和他家是亲戚。

自从我们订交以后,有时共事一方,有时异地通信。除我们两人以外,以前还有一位民国八年去世的北大教授朱蓬仙(宗莱)先生。我们无论见面或通信,总是上下古今地谈些关于学术或教育方面的话。

现在我把单先生治学的经过,从他二十一岁起至五十二岁止——就是从清光绪二十四年戊戌至民国十八年止,共三十二年——分作四期来说。

第一期——自戊戌到辛丑

此四年中,我和他并无往来。那时我年纪尚小,只知他是我先兄念劬先生的内弟。后来(庚戌年)他给了我一封信,叙述他这四年中做学问的情形,我才知道这是他研究理学的时代。当时和他共同研究理学的还有两位:一位是叶心传(鲁)先生,一位是大家知道的蒋百里(方震)先生。那时候他们都专力于鞭策身心,躬行实践,就是研究如何做人的道理,并不是客观的历史的研究宋学的真相。单先生还恐怕自己对于孝亲敬长不能尽理,于是着手做一部书,名叫《滔天罪恶》,内容安全是责备自己的话;叶蒋两先生看了,觉得太过,单先生也就停止不做了。后来叶先生怎么样,我不知道;蒋先生则因为要想做救国的事业,不再从事那些修身独善之学,到杭州去读书,研究陈同甫一派之学,看《文献通考》,不久就赴日本学陆军去了;而单先生也渐渐转变趋向,舍理学而从事于新教育。故此四年可说是单先生研究理学的时期。

第二期——自壬寅到辛亥

在这时期中,因为清廷政治的腐败,和庚子拳乱在外交上受了从来未有的创伤,激起平日不问国事的书生,也群起而加入变法维新革命的运动。单先生本来是一个研究理学,并且倾向程朱而不喜陆王的人,平日是很讲求"穷理居敬"的工夫的;可是到了此时,把《宋元学案》和《近思录》等书,一律置之高阁,专读严几道先生译的《天演论》,梁任公先生撰的《新民丛报》这一类的新书,看了"生存竞争,优胜劣败"之学说,憬然有悟,认定中国非根本改革——从教育上根本改革,决不足以图存。他表面上虽像一迂拙的老儒,实际上却是一个头脑极新颖,言论极激昂的人。

他本是一个寒士,从十七岁(甲午)起,就在家中开馆授徒。到了那时,他深深感觉到旧教育的不良,于是自修日文,买些日本的教育书来看。要把《四书》《五经》废止不教,另用一种适合于儿童的新的教材来教授学生。适值商务印书馆第一次编辑的《初等小学国文教科书》出版,单先生以为用它来替代《千字文》、《百家姓》、《四书》、《五经》,一定好得多了。哪知买来一看,第一课就是"天、地、日、月、山、水、土、木"八个大字,他觉得这还是不适用的。他就自己来编一部《幼稚字课读本》,就在他的私塾里试用,改了几次,后来卖与上海文明书局印行(现在已经绝版)。它的内容,的确要比商务印书馆新编的要浅显得多。他那时最热心于新教育,节衣缩食,尽购教育世界社编译的书读之,又读心理学论理学之类的书,极注意海尔巴脱、廓美纽斯、裴斯太洛齐诸人的教育学说。乙巳年冬天,先兄从俄国回到上海,我那时正在上海读书,单先生到上海来访先兄,我因此得和他常常见面,这是我们订交之始。我知道他对于革命的书报也看得很多。那时吾师章太炎先生因为著文鼓吹革命(在癸卯年),被拘在上海的西狱中;他新著的《訄书》,单先生看了非常之佩服。但他以为革命须从教育着手,他曾经对我说,将来总想弄点经费,到日本去留学,但此事很不容易办到;其次则仿日本福泽谕吉氏自修英文的办法,出其死力以读《德文字典》,期以十年,希望能读德文的教育学术书籍。可是总因为他是一个寒士,饥来驱人,不得不为仰事俯蓄之谋,终于没有达到他的这种弘愿。(但他这自修德文的志愿,直到晚年,还不减退,这是他在北大时对我说的。)是年(乙巳)冬末,清廷派五大臣等出洋考察宪政,先兄被派赴日。翌年(丙午)春,即请单先生到日本去帮同编译政治书籍。是时我也在日本,单先生对我说,"我此次来日,是想借此机会,来研究日本的教育的。"但终于不克如愿,到夏间,就返国了。从丙午秋天到辛亥年,他在嘉兴府中学堂和秀水县高等小学堂担任功课,又曾办理过硖石的双山学堂(单先生本籍在萧山,但他生长于海宁硖石镇),以在秀水高小的时间为最长,担任的功课是国文、历史、地理。他丁未年办理双山学堂,在秩序上大加整顿,他校职员不得乱入教室宿舍;又把一间土地堂改作厕所；他把原有的"举人""进士"等匾额一一撤了下来：因此三事，大大的得罪了当地的绅士们，于是他就拂袖而去了。至于他所教的这些功课，实在不是他所喜欢的。他极愿意研究教育，又喜欢植物学。那时我和朱蓬仙先生都在日本留学，他常常写信来托我们买些关于教育和植物的书。又他在丙午年，曾取张之洞的"奏定学堂章程"，就其中蒙养院和小学堂两部分，根据新教育原理，驳斥其谬误。故自壬寅到辛亥这十年中，可说是单先生研究教育的时期。

在此时期中，他有一点和我相反的意见。戊申己酉两年，我还在日本，我和今日在会的朱遏先生、沈兼士先生、马幼渔先生等人请章太炎先生讲授"小学"——即文字学，我们很感兴趣，那时我们有极端复古的主张：以为字音应该照顾亭林的主张，依三代古音去读；字体应该照江艮庭的主张，依古文籀篆去写，在普通应用上，则废除楷书，采用草体，以期便于书写。我将这个意见写信告诉他。他认为文字学是极应研究的，而复古的主张则表示反对。他以为不但三代古音可以不必恢复，在小学教育上还应该用方音读书：比方"人"字，官音念作"ㄖㄣ"，而在江浙却不妨依方音念作"ㄏㄧㄣ"；"父"字旧读上声，现在大家都读去声，就不妨读作去声。只有采用草体的一节，他却非常的赞成。由此可见他那时始终是主张适今而反对复古的。

第三期——自民国元年到八年

民国元年先兄担任浙江图书馆长，请单先生去帮同整理文澜阁的《四库全书》。（从此以后，一直到他得病之日止，他对于图书馆编目的事，未尝间断，先在浙江，后在北京大学，最后在中央研究院。）文澜阁的书，遭太平天国的兵燹，毁去不少；后来由杭绅丁氏抄补了一些，但缺失尚多。至民国三四年间，先兄在北京邀集浙江同乡，集资补抄，即请单先生在杭主持其事。单先生那时悉心搜求，从事补抄，又在旧书坊中买回太平天国以前窃售的旧抄也不少。他有时一面还兼着教课，但他的主要工作则全在图书馆方面。故此期可说是单先生最尽力于图书馆的时期。

单先生的"为己之学"，此时倾向到"朴学"方面来了，他对于高邮王氏和德清俞氏的治学方法,最为崇仰。我还记得民国二年他做过一部关于杨子《法言》的训诂的书,全是用王俞的方法的。他尝说:"整理故籍,最要紧的就是求真;要求真,就得讲究考证。古书中许多难文误句,不易懂的地方,现在渐渐能够读了,这全是清朝人讲究考证的好处。"他对于经书的真伪问题,是赞同晚清今文学家之说的。晚清的今文学家,可以拿康长素先生来做代表。长素先生治经的工作,可以分作两部分:一部分是辨证《古文经》为刘歆伪作;一部分是发挥《春秋》等书的微言大义。《新学伪经考》是做前一部分工作;而《孔子改制考》、《春秋董氏学》、《春秋笔削大义微言考》、《礼运注》等书,则做后一部分工作。单先生对于古文经,认它是伪造的;而对于"春秋微言大义","孔子托古改制"等说,却总持存而不论的态度——我看他是不相信的。单先生的主张,实与先师北大讲师崔怀瑾(适)先生最为相近,目的只在辨证古文经之为伪书而已;所以他对于崔先生的《史记探源》是非常之佩服的。故自民国元年到八年这八年中,又可说是单先生讲求朴学的时期。

在此时期之末,单先生在浙江省立第一师范学校教书(民国八年)。那时杭州学界因受了新思潮的冲击,教员和学生发表新奇议论的很多,单先生与当局意见不合,遂辞职而去,于是大家都疑心他守旧。"五四运动"以后,单先生到北京来访先兄,我也以为他守旧,他以为我是和浙江一师的师生们的见解一样的;所以向来和他无话不谈的我,此时见到他,也像隔了一层膜似的。我们本想请他到北大来教书,但他住了一个多月,终于回南,仍旧到嘉兴中学教书去了。

第四期——自九年到十八年

民国九年,我们又写信去请单先生来北大教书,他答应了,秋天来到北京。我请他老老实实的把对于新思潮的意见告诉我们,并且请他表明自己的态度。他说,"浙江鼓吹新文化的人们,实在浅薄得很。近年出版的新书报,有许多我早已看见过的,他们都还没有知道。我看他们并没有什么研究,不过任一时的冲动,人云亦云罢了。至于文化革新的运动,我是很以为然的。譬如胡适之先生的《中国哲学史大纲》,用新方法新眼光来说明旧材料,见解那样的超卓,条理那样的清楚,如此整理国故,我是十分同意的。我自己今后治学也要向着这条路上走。"我又问他对于白话文的意见如何。他说,"我本是很赞成的,白话文老妪都解,实在是普及文化的利器;但不赞成拉拉杂杂夹入许多不雅驯文句的白话文。"从此以后,我们老朋友都了解他的真意了。他对于学生,向来就是循循善诱,诲人不倦的;他的国学既深邃,他在北大和师大(后来他又兼师大的功课)教书,也和胡先生一样,用新方法来说明旧材料:所以青年学子听过他的讲的,都对他非常敬仰。

那时在担任教课以外,仍兼图书馆的工作。他曾在北大图书馆编中文书的书目,努力不辍,功绩甚著。十四年年底因家事回南以后,十六年又到浙江图书馆担任编目的事,十七年与当局抵牾,愤而辞职。是年冬,受中央研究院之聘,也是做编书目的工作,谁知不久,就病了——从此他就不起了!

当他在北大的时候,我们因为他从前是研究程朱理学的,很想请他用新方法来讲授程朱一派的哲学。他说,"程朱哲学,可以用程伊川'涵养须用敬,进学则在致知'这两句话来概括它。照第二句话,便是向着科学的路上走;朱子补《大学》'格物'传,就是发挥此意。所以研究程朱之学,应该着眼于他们的科学精神方面。如朱子疑《毛诗序》,疑《古文尚书》,说《易经》只是卜筮之书等等,皆是科学精神的表现。"但他自己那时却不想讲程朱哲学,他担任讲授的是"浙学"。"浙学"是最重历史的,自宋至今,如吕东莱、薛艮斋、陈止斋、叶水心、黄梨洲、万季野、全谢山、邵二云、章实斋、宋平子、夏穗卿及章太炎师,皆是长于历史,不愿空谈"心性理气"的话。单先生那时很想整理"浙学",他曾细心研究薛、陈二家之书;他曾手抄叶水心的《习学记言》,后来又把它校印出来(在《敬乡楼丛书》中)。又他对于欧阳修辨伪疑古的文章,也曾把它细细的整理过的。他对于整理国学的人,最佩服的是胡适之先生和梁任公先生,这是他常常对我称道不置的。任公先生在清华学校编的《中国近三百年学术史》和《中国文化史》,他以为与胡适之先生的《中国哲学史大纲》同为整理国学的好书。他少年的时候,对于与程朱学说相反的,他都很不喜欢。庚戌年我和他谈到颜(习斋)李(恕谷)之学,因颜李骂朱子太过,他那时还是表示反对。又他对陆王,以前也是同样的表示反对。然而后来在北大的时候,他的态度变了。徐世昌刻的《颜李丛书》,他也买来研究。他在北大图书馆中看到李穆堂的《陆子学谱》,他说这书很好,这样叙述陆学,方不致一味谈玄,令人莫名其妙。他不但对陆象山不持一笔抹杀的态度,连张横浦他也很注意,那时张元济影印《横浦文集》,他说这是一部极重要的书。可见他晚年对于宋明各家的思想,主张客观的、平等的、历史的叙述,和他少年时代专主程朱,排斥余子的态度不大相同了。故自九年到十八年这十年中,可说是单先生整理国学的时期。

他晚年虽不研究教育,但他对于儿童教育的见解还是很新颖的。民国十四年,黎劭西先生和他几个学生办了一种《儿童周刊》,单先生看见了,向黎先生说,一定要买一全份。我问他,他说要留给他儿子将来看的。那年他儿子只有五岁,还看不懂《儿童周刊》。今年十岁了,正是看《儿童周刊》的时候了,但他已经变了无父的孤儿,听说在一个旧式的私塾里念书,他永不能再受他慈父的好教育了!唉!

我今天只能叙述单先生治学的经过。我觉得他的一生的治学精神,可以用"健实"两个字来说明它。单先生的肉体虽死了,他这种精神是永不会死的。

(选自1934年4月21日天津《大公报》)

亡友刘半农先生

民国二十三年七月十四日下午五时顷,我在中国大辞典编纂处正与黎劭西先生谈天,劭西忽然接到马幼渔先生的电话,说是刘半农先生于本日下午二时一刻死了。我那时得到了这个噩耗,不禁怔住了,心想怎么生龙活虎般的半农竟会死了呢?"刘半农"和"死了"这两个词儿现在就会联成一句话,怕是谁也不会想到的吧!

我与半农相识,在民国六年之秋,至今已历十七年;那天听到这个噩耗,十七年前的印象忽然涌现于吾前。我颇想把十七年来我所认识的半农的性格、思想、学问、文章、及杂艺写它出来,以纪念吾亡友,可是为天气、时间、我的精神及本刊此期的地位所不许;所以现在只好先就他与国语运动最有关系的三点极简单的写几句提纲;以后当再析为各部分,由黎劭西、魏建功、白涤洲先生与我详说之。(本期所载劭西及建功之文,即此详说之一页。)

现在所要说的三点,虽然是专与国语运动有关的,其实半农一生最重要的学问亦即在此。这三点在国语问题上是三个部分,而在半农的工作上则为前后三个时期:

(ㄅ)革新文学,创作新诗,征集歌谣,究求文法(六年至七年)。这多半是半农在北大教国文时的工作。"文学革命军"之首举义旗者为胡适之先生,声援之者为陈仲甫先生:适之作《文学改良刍议》(载《新青年》二卷五号,六月一日),仲甫作《文学革命论》(载同志二卷六号,同年二月)。半农亦为声援"文学革命军"之一人,因作《我之文学改良观》(载同志三卷三号,同年五月),《诗与小说精神上之革新》(载同志三卷五号,同年七月),《应用文之教授》(载同志四卷一号,七年一月)诸文。从七年起,半农常常做白话新诗,后来他自己编为《扬鞭集》上中两册,至十四年所作止。这些白话诗,多数是用国语作的,但也有用他的江阴方言做的。此外还有《瓦釜集》一册,则全是拟江阴的民歌。七年二月,半农在北大发起征集全国近世歌谣,数年之中,收到了好几千首。后来北大成立歌谣研究会,特编《歌谣》周刊,多数都被刊登了。七年,半农在北大讲授国文法,曾用很新的见解编成《中国文法通论》一书。

(夊)实验四声,研究国语(九年至十四年),这是半农留学法国时的工作。有《国语问题中一个大争点》(十年十月)、《实验四声变化之一例》(十二年二月)、《守温三十六字母排列法之研究》(十二年二月)、《实验ㄕㄘㄓㄖ四母之结果》(十二年七月)诸文,及《四声实验录》(十一年),《汉语字声实验录》(十四年)、《国语运动略史》(十四年,此两书均用法文著)三书。

(冂)调查方音,搜采辞类(十四年至二十三年)。这是半农回国后在北大担任语音实验讲座时的工作。发表之文有《声调之推断及声调推断尺之制造与用法》(十八年)、《调查中国方音用标音符号表》(二十一年)、《明沈宠绥在语音学上的贡献》(十八年)、《"打"雅》(十五年)、《释"一"》(二十一年)诸篇。

半农是一个富于情感嫉恶如仇的人,我回想十五年前他作文痛骂林纾、"王敬轩"、丁福保诸人时那种热狂的态度,犹历历如在目前;但他决不是纯任情感的人,他有很细致的科学头脑,看他近十余年来对于声调的研究与方音的考察可以证明。这样一位虎虎有生气的人,若假以年寿,则贡献于学术者何可限量!不料忽被回归热这种传染病所害,因救治略迟,竟至不起,这实是学术界——尤其是国语界一件很大的损害!唉!还有什么话可说呢!

1934 年 7 月 19 日

(选自 1934 年 7 月 21 日《国语周刊》147 期)

哀青年同志白涤洲先生

约在十天以前，我因为距离半农的追悼会近了（会期在10月14日），想做一副挽联，叙述半农在学术上最大的几点贡献，因此把两个月以前对于半农的伤逝之感又引了起来。正在心中忽忽不乐的时候，晤到建功，知道涤洲病了，那是10月4日的事。5日，半农的生前友好及有服务关系的代表在北大二院共商对于半农的追悼及纪念各事，当时推定追悼会中报告半农的学问的是适之、岂明、玄同、涤洲、建功诸人；我说，涤洲病了，那天也许未必能出席报告，关于半农在语音乐律方面的发明，就请建功一人报告了吧。7日，晤建功，他说涤洲所患是肺炎；接着就有人说，不是肺炎，是伤寒，已经进了林葆骆医院了。9日下午，我在师大文学院晤劭西，他说，刚才到林葆骆医院去看涤州，他热度很高，见了我要想说话，有气无音的只说了"中海"两个字，说不下去了；看来病势很沉重呢！11日上午，我在北大晤建功，问他，他说，据林葆骆说，现在是最危险的时期，每隔三小时注射强心针一次。这一星期听到关于涤洲的病状，总是一天厉害一天，我想，这样恐怕不好，涤洲恐将随半农而去矣！常想自己去看他一看，可是我近年来神经异常衰弱，最怕看惨病之容，最怕听呻吟之声（因为十年之中，妻与幼子都曾患极重极险之病,看怕了,听怕了,刺激得实在受不了了),所以总没有勇气去看他。只是心中十分不宁,觉得不幸的事件恐怕就要发生。——虽然如此想,可是一转念间,又觉得这是我的神经病发作了,事实未必至此,一半天也许会从劭西或建功那儿得到"涤洲今日热度降低了些,他神志已清,医生说危险期快过去了!"的报告。可是不幸的事件第二天就发生了!12日上午8时,忽得妻的电话,说"黎太太刚来电话,说白先生在今天早晨四点钟的时候过去了,今天晚上7点钟入殓,停灵在法源寺"。——咳!涤洲竟死了!国语界的健将涤洲竟死了!青年有为勤学不倦的涤洲竟死了!涤洲竟跟了半农去了!半农与涤洲,都是语音学者,都是国语方面的重要人物,乃竟于三月之中先后殂谢!学术上竟叠遭无法赔偿的大损失!咳!还有什么话可说呢!

涤洲与国语界的关系,首尾共十五年。国语会方面的事。劭西所做最多,而与涤洲也都有关系,所以劭西的挽联中说他"十五年无役不参加"也。关于这方面,当全由劭西叙述。我现在只把从我与涤洲相识以来几件记得的事,没头没脑乱七八糟地写它出来,聊当伤感中之断片的追忆而已。

我和涤洲相识,应该在民国九年(1920),那时教育部国语统一筹备会开办国语讲习所,他来报名听讲,我在所中担任"国音沿革"一科的讲述;但那时我实在不认识他,他也没有来跟我说过话。大概是过了一年之后(也许是两年),吾友马季明,约我到通县潞河中学去演讲,我到了那边,就看见一位高高的身材和黑黑的脸的少年,季明说:"这位白先生现在在这儿担任国音的功课;他是你的学生。"我那时才认识他,但是还不知道他的名号,也没有问他。后来,不记得为什么事,曾经到北京教育会中去访过他(他那时是北京教育会的秘书)一两次;那时我们还是很疏淡的,所以我不大知道他的事业和行踪,只是常常听见劭西提到他而已。十四年(1925),章行严做段政府的教育总长,反对白话文,提议读经,我很愤慨,向孙伏园与邵飘萍商定,在《京报》中附设《国语周刊》,由我与劭西主编,一面鼓吹国语,一面反对古文;那时涤洲即来加入,做过好几篇反对古文的文章，如《是不是阴谋古文复辟?》、《雅洁和恶滥》、《驳瞿宣颖君文体说》、《注音字母与中华民国》等等，又曾与齐铁恨共纂《京语诠释》若干条。从此我们就相熟了。那时国语统一筹备会已经决定国音以北京音为标准，遂于十五年（1926）秋着手于增修《国音字典》的工作；涤洲即为担任此工作之一员，且为最重要之一员，因为他是北京人，而且是受过中等以上教育之北京人也。那事因政局的关系，不久即停顿。十七年（1928）秋，国民革命军统一全国，北京政府消灭，"北京"改称为"北平"，"国语统一筹备会"改组为"国语统一筹备委员会"，遂由教育部任他为国语统一筹备委员会的委员兼常务委员之一，直到现在。这几年之中，会中最初是增修《国音字典》，编成一部稿本。这部稿本是涤洲主编的，编成，油印，大家审查，觉得尚未完善，且既说"增修"，更当多搜材料，使其内容丰富，增修的《国音字典》对于旧的《国音字典》，当如《集韵》对于《广韵》那样；但如此办法，一定旷日持久，不能应中小学校之急需，于是便将增修之事暂缓进行，先取普通应用的字编为《国音常用字汇》一书，仍由涤洲去编，所编的初稿觉为还是不好，于是再行改作，此即二十一年（1932）由教育部公布之《国音常用字汇》也。此书虽名为由我主编，实则涤洲所编，但于编成之后，由我逐字覆核一过，提出许多疑难的问题，约了劭西和涤洲，我们三个人共同商讨，为最后之决定而已。此外，会中设有国音字母讲习班，两式国音字母，涤洲均曾担任讲授数次，又各处来文请会中派人前往讲授国音字母之事，皆由涤洲任之。涤洲于十九年（1930）毕业于北京大学，在校时及毕业后，均常从半农研求语音学及语音实验，他挽半农联中所谓"十载追随，商略未离规矩外"者，即指此事也。廿一年与二十二年之际（1932—1933）他叠遭家难，初丧子，继丧妻，继又丧父，心绪万分悲苦，经济亦甚窘迫，建功为之请于半农，任北大研究院文史部中语音乐律实验室的助教，同时中央研究院历史语言研究所方面又请他。十一月十七日，与徐溶女士结婚；此后半年中，在平整理陕西方音的材料。本年（1934）六月，随半农到绥远调查方音，半农得病后，涤洲即伴他回平。半农逝世后第三日（7月16日），涤洲又到陕西讲演国音，因陕西教育厅请国语会派人去，会中循例派涤洲去也。8月25日，我在中国大辞典编纂处忽晤涤洲，知道他由陕西转江苏，新近回平。本学年，北京大学约我讲"古音考据沿革"功课，某日（约在9月中旬），晤涤洲，他问我道："我今年再来听讲古音功课，写笔记，明年夏天讲完写完之后，由您校阅一过，将它出版，好不？"这在我当然是很愿意的，因为我身体衰弱，心绪纷乱，决无此精力来编讲义，涤洲能为我写成笔记，何幸如之！其实他也正感到这一点，知道我自己是不编讲义的，故出此策，其为不佞谋也如此其忠，宁不可感！九月廿日（星期四），我第一次上课，涤洲与其夫人徐女士同来笔记。我下课问他："何以与她同来？"他说："下星期四（27日），我正在郑州，当嘱她来笔记；今日先同她来笔记一次以资练习。"他于22日与建功、一庵同赴郑州之"国语罗马字促进会第一次全国代表大会"；但27日我因身体不适，未往北大授课。他于28日回平，10月1日，我在东安市场见他与夫人偕来。4日上午，我往北大上课，没有见他来，也没有见他的夫人来，颇以为异；下午晤建功，知道他有病，不料仅过了一个星期，涤洲竟做古人！10月1日东安市场的相见！伤哉！

涤洲是一位诚笃的青年，他无论办事治学都很勤奋。他对于古今音韵的变迁，很有心得；他又有耐心做很机械很烦琐很干燥无味的工作。他编有《广韵通检》一书，又撰《广韵声纽韵类之统计》、《集韵声类考》、《广韵入声今读表》、《北音入声演变考》等文。他很能做国语运动的宣传工作，也很能做调查方音的研讨工作。使假以几年，则将来对于社会对于学术的贡献何可限量！我看他的身体十分健壮，本年七八月间他在陕西时，据说那边最热的日子，温度竟超过一百十度，而他从事国音的讲演和宣传，毫不感受疾病；万不料不到两个月，竟会被惕夫斯（伤寒）菌所贼害，致丧其生命也！

半农的身体也很健壮，所以他常能旅行各地，考察方言，不觉辛苦，更以业余从事种种游艺；涤洲能旅行各地，考察方言，与半农同，而游艺的兴趣远不及半农，然其旅行各地宣传国语的兴趣，亦非半农所及。此二子者，其体力与脑力，我皆无能为役，我的身体与精神都是很高度的衰弱，年未盈五十而谆谆焉如八九十者；且以年龄而论，半农少于我者四岁，涤洲少于我者十三岁，自顾朝不保夕，必先二子而死。——孰谓少者殁而长者存，强者夭而病者全乎！我书至此，我心伤悲！既痛逝者，行自念也！虽然，我是颜习斋主义的信徒，我不悲观，我不消极；我不信社会永远黑暗，我不信世界上没有光明；我不信有耕耘而无收获的话——我且笃信只要肯耕耘必无论事功或学问，总得要干，总得要努力干，不问贤愚，更无间老少，少年固然要努力干，老年因桑榆暮景，更应该乘此炳烛之明去努力干。否则无常一到，追悔何及！爰书俚语，用伤逝者：

  二子虽早逝，犹有著作遗；
  研新或理旧，于世良有裨。
  人生若朝露，为学贵及时；
  逝者长已矣，生者当力迫。

  1934年10月16日下午5时，于北平孔德学校

（选自1934年10月27日《国语周刊》第161期）

题先师章公遗像

一

甲辰岁杪,玄同至上海《警钟日报》社中访友,初见章公此像。其后又于翻印之改订本《訄书》中见之。改订本《訄书》于甲辰年四月出版,不断句,无像;翻印本则断句,加此像,系乙巳年八月出版,最后又于丙午年阳历八月东京出版之《民报》第六号中见之。按:章公剪辫在庚子(见改订本《訄书》第六十三篇《解辫发》),入狱在癸卯,庚子至癸卯为章公卅三岁至卅六岁,此像当摄于此数年中。玄同记初见此像时,警钟友人曾告我,谓吾等因章君已入狱,因取此旧像再为摄影,唯旧像颇漫漶不清。玄同犹记此像似已剪辫而未留发。《解辫篇》谓剪发后即易西服,近得自由。此或是庚子初剪辫时所摄欤?然《解辫发》篇中谓初剪辫时曾服西服,则此或是剪辫尚未留发时所摄欤?廿五年九月五日,弟子钱玄同敬志。

二

此像载于《民报》第六号。按:章公于丙午年阳历6月29日出狱,即赴日本东京,自八月始,任《民报》总编辑。此像当摄于是年七八月间,时公年卅九岁。廿五年九月五日,弟子钱玄同敬志。

三

二十一年二月,章公自上海至北平。四月,在国立北京大学研究所国学门讲学。此像为亡友刘君半农(复)所手摄,时公年六十五岁。二十五年九月五日,弟子钱玄同敬志。

刘半农先生挽辞

当编辑《新青年》时,全仗带情感的笔锋,推翻那陈腐文章,昏乱思想;曾仿江阴"四句头山歌",创作活泼清新的《扬鞭》《瓦釜》。回溯在文学革命旗下,勋绩弘多;更于世道有功,是痛诋乩坛,严斥"脸谱"。

自首建"数人会"后,亲制测语音仪器,专心于四声实验,方言调查,又纂《宋元以来俗字谱》,打倒烦琐谬误的《字学举隅》。方期对国语运动前途,贡献无量;何图哲人不寿,竟尔祸起虮虱,命丧庸医。

(选自 1934 年 10 月 13 日《国语周刊》第 159 期)

挽 季 刚

小学本师传,更绅绎韵纽源流,黾勉求之,于古音独明其真谛。文章宗六代,专致力沉思翰藻,如何不淑,吾同门遽丧此隽才!

与季刚自己酉年订交,至今已二十有六载,平日因性情不合,时有违言。唯民国四、五年间商量音韵,最为契合。二十一年之春,于余杭师座中一言不合,竟致斗口。岂期此别,竟成永诀!

(选自 1936 年 1 月《制言》第 7 期)

太炎先生挽联

一

缵苍水宁人太冲蕺斋之遗绪而革命,蛮夷戎狄矢志攘除,遭名捕七回,拘幽三载,卒能驱逐客帝,光复中华,国士云亡,是诚宜勒石纪勋,铸铜立像;

萃庄生荀卿子长叔重之道术于一身,文史儒玄,殚心研究,凡著书廿种,讲学卅年,期欲拥护民彝,发扬族性,昊天不吊,痛从此微言遽绝,大义莫闻。

二

素王之功,不在禹下;
明德之后,必有达人。

(选自 1936 年 8 月 1 日《制言》第 22 期)

我对于周豫才君之追忆与略评

> 现在一般人都称豫才为"鲁迅",其实这只是他的笔名;他并没有把正式的姓、名、号废除,他的名片上刻的是"周树人",他写给他的老朋友们的信都署"树人"或"树"(十月二十一日《世界日报》上影印他十月十二日给宋紫佩君的信,署名"树人",是其证),他们也都叫他"豫才";我也是他的老朋友之一,故此文称"周豫才"而不称"鲁迅"。至"鲁迅"二字之由来,则因他在民元以前所做的文章往往署名曰"迅行",而其太夫人姓"鲁";他撰《狂人日记》时,省"迅行"为"迅"而冠以母姓也。或误以"鲁迅"二字为其别号而冠其父姓曰"周鲁迅",大误。
>
> 玄同附记

我与周豫才君相识,在民元前四年戊申,至今凡二十九年。我与他的交谊,头九年(民前四——民五)尚疏,中十年(民六——十五)最密,后十年(民十六——二十五)极疏——实在是没有往来。

民元前四年,我与豫才都在日本东京留学。我与几个朋友请先师章太炎(炳麟)先生讲语言文字之学(音韵、《说文》),借日本的大成中学里一间教室开讲。过了些日子,同门龚未生(宝铨,先师之长婿)君与先师商谈,说有会稽周氏兄弟及其友数人要来听讲,但希望另设一班,先师允许即在其寓所开讲。(先师寓牛达区新小川町二丁目八番地民报社中,《民报》为孙中山先生所主办,即"同盟会"之机关报也。)豫才即与其弟启明(作人)、许季茀(寿裳)、钱均甫(家治)诸君同去听讲,我亦与未生、朱蓬仙(宗莱)、朱逖先(希祖)诸君再去听讲。周氏兄弟那时正译《域外小说集》,志在灌输俄罗斯、波兰等国之崇高的人道主义,以药我国人卑劣、阴险、自私等等龌龊心理。他们的思想超卓,文章渊懿,取材谨严,翻译忠实,故造句选辞,十分矜慎;然犹不自满足,欲从先师了解故训,以期用字妥帖。所以《域外小说集》不仅文笔雅驯,且多古言古字,与林纾所译之小说绝异。同时他在《河南》杂志中做过几篇文章,我现在记得的有《文化偏至论》、《破恶声论》、《摩罗诗力说》等篇,斥那时浅薄新党之俗论,极多胜义。我那时虽已与他相识,但仅于每星期在先师处晤面一次而已,没有谈过多少话。

他于民元前三年己酉回国,民国元年,他在北京教育部任佥事职。二年二月,教育部开"读音统一会",他也是会员之一,会中为了注音符号的形式问题,众论纷纷,不能解决;先师门下任会员之豫才、逖先、季茀、马幼渔(裕藻)四君及舍侄钱稻孙君提议,采用先师在民元前四年所拟的一套标音的符号(以笔画极简之古字为之),会中通过此案,把它斟酌损益,七年冬,由教育部正式颁行,就是现在推行的注音符号(黎劭西君所著《国语运动史纲》第五十六及七十五页中有详细的记载)。

二年九月,我到北平来,从那里到民国五年,我与他常有晤面的机会。他住在南半截胡同绍兴会馆里(即《呐喊》序中之"S会馆"),他那时最喜欢买《造像记》,搜罗甚富,手自精抄,裒然成帙。三年,他曾用木板刻所辑的《会稽郡故书杂集》。

六年,蔡子民(元培)先生任北京大学校长,大事革新,聘陈仲甫(独秀)君为文科学长,胡适之(适)君及刘半农(复)君为教授,陈、胡、刘诸君正努力于新文化运动,主张文学革命;启明亦同时被聘为北大教授。我因为我的理智告诉我,"旧文化之不合理者应该打倒","文章应该用白话做"，所以我是十分赞同仲甫所办的《新青年》杂志，愿意给它当一名摇旗呐喊的小卒。我认为周氏兄弟的思想，是国内数一数二的，所以竭力怂恿他们给《新青年》写文章。七年一月起，就有启明的文章，那是《新青年》第四卷第一号，接着第二、三、四诸号都有启明的文章。但豫才则尚无文章送来，我常常到绍兴会馆去催促，于是他的《狂人日记》小说居然做成而登在第四卷第五号里了。自此以后，豫才便常有文章送来，有论文、随感录、诗、译稿等，直到《新青年》第九卷止（十年下半年）。

稍后（记不起真确的年代，约在十年到十五年），他在北大、师大、女师大等校，讲授中国小说史，著有《中国小说史略》一书。此书条理明晰，论断精当，虽编成在距今十多年以前，但至今还没有第二部书比他更好的（或与他同样好的）中国小说史出现。他著此书时所见之材料，不逮后来马隅卿（廉）及孙子书（楷第）两君所见者十分之一，且为一两年中随编随印之讲义，而能做得如此之好，实可佩服。

十三年冬，孙伏园与李小峰诸君创办《语丝》，约周氏兄弟、王品青、章衣萍（洪熙）、章川岛（廷谦）诸君共任撰稿，故《语丝》中豫才的文章也很不少。十四年，他又与他的几位朋友（姓名都想不起来了）共办《莽原》。此外则徐旭生（炳昶）、李玄伯（宗侗）诸君所办的《猛进》中，也有豫才的文章。

十四年夏天，女师大学生反对校长杨荫榆的事件发生时，豫才是女师大的教员，他是站在学生一边的，被教育总长章士钊所知，于是下令免他的佥事职。十五年，"三一八"的惨案发生以后，北政府索性"一不做，二不休"，倒行逆施，竟开出所谓知识界的过激分子五十个人的名单，要通缉他们，豫才也是其中之一人，于是他不得不离开北平，上厦门去教书。

从十五年秋天他上厦门直到现在，这十年之中，他与我绝无往来。十八年五月，他到北平来过一次，因幼渔的介绍，他于二十六日到孔德学校访隅卿（隅卿那时是孔德学校的校务主任），要看孔德学校收藏的旧小说，我也在隅卿那边谈天，看见他的名片还是"周树人"三字，因笑问他，

"原来你还是用三个字的名片,不用两个字的。"我意谓其不用"鲁迅"也。他说:"我的名片总是三个字的,没有两个字的,也没有四个字的。"他所谓四个字的,大概是指"疑古玄同"吧。我那时喜效古法,缀"号"于"名"上,朋友们往往要开玩笑,说我改姓"疑古",其实我也没有这样四个字的名片。他自从说过这句话之后,就不再与我谈话了,我当时觉得有些古怪,就走了出去。后来看见他的《两地书》中说到这事,把"钱玄同"改为"金立因",说:"往孔德学校,去看旧书,遇金立因,胖滑有加,唠叨如故,时光可惜,默不与谈。"(第244页)我想,"胖滑有加"似乎不能算做罪名,他所讨厌的大概是唠叨如故吧。不错,我是爱"唠叨"的,从二年秋天我来到北平,至十五年秋天他离开北平,这十三年之中,我与他见面总在一百次以上,我的确很爱"唠叨",但那时他似乎并不讨厌,因为我固"唠叨",而他亦"唠叨"也。不知何以到了十八年我"唠叨如故",他就要讨厌而"默不与谈"。但这实在算不了什么事,他既要讨厌,就让他讨厌吧。不过这以后他又到北平来过一次,我自然只好回避他了。自从他上厦门去到现在,这十年中,我除了碰过他那次钉子以外,还偶然见过他几本著作(但没有完全看到),所以我近年对于他实在隔膜得很。

我所做的事是关于国语与国音的,我所研究的学问是"经学"与"小学";我反对的是遗老、遗少、旧戏、读经、新旧各种"八股",他们所谓"正体字"、辫子、小脚……二十年来如一日,即今后亦可预先断定,还是如此。我读豫才的文章,从《河南》上的《破恶声论》等起,到最近(二十五年十月)"未名书屋"出版的《鲁迅杂文集》止,他所持论,鄙见总是或同或异,因为我是主张思想自由的,无论同意或反对,都要由我自己的理智来判断也。

至于我对于豫才的批评,却也有可说的:(一)他治学最为谨严,无论校勘古书或翻译外籍,都以求真为职志,他辑《会稽郡故书杂集》与《古小说钩沈》,他校订《嵇康集》与《唐宋传奇集》,他著《中国小说史略》,他翻译外国小说,都同样的认真。这种精神,极可钦佩,青年们是应该效法他的。(二)日前启明对我说,豫才治学,只是他自己的兴趣,绝无好名之心,所以总不大肯用自己的名字发表,如《会稽郡故事书杂集》,实在是豫才辑的,序也是他做的,但是他不写"周树人"而写"周作人",即是一例;因为如此,所以他所辑校著译的书,都很精善,从无粗制滥造的。这种"闇修"的精神,也是青年们所应该效法的。(三)他读史与观世,有极犀利的眼光,能抉发中国社会的痼疾,如《狂人日记》、《阿Q正传》、《药》等小说及《新青年》中他的《随感录》所描写所论述的皆是。这种文章,如良医开脉案,作对症发药之根据,于改革社会是有极大的用处的。这三点,我认为是他的长处。但我认为他的短处也有三点:(一)多疑。他往往听了人家几句不经意的话,以为是有恶意的,甚而至于以为是要陷害他的,于是动了不必动的感情。(二)轻信。他又往往听了人家几句不诚意的好听话,遂认为同志,后来发觉对方的欺诈,于是由决裂而至大骂。(三)迁怒。譬如说,他本善甲而恶乙,但因甲与乙善,遂迁怒于甲而并恶之。以上所说,是我所知道的豫才的事实,我与他的关系,我个人对于他的批评。此外我所不知道的,我所不能了解的,我都不敢乱说。

1936 年 10 月 24 日

(选自 1936 年《师大月刊》第 30 期)